历代名著精选集

周建忠 贾捷 注评

楚辞

凤凰出版社

图书在版编目（CIP）数据

楚辞/周建忠，贾捷注评. --南京：凤凰出版社，2009.6（2016.4重印）
（历代名著精选集）
ISBN 978-7-80729-435-1

Ⅰ.楚… Ⅱ.①周… ②贾… Ⅲ.①古典诗歌—作品集—中国—战国时代 ②楚辞—注释 ③楚辞—导读 Ⅳ.I222.3

中国版本图书馆CIP数据核字(2009)第085097号

书　　名	楚辞
著　　者	周建忠　贾　捷 注评
责任编辑	陈晓清
出版发行	凤凰出版传媒股份有限公司 凤凰出版社(原江苏古籍出版社) 发行部电话025-83223462
出版社地址	南京市中央路165号,邮编:210009
出版社网址	http://www.fhcbs.com
经　　销	凤凰出版传媒股份有限公司
照　　排	南京展望文化发展有限公司
印　　刷	江苏凤凰新华印务有限公司 中国江苏南京经济技术开发区尧新大道399号,邮编:210038
开　　本	960×1304毫米　1/32
印　　张	7.25
字　　数	216千字
版　　次	2009年6月第1版　2016年4月第2次印刷
标准书号	ISBN 978-7-80729-435-1
定　　价	22.00元 (本书凡印装错误可向承印厂调换,电话:025-68037410)

目　录

前　言

我国近代史上伟大的启蒙主义思想家梁启超曾说过："吾以为凡为中国人者，须获有欣赏楚辞之能力，乃为不虚生此国。"梁启超所言"楚辞"一词，最早见于司马迁《史记·酷吏列传》，说明这一名称形成于西汉初年。在漫长的传播过程中，它已具有三重涵义：第一，诗体。指出现在战国时代、楚国地区的一种新的诗体。第二，作品。指战国时代一些楚国人以及后来一些汉人用上述诗体所创作的一批作品。第三，书名。指汉人对楚国人，汉人所写诗歌辑选而成的一部书(参见金开诚《楚辞选注》)。

《楚辞》一书，既非出于一人之手，也不出于一个时代，它是不同的时代和不同的人们逐渐纂辑增补而成的，自战国至东汉，历三四百年，共分五个阶段(参见汤炳正《楚辞编纂者及其成书年代的探索》)。至东汉后期，增辑者王逸撰《楚辞章句》，并附入自己的作品《九思》成十七卷，即后世流传的十七卷本。逮及宋代，因其篇第混并，乃考其人之先后，重定其篇第。而《楚辞》一书的纂辑过程与篇目内容，也透露了"楚辞"二字的意义：即屈原辞赋以及宋玉以下的汉人伤悼屈原、以事名篇的拟骚辞赋或骚体赋(参见李大明《汉楚辞学史》)。这一内容与体制上的界定，决定了我们论述《楚辞》一书时，往往以屈原及其作品为重点的描述特点。人们既称之为"楚辞学"，又称之为"屈学"。

风、骚并称，由来已久，为诗歌创作之典范，如宋代朱熹云："三百篇，情性之本。《离骚》，词赋之宗。学诗不本于此，是亦浅矣(参见宋代魏庆之《诗人玉屑》)！"所以，论者言及《楚辞》之特点，则必举及与之并称的《诗经》，以为主要的比较载体。一般来说，《诗经》与《楚辞》有时代、地域、文化传统、性格、体制、句式、技巧、风格诸方面的差别，但最重要的还是地域因素，刘师培说："大抵北方之地，土厚水深，其间多尚实际；南方之地，水势浩洋，民生其地，多尚虚无。民崇实际，故所作之文，不外记事析理二端；民尚虚无，故所作之文，多为抒情言志之作。”

显然，地域因素首先影响到生活、气质、性格方面，其次影响到哲学方面。北方的哲学显出理性的缜密，如《孟子》的面对现实，循循善诱，以理辩驳，议论风发；《荀子》的远虑深谋，缜密推理，浑厚渊博，平心而论；《韩非子》的知微察变，条分缕析，高屋建瓴，峻峭刚强。而南方哲学则显得浩大渺远，如《老子》、《庄子》，杳冥深远，旨远义隐，纵而后反，寓实于虚，肆以荒唐谲怪之词，茫乎其不可测。它们往往摆脱对事物的一项项理性分析与对个别事理的辩驳，力求从视、听、味、嗅、触诸方面对客观事物得出浑通而完整的体悟。

由于生活的、哲学的地理因素而形成的两种迥然不同的特点，逐渐衍化为两种不同类型的风格、两种不同的表达方式以及不同的审美特征，这就是以叙事为主的《诗经》与以抒情为主的《楚辞》的根本差别。梁启超、谢无量均认为屈原受到以老子为代表的南方学派的影响，故其创作与《诗经》不同。梁启超梳理为，《诗经》乃中原遗声，大端皆主于温柔敦厚，属极质正的现实文学，而《楚辞》为南方新兴民族所创之新体，大端将情感尽情发泄，属富于想象力之纯文学。而谢无量划分更细，云前者以四言为主，章节有定，而后者文句参差不一，凭心而言；前者尊重人间庸俗的道德，温柔敦厚，婉而多讽，而后者露才扬己，显暴君过，尊重超人间的思想；前者精神是柔性的、他化的，而后者精神是刚性的、自决的。丘琼荪则总结为：《诗经》为文学的总集，属民族全体的，其中国风多出自民间，而《楚辞》为文学的专集，乃一二专家的，且多出自贵族。这种由地理因素所导致的艺术差别，前人早已看出，如刘勰《文心雕龙·物色》云：“然屈平所以能洞鉴《风》《骚》之情者，抑亦江山之助乎！”

值得注意的是，《楚辞》的上源是复杂、多元的，包括保留下来的神话传说、《诗经》中的“陈风”、“二南”及楚地民歌、《老子》等，《楚辞》与《诗经》在艺术形式上的差别不在表层的“四言”与“骚体”，更多地体现在词汇、发音及歌唱曲调上，体现在意境、情调、抒情技巧、比兴象征上。《楚辞》具有典型的南方文化的特征，但又汲取了北方文化的优秀遗产，融合了楚地民族及边裔文化的某些特征，是南北方文化碰撞、融合的结晶。谈及“楚辞”的特点，人们总是习惯引用宋代黄伯思所述：“盖屈宋诸骚，皆书楚语，作楚声，纪楚地，名楚物，故谓之‘楚辞’。若些、只、羌、谇、蹇、纷、侘傺者，楚语也。顿挫悲壮，或韵或否者，楚声也。湘、沅、江、澧、修门、夏首者，楚地也。兰、茝、荃、药、蕙、若、蘋、蘅者，楚物也。他皆率若此，故以楚名之。”

这一看法有一定的代表性，但并不全面，《楚辞》中的“楚语、楚声、楚地、楚物”，所占比例较小。《楚辞》是用当时南北通行的“雅言”写作的，而“雅言”就是以西周王畿之地的方言为基础而发展起来的当时的官话。再如，屈原作品中提到的历史人物有 81 个，而属于楚国的只有接舆、堵敖、子文 3 人；屈原作品中提到的神祇有 24 名，属于楚国的只有“二湘”——湘君、湘夫人（参见蔡守湘、朱炳祥《论〈楚辞〉产生的文化背景》）。所以有学者指出，楚辞的文化渊源是南方文化其表，北方文化其骨。

楚国有 800 多年历史，先后灭国 70 多，其疆域曾经约占周王朝全部国土的二分之一，相当于今湖北、湖南、安徽、江西、江苏、浙江六个省的全部，以及陕西、河南、山东、广东、广西、贵州等省、区的部分地区，总面积近百万平方公里。楚国本身就是南北文化交融、沟通的国家，历史悠久，地域辽阔。楚辞上源作品的构成，也包含着文学创作、传播过程中的“先融合”；而屈原身处战国中后期“大融合”的时代潮流中，加之“博闻强志，明于治乱，娴于辞令”的精湛修养，必然构成更高层次的南北文化融合，并在此基础上自铸伟辞，达到“气往轹古，辞来切今，惊采绝艳，难与并能”的艺术境界。

作为楚辞的创立者和代表作家，屈原生活于楚怀王、楚顷襄王时代，后人据《离骚》“摄提贞于孟陬兮，惟庚寅吾以降”二句推测其出生年月日，诸说不一，邹汉勋定为楚宣王二十七年（前 343）戊寅正月二十一日，郭沫若定为楚宣王三十年（前 340）正月初七日，浦江清定为楚威王元年（前 339）正月十四日，汤炳正定为楚宣王二十八年（前 342）正月二十六日。又据《哀郢》、《怀沙》及《史记·楚世家》推测其卒年月日，亦无确证，黄文焕定为顷襄王十年（前 289），林云铭定为顷襄王十一年（前 288），蒋骥定为顷襄王十三四年，或十五六年（前 286—前 283），刘梦鹏定为顷襄王二十一年（前 278）。屈原，名平，字原。生平资料见《史记·屈原贾生列传》、《史记·楚世家》、刘向《新序·节士》。屈氏与楚王同姓，楚武王子瑕食采邑于屈，因以为氏。屈原年轻时曾得怀王信任，任左徒，史称博闻强志，明于治乱，娴于辞令，入则与怀王图议国事，以出号令；出则接遇宾客，应对诸侯。上官大夫与之同列，心害其能，怀王派屈原起草改革朝政的宪令，在草拟阶段，上官大夫代表保守势力要修改其中有关条文，屈原不同意。上官大夫恼怒异常，谗于怀王，云："王使屈平为令，众莫不知，每一令出，平伐其功，以为非我莫能为也。"刚愎自用、感情用事的怀王"怒而疏屈原"。后任三闾大夫，掌王族三姓，曰昭、屈、景，"序其谱属，率其贤良，以厉国士"（参见王逸《楚辞章句》）。屈原疾王听不聪，谗谄蔽明，邪曲害公，方正不容，忧愁幽思，开始创作《离骚》。

怀王十六年（前313），秦惠文王欲伐齐，令张仪厚币委质事楚，诱以商、於之地六百里，使楚绝齐。怀王贪而信张仪，遂绝齐。结果受骗，未得其地，怀王怒而伐秦，秦楚由是交兵。怀王十七年（前312），秦大破楚师于丹、淅，斩首8万，虏楚将屈匄，取楚汉中地六百里。怀王十八年（前311），秦国暂不能灭楚，且楚齐复交，愿割侵占的汉中之半以和楚，怀王云："愿得张仪，不愿得地。"于是张仪又至楚，用事者靳尚、宠姬郑袖使怀王释去张仪。时屈原出使齐国刚返，谏怀王云："何不杀张仪？"怀王悔，追张仪，不及。怀王二十四年（前305），楚背齐合秦，往秦迎妇。一向坚持联齐抗秦的屈原因谏怀王合秦被贬斥到汉北之地，《抽思》云："有鸟自南兮，来集汉北。"怀王二十八年（前301），秦与诸侯兵击楚，杀唐昧，取重丘；怀王二十九年（前300），秦复攻楚，大破楚，杀2万，将军景缺死；怀王三十年（前299），秦复伐楚，取八城。时秦昭王欲骗怀王入武关，怀王轻信欲行，屈原谏曰："秦，虎狼之国，不可信，不如毋行！"怀王之子子兰劝行，云："奈何绝秦欢？"怀王卒行，果被扣留。楚立其子，是为顷襄王，以其弟子兰为令尹。顷襄王三年（前296），怀王客死于秦而归葬，"楚之怜之，如悲亲戚"，楚人由是怪子兰劝怀王入秦，客观上则肯定了屈原之判断。子兰则唆使上官大夫向顷襄王诽谤屈原，顷襄王怒而将屈原从汉北放逐到江南地区。屈原"上洞庭而下江"，辗转沅、湘一带，故都日远，长年不复，"被发行吟泽畔，颜色憔悴，形容枯槁"，于无可奈何之际，自沉于汨罗江中。关于屈原的死，苏轼《屈原庙赋》有解释、体悟，"生既不能力争而强谏，死犹能冀其感发而改行。苟宗国之颠覆兮，吾亦独何爱于久生"。

屈原作为中国文学史上的第一位大诗人，是一座跨越时空的丰碑，也是一个丰富、复杂的“模式”载体。人们对他特别关注的是“存君兴国”(司马迁)、“忠君爱国”(朱熹)、“爱国主义”,他是一位失败的政治家,却是一位成功的政治型诗人,他的思想受到儒家、法家、道家等诸子影响而自成一家,他追求的“美政”内容为:君臣契合,举贤授能;对内实行改革,对外联齐抗秦。他在作品中从来没有直接点到先秦的哲学家、思想家等“诸子”,如孔子、老子、庄子、墨子、孟子、吴起、商鞅等,相反提到了一些前贤,如挚(伊尹)、咎繇(皋陶)、傅说、吕望、宁戚、百里奚,往往吟唱他们生得其时,羡慕他们巧遇明君,向往他们有所作为;又提到不少前修,如伯夷、比干、梅伯、箕子、彭咸、申徒、伍子胥、介子推,同情他们的不幸遭遇,佩服他们的忠而死节,追迹他们的以身殉节。这就说明屈原的创作,更多的不是从政治思想角度,而是从群臣契合、身为忠臣的角度着笔的,所以考虑的视野也不仅仅局限于楚国,他对出仕他国、在别国得志也没有明显的非议。

屈原的最伟大之处,是为我们提供了一个人生的进取模式,其内容包括:

1. 忠君爱国。他对楚国怀有“深固难徙”的钟爱,有一种超乎寻常的深沉眷恋之情,本国没有希望,甚至可能遭祸殒身,但他仍然希望存君兴国;受到疏远、流放之后,他怨君更忠君,将“俗之一改”寄希望于君之一悟,因而有恋阙思君、表白陈情的倾诉,有抨击群小、以显己美的对比。但他的“忠君”是为了“兴国”,可谓君国相融为一,君臣契合为一。

2. 独立不迁。屈原廓其无求,头脑清醒,独立于世,横而不流,他追求正直、光明,鄙视周容、佞曲,即使备受摧残,穷困茕独,谣诼攻击,无人支持,也不改弦更张。为了美好人格、操节的保持,他牺牲了欢乐、升擢,也牺牲了自己的宝贵生命,更牺牲了比生命还看重的“修名”。

3. 上下求索。对理想、对真理、对美政的追求,执着不懈,不屈不挠。

4. 好修为常。屈原说过,“民生各有所乐兮,余独好修以为常”,一篇《离骚》,言修凡十一,志行高洁,仍不断磨炼、提高、完善。

与众不同的是,屈原汲汲以求的是以上四项的“全能”,力图将执着不舍的深切眷恋、不屈不挠的斗争意志、坚韧不拔的求索精神、好修不懈的崇高品质,完美地结合在一起。这种超越现实的理想模式、完人模式,是屈原的伟大、独特之处，亦是其痛苦、悲剧之源。因为根据当时的环境、条件、气氛，屈原是无法进行“全能”操作的；若要操作，必有舍弃；若不舍弃其中一部分，则不仅不能实现、实施、尝试，而且连自身也难以保全，所以，很容易陷入困境、难以解脱。屈原遭到接二连三的打击之后，面临的已不是“进与退”、“仕与隐”、“成功与失败”的选择，而是“玉碎与瓦全”的选择。屈原克服了短暂的思想动摇，始终坚持“全能”，决不轻易舍弃其一。因此以其生命与“修名”为代价，为我们自塑了一个完美人格的典型；屈原的悲剧，正源于自身无法解决的矛盾，而他的矛盾正是他的人格的体现，他的“美”的张扬。而他，也就成了民族精神的完美象征。

屈原作品的艺术特色，主要体现为浓烈的浪漫主义色彩。除了大胆的夸张、奇特的想象、熔神话传说与现实生活于一炉外，最突出的是他的“香草美人之喻”。另外，屈原作品亦往往用男女关系象征君臣关系，即“男女君臣之喻”。屈原作品的艺术特色，还体现在“发愤抒情”的文学传统的形成上。《惜诵》云：“惜诵以致愍合，发愤以杼情。”表现了一种借诗歌抒怨泄愤的创作意识，也对屈原作品的抒情性、个性化以及政治失落后的巨大苦闷作了说明。屈原具有敏感、忧郁、烦躁、幻想、情感丰富来得迅捷而又转换极快的特点，因此，我们在他笔下感受到的往往是他的孤独、压抑以及由此引发的带有“扩张”性的现实黑暗的氛围。恩格斯在《反杜林论》中也对罗马诗人尤维纳利斯诗中的命题作过阐发——愤怒出诗人，“愤怒”在描写这些弊病或者抨击那些替统治阶级否认或美化这些弊病的和谐派的时候，是完全适当的。

据《史记·屈原贾生列传》云：“屈原既死之后，楚有宋玉、唐勒、景差之徒者，皆好辞而以赋见称。然皆祖屈原之从容辞令，终莫敢直谏。”这其中重要的楚辞作家是宋玉。关于宋玉生平，历史记载均极简略，主要见于《史记·屈原贾生列传》、《汉书·艺文志·诗赋略》、《汉书·地理志》，又见于韩婴《韩诗外传》卷七、刘向《新序·杂事第一》、《新序·杂事第五》、王逸《楚辞章句》，且诸说不一。陆侃如《宋玉评传》考为：宋玉生年与屈原卒年相近；宋玉与威、怀、襄三王无君臣关系；宋玉与屈原等无师生关系；宋玉做过小臣，与荀卿仕楚时相近；宋玉不久失职，作《九辩》；宋玉作《招魂》当在楚徙都寿春以后；宋玉一生穷困；宋玉卒年与楚亡时相近。宋玉作品，据《汉书·艺文志》载，凡16篇。现今相传为宋玉所作的，王逸《楚辞章句》收《九辩》、《招魂》;《文选》收《九辩》、《招魂》、《风赋》、《高唐赋》、《神女赋》、《登徒子好色赋》、《对楚王问》7篇。此外《古文苑》收6篇，刘节《广文选》收3篇。《九辩》为其代表作。鲁迅《汉文学史纲要》评云："《九辩》本古辞，玉取其名，创为新制，虽驰神逞想，不如《离骚》，而凄怨之情，实为独绝。"《九辩》乃长篇抒情诗，长达250余句，通过古乐旧题抒写悲秋、感遇、思君三项内容，其中关于生平、年龄、去职、归隐等，大致可补宋玉生平研究之阙，然又不可拘泥考实，直指为生平事迹。其悲秋主题与借景抒情之法，与《高唐赋》、《神女赋》、《登徒子好色赋》等篇以铺张之笔描绘女性神情体貌，在文学史上产生过较大影响。刘勰《文心雕龙·诠赋》称宋玉作品为"别诗之原始，命赋之厥初"，完成了从楚辞到汉赋的过渡。据虞世南《北堂书钞》卷三十三有《宋玉集》，其序文有引用；又，《文选》李善注亦多引《宋玉集》。现传《宋玉集》2卷为清抄本，一册，辑者无考，原藏丁氏八千卷楼，现藏南京图书馆，此本辑入宋玉赋15篇。

与宋玉同时的楚辞作家还有唐勒，班固《汉书·艺文志》载"唐勒赋4篇，楚人"，后皆失传。1972年4月，山东临沂银雀山西汉早期墓葬中出土了"唐勒赋"残简26枚，保存文字232个，对照《淮南子·览冥训》，可知此赋是谈御术的。另有宋玉、唐勒同时的楚辞作家景差，事见《史记·屈原贾生列传》,《汉书·艺文志》无载。今存作品，且有争议。王逸《楚辞章句·大招》序云："《大招》者，屈原之所作也，或曰景差，疑不能明也。"两说并存，但王逸解说仍以"屈原创作"为主。

以楚辞为研究对象的楚辞学，从西汉刘安、司马迁开始，已形成了一门专门的学问，据拙编《楚辞学通典》列目，楚辞研究著作已累积至800余种，仅20世纪中国学者研究楚辞的论文的索引，就达23万字。楚辞学发展到今天，已有专门的组织——中国屈原学会，已形成九个分支学科，即楚辞文献学、楚辞文艺学、楚辞社会学、楚辞美学、楚辞史学、楚辞比较学、海外楚辞学、楚辞再现学、楚辞传播学。而关于屈原研究，也形成了六个层次：1. 一般的古代作家作品研究；2. 古代著名作家作品研究；3. 特殊的文化现象研究；4. 古代文人的进取模式、消释模式研究；5. 具有典型意义的人生哲理研究；6. 民族传统精神研究。在研究方法上，亦形成了三种模式:1. 传统模式。以考据、校勘、训释等旧学为基础的研究。2. 结合模式。以前苏联20世纪50年代的文艺理论为框架,对屈原及其作品进行“知人论世”的政治研究、社会研究乃至阶级性研究,“爱国性”、“进步性”、“人民性”是其主要成果。3. 理论模式。以当代西方先进的文艺学理论为武器,探讨屈原诞生的文艺、心理、文化背景以及艺术奥秘,揭示屈原和楚辞多方面的内涵、价值、意义。

离　骚

帝高阳之苗裔兮，朕皇考曰伯庸。①
摄提贞于孟陬兮，惟庚寅吾以降。②
皇览揆余初度兮，肇锡余以嘉名：③
名余曰正则兮，字余曰灵均。④

【注 释】

① 帝：帝王。此指“三皇五帝”的“帝”之义。高阳：是五帝之一颛顼的号。《史记·楚世家》记载：“楚之先祖出自帝颛顼高阳。高阳者，黄帝之孙，昌意之子也。”《左传》昭公十七年云：“卫，颛顼之虚也，故为帝丘。”杜预注曰：“卫，今濮阳县，昔帝颛顼居之，其城内有颛顼冢。”《吕氏春秋》“帝颛顼生自若水，实处空桑”，则云颛顼部落的原始居地为若水，在今之河南中部新郑一带。《古本竹书纪年》也记载：“昌意降居若水，产帝乾荒。”《史记·屈原贾生列传》记载屈原与“楚之同姓”，刘向《新序》亦曰：“屈原者，楚之同姓大夫。”王逸《楚辞章句》注引《帝系》曰：“颛顼娶于腾隍氏女而生老僮，是为楚先。其后熊绎事周成王，封为楚子，居于丹阳。周幽王时，生若敖，奄征南海，北至江、汉。其孙武王求尊爵于周，周不与，遂僭号称王。始都于郢，是时生子瑕，受屈为客卿，因以为氏。”苗：树木、禾苗。裔：衣服的边。苗裔：此引申为远代的子孙。兮：语气词，啊。朕：第一人称代词，指我。皇：本指对太阳祭祀的仪式，引申为光芒、光明、伟大。“皇”是一个祭祀的象形字，下面的一个“王”是一个祭台，在象形文字里它是一个祭祀的土台。中间一个“日”是一个太阳，上面的一点是表示太阳的光芒四射。考：父死曰考，母死曰妣。皇考：此指屈原已去世的祖父，非指其父。伯庸：指一个叫“庸”的人，此人是否是楚国君王的后裔，或是屈原的祖先、祖父，已经不可详考。《离骚》中涉及的所有与屈原有关的家族的人名都是化名，不是真名。此处可暂且理解为伯庸是其祖父的名字。以上两句说：我的祖上可以追溯到遥远的古代帝王——五帝颛顼氏。我

又有很深感情以及受其教化培养的祖父——伯庸。② 摄提、孟陬(zōu):天上的星宿。贞:正对着。惟:限制副词,只。庚寅:寅月寅日。降:降临、降生。以上两句说:我这个人运气太好了,摄提星的畛域正好对着孟陬星这个区域,我竟然在这一天寅年寅月寅日出生。生逢寅日,三寅在天,我从天上降临下来。③ 皇:皇考。览:远看。揆:此指细看。初度:指出生时的气度。肇:通"兆",此指运用卜卦的方法来进行一些活动。锡:通"赐",指赐名,此指通过占卜赐给"我"一个美好的名字。嘉:美好。④ 名、字:此处名词活用为动词,译为"把我叫做"。《礼记·檀弓》上:"幼名、冠字、五十以伯仲,死谥,周道也。"王逸注:"《礼》曰:'子生三月,父亲名之;既冠,而字之。'名者所以正形体、定心意也,字者所以崇仁义、序长幼也。夫人非名不荣,非字不彰,故子生,父思善应而名子之,以表其德,观其志也。""三月之末,父执子之右手咳而名之。"《礼记·曲礼》上:"男子二十,冠而字。""二十则使宾友冠而字之","既冠而字之,成人之道也。""冠而字之,敬其名也。"《孟子》:"男子之冠也,父命之。"以上为古代人命名和命字的方式。所以,"名"和"字"并不是同时产生的,一般有二十年时间的差别,屈原是要表明自己有好的"名",还有好的"字"。

纷吾既有此内美兮,又重之以修能。⑤
扈江离与辟芷兮,纫秋兰以为佩。⑥
汩余若将不及兮,恐年岁之不吾与。⑦
朝搴阰之木兰兮,夕揽洲之宿莽。⑧
日月忽其不淹兮,春与秋其代序。⑨
惟草木之零落兮,恐美人之迟暮。⑩
不抚壮而弃秽兮,何不改乎此度?⑪
乘骐骥以驰骋兮,来吾道夫先路!⑫

【注 释】

⑤ 纷:定语的前置,表示众多。内美:内在的、与生俱来的美。此指屈原前面所提到的血统高贵,生逢大吉,名嘉字懿。重(chóng):一层一

层地，加上。修能：修治之能，此指提高自己的能力。⑥ 扈(hù)：采择，楚方言。江离：香草名，长长的江蓠，生长在江边。在古代香草是草本和木本不分的，“树”开的花叫“荣”，草开的花就叫“花”。“荣”与“花”是象形字，“花”是在草根上面开的花，“荣”字下面一个木表示在树顶上开的花。在篆书里这两个字完全不同，但古人没有细分。现在草本称为花草，木本称树。扈江离：采来长在长江边的长长的蓠。辟芷：香草名，偏僻的地方生长的芷。蓠和芷是两种香草，都是条形状，采来以后披在身上。纫：编织。秋兰：指秋天的兰花。从植物学的角度来说，兰按季节可分为：春兰，花期1—3月份，古人或称为“兰”；蕙兰，或云夏兰，花期3—5月份，古人说“一茎一花为兰，一茎多花为蕙”；建兰，又称四季兰、秋蕙，花期7—10月份；墨兰，又称报岁兰，花期1—3月份。中国古代画家大部分画的是春兰和墨兰。秋天的兰为最佳，它的芳香比较特殊，细闻则无，不闻则有。此处屈原用香草来象征自己对美好事物的吸收。以为：以之作为。佩：佩带。以为佩：此指把秋兰作为我的佩饰。以上两句说：我采来江边的蓠、偏僻地方的芷，披在身上。我编织秋天的兰作为我的佩饰。⑦ 汩(yù)：流水之貌。余：我。不及：达不到，此处表达了一种强烈的时间意识。恐：担心。年岁：代指时间。不吾与：即“不与吾”，倒装句，指不给予我。“不”作否定副词，构成动宾倒装。以上两句说：美好的时光像流水般逝去，我总是感到赶不上似的。我只担心美好的时光不等待我，不给我机会。⑧ 朝、夕：早、晚。此处表达了一种强烈的时间的紧迫意识。搴：拾取，楚方言。阰(pí)：古楚地山名。木兰：香草名。揽：采摘，楚方言。洲：江中小岛。宿莽：香草名，不仅隔宿而且经冬都香的香草。⑨ 日月：太阳和月亮，此指一天。忽：匆匆忙忙地。忽其：匆匆忙忙。淹：淹留，停留。春与秋：春天与秋天，此指一年。代序：交相更替时序。以上两句说：太阳和月亮轮流着，匆匆忙忙地奔走，从不停留。春天和秋天就这样交相更替。⑩ 惟：用作动词，指想到，常常想到。草木：指草本的和木本的两种花，这里泛指好的香草。零：凋谢。落：飘零、飘落。暮：指一天的傍晚，夜幕降临，“暮”的古字是“莫”，“莫”是一个象形字，描绘太阳落到树林里的景象，用以表示黄昏。迟暮：慢慢到了黄昏的时分，一日之暮暗喻一生之暮。以上两句说：常常想到这些美好的花草总会凋谢、飘零、飘落。担心美人慢慢变老。⑪ 抚：发扬。壮：指好的，表示贤能、优秀的人才。抚壮：发扬好的。弃秽：抛弃差的。乎：用在句中，相当于介词“于”。以上两句说：为什么不改变当今用人的制度，重用贤能，抛弃那种奸佞小人。⑫ 骐骥：两种快马。驰骋：同义词连用，都指快速奔驰。屈原在此运用了另外一个象征，把自己的国家比成了一辆战车，把优秀的贤臣比成拉车的引路人，把君王又比成了乘坐者。道：同“导”，指在前面带路。以上两句说：我在前面给你带路，我带路的话，你就能像乘上千里马一样快速奔腾，国家事业发展就很快。

昔三后之纯粹兮，固众芳之所在。⑬
杂申椒与菌桂兮，岂维纫夫蕙茝！⑭
彼尧、舜之耿介兮，既遵道而得路。⑮
何桀纣之昌披兮，夫唯捷径以窘步。⑯
惟夫党人之偷乐兮，路幽昧以险隘。⑰
岂余身之惮殃兮，恐皇舆之败绩！⑱
忽奔走以先后兮，及前王之踵武。⑲
荃不察余之中情兮，反信谗以齌怒。⑳
余固知謇謇之为患兮，忍而不能舍也。㉑
指九天以为正兮，夫唯灵修之故也。㉒
曰黄昏以为期兮，羌中道而改路！㉓
初既与余成言兮，后悔遁而有他。㉔
余既不难夫离别兮，伤灵修之数化。㉕

【注释】

⑬ 昔：从前。三后：指楚国的先王。纯粹：在古代是两个词，“粹”指精米，指没有黑点的最好的米。米精曰粹，丝无颣曰纯，“纯粹”就是最优秀的、最纯洁的、至高无上的、达到最高境界的，这里指品德纯美、公正无私。固：本来，此活用为动词，“集中”的意思。众芳：喻指各种优秀的人才。以上两句说：从前三位君王都达到了至高无上的境界，（楚国）本来就是各种优秀人才汇集的地方。⑭ 杂：兼有。申椒、菌桂：都为木本的香草

名，是两种一般的香草。维：仅仅。纫：编织。夫：指那个。蕙、茝（zhǐ）：指两种比较好的香草。蕙是兰的一种，是对夏季兰花的一种称呼。清代学者发现，一篇《离骚》“言兰者十，言蕙者六”（蒋骥《山带阁注楚辞》），兰和蕙实际上是一种香草。草本的花比木本的花名贵，因为它们香味更浓，到现在还是这样，草本花的珍贵程度远远超过木本的花。诗人在这里运用了象征手法：申椒和菌桂象征一般的人才，蕙和茝象征优秀的人才。引申意为，他们不仅任用最杰出的优秀人才，而且任用一般的人才。以上四句话是连在一起的，是讲楚国古代三位君王的用人之举。以上两句说：他们（三后）哪里仅仅编织蕙和茝？还兼有申椒与菌桂。⑮ 尧、舜：尧、舜、禹是中国古史传说时代的三位贤明的君王。传说尧封在唐，所以又称唐尧；舜封在虞，所以又称虞舜。到禹的时候，禹把君位传给儿子益，后来禹的次子启夺得了政权，从此结束了远古传说时代的君王禅让制度。中国有很多关于尧和舜的传说，全国有关尧和舜的庙宇也很多。据传说，尧对舜经过二十年的考察才禅让君位，并把自己的两个女儿嫁给了舜，但很多神话学家和考古学家认为他们之间相差的时间甚远，因为口传的历史总是把漫长的历史缩短。山西临汾尧庙四壁有很完整的砖雕，清晰地展现了此故事的经过。当地人能把这个故事完整地讲出来，反映了源远流长的炎黄文化本身有一个传播的过程。尧和舜是中华民族远古时代两个正面君王形象。当时没有君主特权和等级制度，尧和舜之所以能做到部落酋长或部落联盟长，主要是靠自己的实力与能力，重大事件必须身先士卒。战国时期的韩非子就说过，大禹治水“三过家门而不入”，“股无胈，胫无毛”，由于长期赤脚在水中劳作，腿上肌肉很结实，大腿上没有软的肉，而小腿上的毛也被磨掉了。舜作为一线治水专家、劳动能手，所以才有凝聚力，才获得大家的拥护。耿：明白、光明，从天快亮到大亮叫耿。介：正直、正大。这里是说从前唐尧、虞舜的治理政策，就是我们今天所提倡的民主化精神、公开化原则。可以看出，屈原非常向往尧舜时代光明、正直、开放、民主的社会政治背景。遵：沿着。道：光明正道。遵道、得路：是互文，此指找到了国家发展的康庄大道。⑯ 桀纣：指夏朝末代君王——夏桀与商朝末代君王——商纣，他们分别是夏商两朝的著名暴君，也是夏商两朝的亡国之君。昌披：本意是穿衣服不系带子。所谓“峨冠博带”就是指戴着高高的帽子，束着宽宽的带子，以显示庄重与严肃。而桀纣穿衣服不系带子，喻指他们不严谨，做事不细密。捷径：斜出小路。古代人认为走捷径斜路不是一个正直的君子所为。窘步：使步窘，窘是使动用法，就是使你的脚步越来越艰难。以上两句说：夏朝和商朝的末代君王夏桀和商纣衣不着带，放荡不严谨，不按照规范的程序来治理国家，所以他们就好像走在斜出的小路上越走越窄以至迈不出步子而最终导致了自身的灭亡。⑰ 党人：结党营私的人，这里指屈原政治上的对手。孔子说过："君子群而不党。"指君子可以集中在一起但不能结党营私。偷：苟且。乐：享乐、享受。幽：指不太亮。昧：指完全黑暗。幽昧：路越走越暗。险隘：危险而狭隘。以上两句说：那些结党营私之人只知道平庸地过日子，享受生活，而没有远大的志向。国家的前途越来越危险，路越走越黑暗。⑱ 岂：哪里。余身：我自己本身。惮：害怕。殃：祸殃、灾难。舆：一种高档车。皇舆：国家的战车。败绩：倾覆。以上两句说：我哪里是担心我自身遭遇到祸殃，我是担心国家的战车会倾覆（国家灭亡）。古代战争中主帅的战车倾覆就代表战争失败，屈原以此来代指国家的灭亡。⑲ 忽：匆匆忙忙地。忽奔走以先后：指匆忙地奔走在君王所乘之车的前前后后，这句是承接前文所说的"来吾导夫先路"。及：赶上。前王：前代英明的君王，即前文的"三后"，也有说是指尧和舜。踵（zhǒng）：脚后跟。武：脚趾。踵武：借指前代先王的足迹。及前王之踵武：沿着先王的足迹向前迈进。⑳ 荃（quán）：香草名，喻指君王。察：明察、分辨出。中：即"衷"。中情：内心世界。齌（jì）：急火烧饭，喻君王暴怒的猛烈和突然。怒：发火。以上两句说：君王不能明察我对他忠诚的一番本意，反而轻信小人谗言而对我大发脾气。㉑ 知：懂得。謇謇：正直、直言的样子。患：祸害，灾难。忍：不忍心。以上两句说：我本来就知道忠诚直言是会招来祸害的，但我还是不忍心放弃我追求忠直的信念。㉒ 九天：上天、苍天，中国古代神话中有九重天的说法。正：通"证"，证明。今人经过考证认为，指天作证、对着太阳作证源于先秦时期的太阳崇拜。古人常说："吾心如日月！"指九天为证、苍天作证是当人受到极度不信任的时候所发出的誓言。这里写出了屈原实在没有地方去倾诉自己的一片忠心。司马迁对此颇多感慨："夫天者，人之始也；父母者，人之本也。人穷则反（返）本，故劳苦倦极，未尝不呼天也；疾痛惨怛，未尝不呼父母也。”(《史记·屈原贾生列传》)灵修：代指君王。故：缘故。㉓ 此二句为衍文。㉔ 初：当初、一开始。成言：有了约定。此处屈原用男女的情感、心理及婚约的描写来反映当时失去君王信任的痛苦心情。遁：消失得无影无踪。以上两句说：你当初跟我有了感情的约定，可是后来却后悔了，心中有了别人，以至一下子消失得无影无踪。㉕ 难：以之为难，感到痛苦、伤心。数(shuò)化：不断变化、变化无常。以上两句说：我并不是因为离别而痛苦，只是为君王的变化无常而感到伤心。

余既滋兰之九畹兮，又树蕙之百亩。㉖
畦留夷与揭车兮，杂杜衡与芳芷。㉗
冀枝叶之峻茂兮，愿俟时乎吾将刈。㉘
虽萎绝其亦何伤兮，哀众芳之芜秽。㉙

【注释】

㉖ 既：已经。滋：栽种。九、百：约数，指比较多。畹(wǎn)：古代的土地面积单位。一说十二亩为一畹，一说三十亩为一畹。树：种植。蕙：是夏天的兰，称为“夏蕙”。滋兰、树蕙：此象征屈原培养了各种各样的人才，这是他对学生的一种期望，是实现自身理想的一种寄托。以上两句说：我栽种了兰九畹，又种植了蕙百亩。㉗ 畦：垄种。杂：间种。以上所言是农业生产的两种方式，说明在战国时期农业技术已经相当发达，种植方式的调整促进了产量的大幅度提高与生产水平的提升。留夷、揭车、杜衡、芳芷：四种香草名，此采用两种方式对其栽培，客观上代表了中国农业生产技术的革命和飞跃。以上两句说：我垄种了留夷和揭车这两种香草，一垄一垄地之间，又间种了杜衡和芳芷。㉘ 冀：希望。枝：树干。叶：树叶。峻茂：树干高大、枝叶茂盛。愿：希望。俟(sì)：等待，也写作“竢”。刈(yì)：收割。以上两句说：盼望等到树干高大、树叶茂盛的时候。等待时机我就要把它收割。㉙ 萎：枯萎。绝：凋零。亦何伤：又有什么值得悲伤的。哀：悲伤。众芳：各种各样的香草。芜：荒芜。秽：变质。

众皆竞进以贪婪兮，凭不厌乎求索。[30]
羌内恕己以量人兮，各兴心而嫉妒。[31]
忽驰骛以追逐兮，非余心之所急。[32]
老冉冉其将至兮，恐修名之不立。[33]
朝饮木兰之坠露兮，夕餐秋菊之落英。[34]
苟余情其信姱以练要兮，长顑颔亦何伤。[35]
掔木根以结茝兮，贯薜荔之落蕊。[36]
矫菌桂以纫蕙兮，索胡绳之纚纚。[37]
謇吾法夫前修兮，非世俗之所服。[38]
虽不周于今之人兮，愿依彭咸之遗则。[39]

【注释】

㉚ 众：指“惟夫党人之偷乐兮”之“党人”，即朝中那些结党营私的人。竞进：争先恐后。贪婪：“贪”是爱财，“婪”是贪食。凭：楚国方言，满的意思。厌：古代写法是“饜”，本义是指肚子吃得圆滚滚，但还要吃，永远不满足。㉛ 羌：发语词，楚语。内恕：对内宽恕自己。量人：用自己的想法去猜疑别人。兴心：起心，指起了疑心、嫉妒之心。各兴心：各自纷纷地起了嫉妒之心。嫉妒：嫉才叫做“嫉”，嫉色叫做“妒”。“妒”主要是指女性嫉妒女性的美貌。“嫉妒”在此连在一起，表示对得到任用的人的一种嫉妒。㉜ 忽：匆匆忙忙地，用来形容“驰骛”和“追逐”。以上两句说：像他们那样匆匆忙忙地争名夺利，不是我内心所急于达到的，所需要的东西。㉝ 老：指慢慢逼近。中国古代称人“五十始衰”，“六十将老”，“七十曰老”。冉冉：慢慢地。修名：美好的名声。㉞ 餐：吃。落英：落花，是屈原采用的一种象征手法。以上两句说：我早上吃的是木兰树上流下来的露水，晚上吃的是秋天菊花落下来的花瓣。意思是像凤凰一样吃的都是好东西，不食人间烟火，只吃露水和花瓣，虽然不多，但品位是高雅的，精神世界是充实的。㉟ 余情：我的内心。信：确实。姱：美好。顑颔(kǎn hàn)：忍受饥饿、面黄肌瘦。以上两句说：假如我的内心确实美好，长期饿得面黄肌瘦也没有什么好悲伤的。㊱ 掔(lǎn)：楚国方言，即“揽”，拿起。木根：香草名。结：编织，是一种

劳作的方式。贯:贯穿。薜荔:香草名,是一种藤状的、比较长的植物。落蕊:指落花。㊲ 矫:拿起。纫:编织,与上文"结"意义相同。"木根"和"菌桂"为木本香草,茝和蕙是草本香草。索:搓绳子。胡绳:香草名,是又长又香的一种藤状植物。用这种藤状的植物搓成绳子挂在身上,香味可以飘出去很远。缅缅:披离之状。㊳ 謇:发语词。法:效仿。前修:此在屈原作品当中是一个固定名词,指前代为正直而死的人,屈原以之为榜样,称其为"前修"。世俗:指一般人。服:指佩带各种香草,引申为所坚持,所保持。以上两句说:我不过是效仿那些前代为正直而死的贤臣,但这不是一般人所能坚持的。㊴ 周:周合、吻合。彭咸:殷代的贤臣,他劝说君王,君王不听,于是投水而死。以上两句说:我愿意遵循彭咸留下来的人生法则,坚持我的人生理想和人生选择,决不放弃,即使死了也没有什么。

长太息以掩涕兮,哀民生之多艰。㊵
余虽好修姱以鞿羁兮,謇朝谇而夕替。㊶
既替余以蕙纕兮,又申之以揽茝。㊷
亦余心之所善兮,虽九死其犹未悔。㊸

【注 释】

㊵ 太息:叹息,长长地叹出一口气来,指因为悲伤到了极点,气喘不过来。涕:眼泪。掩涕:伤心到了极点,悄悄地流泪。㊶ 虽:同"唯"。好:喜好。修:修炼。姱:美好。鞿羁(jī jī):驭马的工具,一个是笼头,一个是缰绳,这里借代这两个工具表示约束自己,检点自己。謇:发语词。朝、夕:表示时间太短。谇(suì):被人责骂。替:废弃。夕替:晚上将我废弃。㊷ 纕(xiāng):佩带。申:加上、重复。揽:摘。以上两句说:既因为我用蕙来做香囊,又因为我采择"茝"来编织,作佩饰。㊸ 九:虚指,多数。犹:尚且。

怨灵修之浩荡兮,终不察夫民心。㊹
众女嫉余之蛾眉兮,谣诼谓余以善淫。㊺

固时俗之工巧兮，偭规矩而改错。[46]
背绳墨以追曲兮，竞周容以为度。[47]
忳郁邑余侘傺兮，吾独穷困乎此时也。[48]
宁溘死以流亡兮，余不忍为此态也。[49]

【注 释】

㊹ 怨：埋怨。灵修：指君王。浩荡：古人的解释为荒唐，相当于糊涂而分不清。民心：人心，说到底也就是屈原对君主的忠诚。以上两句说：我埋怨君王太糊涂了，到最后都不能明辨人心。㊺ 嫉余：此指其他女性嫉妒我的美貌。蛾眉：齐眉如蛾。此是“借代”手法，用眉毛的美来借指整体的美貌。谣：造谣。诼(zhuó)：中伤。淫：过分、过度。㊻ 固：本来。时俗：世俗之人。工：善于。工巧：投机取巧。规：画圆的工具。矩：画方的工具。绳墨：木匠取直的墨斗。规、矩、绳墨是木匠的三种工具，在此借指按规矩、按规律办事处世。偭(miǎn)：违背。改错：改变措施、做法。㊼ 背绳墨：指违背正直而追求邪曲。竞：争相。周容：苟合取容于人。度：法度，准则。㊽ 忳(tún)郁邑：忧愁烦闷的样子。侘傺(chà chì)：怀才不遇，失意到极点。穷：指仕途不顺，做官无望。㊾ 溘(kè)死：突然死去。以上两句说：我宁愿突然死亡，让灵魂四处流浪、飘荡，也不忍做出那种竞相取悦的姿态出来。

鸷鸟之不群兮，自前世而固然。[50]
何方圜之能周兮，夫孰异道而相安？[51]
屈心而抑志兮，忍尤而攘诟。[52]
伏清白以死直兮，固前圣之所厚。[53]

【注 释】

㊿ 鸷(zhì)鸟：指雄鹰一类的鸟。不群：超然不群，与众不同。前世：历代，从以往一直到现在。上句是从空间来讲，在空间环境里，雄鹰与一般的鸟相比，超然不群，与众不同；下句是从时间范畴来说，雄鹰之独傲自古以来就是如此。(51) 圜：指圆的。周：周合、合到一起。异道：不同的志

向。相安：指相安无事。㊾ 屈、抑：皆是使动用法，使内心受到委屈，使志向受到压抑。尤：罪过。忍尤：指忍耐、忍受人家指责我的种种罪过。攘(rǎng)：接受。诟：指脏水。攘诟：指接受人家迎头泼过来的脏水。以上两句说：让我内心受到委屈，让我的志向受到压抑，但我还是要坚持我的主张，决不屈服。㊿ 伏：通“服”，此指坚持。所厚：所赞许的。以上两句说：坚持清白之道，即使我死了也是为正直而死的。这本来就是前代圣贤所赞许的人生道路。

悔相道之不察兮，延伫乎吾将反。[54]
回朕车以复路兮，及行迷之未远。[55]
步余马于兰皋兮，驰椒丘且焉止息。[56]
进不入以离尤兮，退将复修吾初服。[57]
制芰荷以为衣兮，集芙蓉以为裳。[58]
不吾知其亦已兮，苟余情其信芳。[59]
高余冠之岌岌兮，长余佩之陆离。[60]
芳与泽其杂糅兮，唯昭质其犹未亏。[61]
忽反顾以游目兮，将往观乎四荒。[62]
佩缤纷其繁饰兮，芳菲菲其弥章。[63]
民生各有所乐兮，余独好修以为常。[64]
虽体解吾犹未变兮，岂余心之可惩。[65]

【注释】

㊾ 相：观察，选择。察：指自身进行反思。延伫：指徘徊，此引申为思考。反：通“返”，指回到当初来的路上。以上两句说：在即将回到人生起点的时候，我犹豫、徘徊，让我想一想，我当初的路是不是走错了。㊿ 回：指掉转车头。复路：回到当初走的路上。及：趁着。以上两句说：让我的车掉转车头，回到当初来的路上，行进在迷茫的路上还没有走得太远。(56) 步余马：使我的马漫步，随意走走。皋：水边高地。兰皋：长满兰花的水边的堤岸。驰椒丘：奔驰在长满香椒的丘陵上。且焉：姑且在这里。息：休息，指让我在这歇会儿。以上两句说：先让我的马在开满兰花的水

边高地上漫步，然后在长满香椒的丘陵上快速地奔驰，姑且让我在这歇会儿。⑰ 进不入：仕进、做官不顺利。离：通“罹”，指遭遇。离尤：遭遇罪过，遭遇不幸。退：指不做官了。复修：再次巩固提升自己。初服：指当初的服饰、配饰，象征当初的、人生起点的精神境界。以上两句说：我入仕做官不顺利，遭遇了种种挫折和罪名，虽然我不做官了，但我还要继续巩固自己当初人生起点的精神境界，进一步提炼自己。⑱ 衣、裳：上身穿的叫“衣”，下身穿的叫“裳”，上衣下裳，“裳”就是裙子。荷：指荷叶。芙蓉：指荷花。中国古代凡是称“荷”的即荷叶，未开的荷花叫“菡萏”，已经开放的荷花就叫“芙蓉”。以上两句说：我拿荷花的叶子来做上衣，用荷花的花瓣来做自己的裙子。⑲ 不吾知：没有人了解我啊。其亦已兮：那也就算了吧。余情：我的内心。信芳：确实美好。以上两句说：只要我的内心确实美好，即使没有人理解我也算了吧！我自己知道我还是好的。⑳ 陆离：飘离之状，又长又缤纷的感觉。㉑ 芳：最香的事物。泽：脏的东西，指汗臭、污垢。杂糅：混合在一起。昭质：光明美好的品质。亏：亏损、减少。㉒ 忽：忽然。游目：放开视野向远处眺望。观：探索、寻找、寻求。四荒：指四面边极之地。㉓ 芳：指香味。菲菲：指非常香。章：通“彰”，彰显，明显。弥章：更加扩展出来。以上两句说：我的佩饰多么缤纷，多么繁复漂亮，香味飘散出来。㉔ 民生：指人生、人生的道路。各有所乐：各有自己所喜好的。好修：蒋骥云：“篇中曰好修，曰修能，曰修名，曰前修，曰修初服，曰信修，修字凡十一见，首尾照应，眉目了然。”（《楚辞余论》卷上）一篇《离骚》言“修”者十一，讲自己修炼自己，提升自己，保持自己的美质作为人生的准则。常：原文当是“恒”。为了避汉文帝刘恒的讳，改为“常”。“恒”是人生的准则，“常”是常规、准则。㉕ 体解：古代酷刑之首，称为“五马分尸”。惩：知罪而受戒。以上两句说：即使用最残酷的刑法来惩罚我，仍然不会改变我的选择。我的内心哪里是可以随意改变、屈服的。

【品评】

以上为《离骚》第一大段，是屈原前半生人生追求的回顾与总结，也是今后人生抉择的反思与宣言，从《离骚》中我们可以感受到诗人跳动的脉搏、心灵的创伤与人生的轨迹。

气势恢宏的《离骚》,从内容上可分为前后两大部分,前一部分是人境,比较细致地倾诉了诗人前半生的遭遇、怨愤与志节,在写作上侧重于写人生苦难,却又以神奇之笔,涂画得色彩斑斓,眩人耳目。作为题旨剀切、意味深远的男女君臣象征体系,《离骚》以美女的妆饰表现自己的好修,以香草作为装饰自己的高档服装与佩饰,这里提到的香草有:江蓠、辟芷、秋兰、木兰、宿莽,皆为“芳香久固之物”(朱熹)。如木兰去皮不死,宿莽终冬不枯,所以钱澄之《屈诂》云:“扈兰纫芷,所谓被服礼义,涵濡道德学问之事也。”蒋骥也以为木兰、宿莽之喻乃指“所修无已,善行乃日进而不可变”。所以诗人在此主要不是炫耀香草品种的繁多、质量的精致上乘,而是要告诉读者:首先,他非常重视后天的学习。虽然他有众多的“内美”,如出身,姓同楚王;降生,幸逢大吉;得名,名嘉字懿。但他“又重之以修能”,志正道,学正道而成才。古人云,内美天工,修能人力。如果没有后天的博采众善,自我约束、锻炼和完善,就不可能成为有用的人、对社会有贡献的人,这是他的立身之本。其次,他有汲汲自修、尽快成才的时间紧迫感。他感到,时光像流水般逝去,因而他总担心时不我待。同时又说“日月忽其不淹兮,春与秋其代序”,太阳和月亮匆忙运行,不肯停留,春天与秋天也不断地更换时序。似乎季节更替、日来月往,也激发了诗人的敏锐感受力,一种出于内心的紧迫感;一草一木的细微变化,也会引起诗人的感情波澜。他付诸行动又是如何呢?“朝搴阰之木兰兮,夕揽洲之宿莽”,按《离骚》句,凡言“朝”“夕”,日夜对举,大都说明惜时行事,争分夺秒,并概括紧张劳作的迅速过程。《离骚》后半部分写远游求遇,有“朝发轫于苍梧兮,夕余至乎县圃”。后代的《木兰诗 》仅以两“旦”两“暮”就写尽了万里赴戎机的迅疾,可谓深得屈子三昧。屈原以三种方式、三个角度写出了自己抓紧时间、珍惜光阴的特点,有切身感受,也有外物触发,更有实际行动,颇有一唱三叹、回环往复的魅力。这种紧迫感似乎一直在督促、提醒着诗人,故《离骚》一则曰“老冉冉其将至兮”,再则曰“及荣华之未落兮”,三则曰“恐鹈鴂之先鸣兮”,四则曰“及余饰之方壮兮”,五则曰“及年岁之未晏兮”,这些比兴与直陈的交互表现,凝聚着诗人人生追求的可贵的时间意识。最后,方点明他修治磨炼的目的。草木零落,美人迟暮,虽仍着眼于时光消逝,但更含有一个美人比君王的深意。岁月匆匆,年华易逝，草木凋零，更加深了这种感受，也就特别渴望见到所思念、所愿献身的人。这种自拟美女，又称君王为“美人”的爱情追求，是屈原关于君臣契合、明君贤臣、两美必合的政治标准的艺术体现，而那种一往情深、殷切期望、执著缠绵的“单思式”的追求，也表现了早年屈原的政治选择与从政渴望。蒋骥《山带阁注楚辞》这样道出了屈原的心意：“言欲以其修能，与君及时图治也。”

《离骚》开头自述平生、反复明志的大段文字，是屈原遭受巨大挫折后追忆当初之事。年轻的屈原当初满腔热忱，献身君王，希望怀王任用忠良，弃去谗佞，改革不良法度，步入光明灿烂的圣王之路。令人遗憾的是，屈原的美好理想遭到了巨大的打击。

《离骚》用了大量的篇幅揭露群小丑态，以明其节，以申其志，冀君明辨，所以对楚怀王的表白是通过对群小的抨击来实现的。屈原在抨击群小时，手指着他们的鼻子，而眼看着楚王，既表白自己，又求君明鉴。他指责群小：竞进贪婪，不厌贪求；投机取巧，违背法度；背直追曲，苟合取容；嫉妒贤良，造谣中伤——这就是屈原所处的溷浊环境，美德善行，反而成了牵累；博采众善，反成罪过。情不自禁潸然泪下，泣下涟涟。仰天长叹：人生的路啊，我的路啊，为什么如此艰难？为什么那些曲折、不幸，总会落到自己的身上？

敏感、多愁、抑郁、痛苦的诗人，带着几分狂态，潮水般地、大起大落地喷泻那不平、愤懑之情。但是，在诗人狂放、呐喊的外表下，又是清醒、理智的头脑，他对人生的选择是经过深思熟虑的。标新立异，正道直行，横而不流，独立不迁，要付出怎样的代价，诗人是有足够的精神准备的：前途的，环境的，生命的、修名的——似乎他都考虑到了。这种庄严而崇高的悲剧意识，使他的哲学视野从狭小的空间——楚国宫廷斗争飞越到悠久的时间——跨越时空，冷静体悟！他在第二层面中表明了他的认识：道不同，岂止不相为谋，简直冰炭不能相容，正直与邪曲怎能和平相处？小人得志，贤良受气，自古以来，不乏其例，有什么不能理解呢？既然为了自己的理想与人格，受到打击诬蔑，付出沉重的代价，也就不应该半途而废，改弦更张，所以他再次表示：余心所善，九死不悔！即使忍尤攘诟、溘死流亡，即使郁邑侘傺、穷困失路，也在所不惜！因为为清白、为正义而死，正是前代圣人所嘉许的！这震撼人心的独白，是屈原用自己的生命作的宁为玉碎、不为瓦全的宣言。可惜昏庸糊涂、头脑简单的楚怀王，难以领略到如此深挚崇高的境界，所以屈原还得变换角度去慢慢开导。

女嬃之婵媛兮，申申其詈予，曰：⑯
“鲧婞直以亡身兮，终然殀乎羽之野。⑰
汝何博謇而好修兮，纷独有此姱节？⑱
薋菉葹以盈室兮，判独离而不服。⑲
众不可户说兮，孰云察余之中情？⑳
世并举而好朋兮，夫何茕独而不予听？”㉑

【注 释】

⑯ 女嬃(xū)：屈原假设的亲近之人。楚人谓姊曰嬃。女嬃詈予是假设之词，借以引起南征陈词，反复申明自己的志向。屈原之所以假设一个名为女嬃的女子做劝诫之人，是因为屈原以男女关系比君臣关系。婵媛：即“啴咺”，愤急而喘息之貌(从闻一多说)。申申：反复地。詈(lì)：责备、劝告。以上两句说：女嬃为我担心着急，反反复复地劝告我。⑰ 鲧：禹父。本篇指直谏而死的古贤，屈原是取其婞直受诛的故事。《帝系》曰：“颛顼后五世而生鲧。”《韩非子·外储三十四》：“尧欲传天下于舜，鲧谏曰：‘不祥哉！孰以天下而传之匹夫乎？’尧不听，举兵而诛杀鲧于羽山之郊。”《国语·晋语八》：“昔者鲧违命令，殛之于羽山。”《天问》：“鸱龟曳衔，鲧何听焉？顺欲成功，帝何刑焉？遏在羽山，夫何三年而不施？”婞直：刚直。亡：同“忘”，行婞直而不以身之阽危而变其节。终然：终于。殀：杀死。羽：羽山，传说中的地名。以上两句说：鲧刚直而不顾自身的安危，终于死在羽山之野。⑱ 博：过(从王夫之说)。博謇：过于直言，知无不言也(从钱澄之说)。姱节：美好的节操。纷：盛貌，用来修饰姱节。以上两句说：你为什么总是这样直言，这样喜欢高洁？为何独有你保持着那么多的美好节操？⑲ 薋(zī)：积，聚集。菉(lù)、葹(shī)：都是普通的草。以上两句说：满屋子堆积的都是普通的草，你却与众不同地抛开它们而不肯佩戴一下。⑳ 户说：挨家挨户地说以明己心。余：余等也(从姜亮夫说)。

此是女媭站在屈原一边说话的口气。以上两句说：对众人不能挨家挨户地说明，谁能详察咱们的本心？⑪ 世：世人。并举：互相抬举、吹捧。朋：朋党，拉帮结伙。《说文》云："朋，古凤字，凤飞，群鸟从以万数，故以为朋党。"茕(qióng)独：孤零独特。以上两句说：世上的人都喜欢互相吹捧，拉帮结伙，你为什么要这么孤零独特，而不听我的劝告？

依前圣以节中兮，喟凭心而历兹。⑫
济沅、湘以南征兮，就重华而陈词：⑬
"启《九辩》与《九歌》兮，夏康娱以自纵。⑭
不顾难以图后兮，五子用失乎家巷。⑮
羿淫游以佚畋兮，又好射夫封狐。⑯
固乱流其鲜终兮，浞又贪夫厥家。⑰
浇身被服强圉兮，纵欲而不忍。⑱
日康娱而自忘兮，厥首用夫颠陨。⑲
夏桀之常违兮，乃遂焉而逢殃。⑳
后辛之菹醢兮，殷宗用而不长。㉑
汤、禹俨而祗敬兮，周论道而莫差。㉒
举贤而授能兮，循绳墨而不颇。㉓
皇天无私阿兮，览民德焉错辅。㉔
夫维圣哲以茂行兮，苟得用此下土。㉕
瞻前而顾后兮，相观民之计极。㉖
夫孰非义而可用兮？孰非善而可服？㉗
阽余身而危死兮，览余初其犹未悔。㉘
不量凿而正枘兮，固前修以菹醢。"㉙
曾歔欷余郁邑兮，哀朕时之不当。㉚
揽茹蕙以掩涕兮，霑余襟之浪浪。㉛

【注 释】

⑫ 节中：折中，不偏不倚，没有偏差。喟：感叹。凭：楚国方言，愤怒的样子。历兹：至此(从戴震说)。以上两句说：我遵照前代圣贤的榜样并

无偏差，可叹的是心中愤怒，一直到现在。⑬ 济：渡过。沅、湘：都是水名，现湖南境内。《史记·五帝本纪》："舜南巡狩，崩于苍梧之野。""苍梧"，山名，即九嶷山，在今湖南省宁远县境内。《帝系》曰："瞽叟生重华，是为帝舜。葬于九嶷山，在沅湘之南。"故渡沅湘而南征。征：行进。重华：舜号。为何找舜陈词？王逸云："稽疑圣帝，冀闻秘要，以自开悟也。"蒋骥云："因女媭之言而自疑，故就前圣以正之。又以鲧为舜所殛，而九嶷于楚为近，故正之于舜也。"《左传·僖公三十三年》："舜之刑也殛鲧，其举也兴禹。"以上两句说：我渡过沅水、湘水再往南走，到帝舜那里去倾诉衷情。⑭ 启：夏启，禹之子，夏朝君主。《九辩》、《九歌》：古乐名，传说是启从天帝那里偷来的，实际上是因为音乐的美妙而产生了"此曲只应天上有"的想法。关于启的好乐，典籍记载颇多。《天问》："启棘宾商，九辩九歌。"《墨子·非乐》引武观："启乃淫溢康乐，野于饮食；将将锽锽，筦磬以方；湛浊于酒，渝食于野；万舞翼翼，章闻于天，天用弗式。"《竹书》："帝启十年，帝巡狩，舞九招于大穆之野。"《山海经·大荒西经》："开（启）上三嫔于天，得九辩与九歌，以下此大穆之野。"注云："皆天帝乐名，启登天而窃以用之。"可见启是一个好乐昏主，康娱自纵，淫溢康乐。但在《左传·昭公四年》的记载中，夏启与商汤、周武、周成、周康、周穆被并称为"六王"，又与齐桓、晋文"二公"共举，则为贤王。夏：与上句的"启"互文，即夏启。康娱：寻欢作乐。自纵：放纵自己。以上两句说：夏启从天帝那里偷来《九辩》与《九歌》两支名曲，放纵享乐，毫无顾忌。⑮ 顾难：考虑患难。图后：为未来打算。五子：即"五观"，又名"武观"，启之幼子，曾叛乱。失：衍文。用乎：因此。巷：一种说法是本作"衖"，"衖"是"閧"之借字。家巷：即"家閧（hòng）"，家庭纷争，发生战乱。以上两句说：（启）不考虑可能出现的祸患，也不作长远打算，因而导致了儿子武观发动的内乱。⑯ 羿：传说中的夏代有穷国的君主，因夏乱而起兵夺取政权。这是传说中的史实，神话中的羿有射日之功，但他霸占了河伯之妻宓妃。淫：过度。佚：放纵。畋：打猎。封：大。封狐：泛指野兽。以上两句说：后羿恣意游玩，迷恋打猎，又喜欢围射大狐狸。⑰ 流：这一类人。乱流：淫乱之徒。鲜终：少有好下场。浞（zhuó）：寒浞，传说为羿相。浞行媚于内，施赂于外，树之诈慝而专其权势。他贪恋后羿之妻，勾结后羿的家臣逢蒙（著名射手）把羿射杀，然后霸占了羿妻，生二子：浇与豷。厥家：指他的妻子。以上两句说：淫乱之辈本来就少有好下场，荒淫的羿就被另一淫乱之人寒浞杀死，并且霸占了他的妻子。⑱ 浇(áo)：人名，寒浞与后羿妻所生之子，又作“奡”。传说他勇猛有力，能陆地行舟。被服：披服，引申为具有。强圉：即“强御”，强暴有力。纵欲：放纵享乐，任意胡为。据《天问》所言，浇与其嫂女歧私通(“惟浇在户，何求于嫂？”“女歧缝赏，而馆同爰止”)。不忍：不肯自制。以上两句说：浇仗着力大过人，放纵享乐，胡作非为，不肯克制自己。⑲ 日：天天。自忘：忘记自身的危险。厥首：他的头。用夫：因此。颠陨：坠落。以上两句说：浇天天寻欢作乐，忘掉了自身的危险，因此而脑袋落地。相传浞使浇用师灭斟灌及斟寻氏，处浇于过，处豷于戈。羿当年是逐夏君相(太康之侄，仲康之子)自立，相逃至二斟。浇灭二斟，杀夏后相。相妻自窦逃出，归于有仍，生少康，后少康奔有虞，为之庖正，以除其害。有虞于是妻之以二姚，而邑诸纶。有田一成，有众一旅。能布其德而兆其谋，以收夏众，抚其官职。少康派汝艾暗察浇的行动，浇与其嫂私通(“女歧缝裳，而馆同爰止”《天问》)。汝艾派人夜里去杀浇，却错砍了女歧的头(“何颠易厥首，而亲以逢殆？”《天问》)。后少康出猎，汝艾杀死浇(“何少康逐犬，而颠陨厥首”《天问》)。少康的儿子又灭豷于戈。至此，少康中兴，复禹之绩。以上内容可参见《左传·哀公元年》、《左传·惠公四年》、《天问》等。⑳ 常违：违常，违背常规。遂焉：终于。逢殃：遇上灾殃，指国被灭，身见放。汤灭桀后，放之于南巢，即今安徽巢县附近。以上两句说：夏桀违背常规，终于遭到祸殃。㉑ 后：君王。辛：商纣之名，古称后辛，一称帝辛，商代末主，亡国之君。菹醢(zū hǎi)：古代酷刑，把人剁成肉酱。宗：宗祀。殷宗：殷商王朝。菹醢的记载有：《天问》的“比干何逆，而抑沈之”、“梅伯受醢，箕子详狂”。《史记》的“纣醢九侯，脯鄂侯”。《淮南子》的“醢鬼侯之女，菹梅伯之骸”。《吕氏春秋·行论篇》的“昔者纣为无道，杀梅伯而醢之，杀鬼侯而脯之；以礼诸侯于庙”。以上列举启、羿、浇、桀、纣五个暴君亡国危身的史实，是要证明下面所说的“夫孰非义而可用兮？孰非善而可服”的真理。用而：因而。以上两句说：商纣把贤臣剁成肉酱，殷王朝因此不得久长。㉒ 汤：商汤，商代第一个君主。禹：夏禹，夏代第一个君主。这两个君王皆为古代明君的典型。俨：畏也，小心谨慎。祗(zhī)：

敬。周:指周初的文王、武王、周公等。论道:治国之道。莫差:没有差错。以上两句说:商汤、夏禹对天道人事都小心谨慎,恭恭敬敬,周代开国明君讲究治国之道而不出差错。㊸ 举贤:选拔贤人。授能:任用能人。绳墨:比喻法度。颇:偏差。以上两句说:他们(汤、禹、文、武)选拔贤才,因才而用,遵循法度而无偏差。这两句寄托了屈原的"美政"理想。㊹ 阿:偏袒。民:人,这里指人君。错:同"措",指安排。以上两句说:皇天对人没有偏私,看谁有德就给以辅助。㊺ 维:同"惟",只。圣哲:贤圣之人,这里指人君。茂行:盛德之行。苟得:乃能。用:享有。下土:国土,天下,相对皇天而言。以上两句说:只有圣哲之人凭着盛德美行,才能享有天下(即统治国家)。㊻ 瞻前、顾后:指纵观历史,历览古今。民:人,人们。计极:衡量是非的标准。以上两句说:纵观古今成败得失,(为政者)应该看到人们衡量是非的标准。㊼ 用:享有,承上面的"苟得用此下土"一句。服:同"用"义。以上两句说:哪有不义不善的国君,能长久地享有天下呢?以上八句在引证古史的基础上从正反两方面论述为君之道。㊽ 阽(diàn):临近险境。阽余身:即"余身阽"。危死:险些死去。初:初志,指好修事君之志。以上两句说:我已临近危险,几乎是在死亡的边缘,但回顾我当初的心志,却还是不后悔。此两句由历史人物到抒写个人,由论述为君之道到为臣之道,初志既嘉,则持之不悔,婉答女媭之詈。㊾ 量:测量。凿:凿眼,以安榫头。枘(ruì):木榫。枘要插进凿中,如不度量凿的方圆大小来削正枘的形状,就无法合榫。量凿正枘,比喻为人臣不度量国君的贤愚,而直言敢谏,必然取祸。固:本来。前修:先贤。以上两句说:不度量凿眼而削正想要安放的榫头,这本是前代贤人被剁成肉酱的原因。㊿ 曾:同"增",愈加。歔欷(xū xī):哀泣之声(从王逸说)。郁邑:忧闷抑郁。时之不当:生不逢时。时:指上面所说的明君在位,举贤任能的时代,即禹、汤、文、武之时。当:值遇。以上两句说:说到这里,我的心情更加忧郁,忍不住悲痛哭泣,哀伤自己生不逢时。(91) 茹:柔软的。霑:同"沾",浸湿。襟:衣裳之边际皆谓之襟。此所谓襟者,盖指胸前之衣,而泪下垂以湿之耳,俗所谓胸襟是也(从汪瑗说)。浪浪:水流不断之貌,这里形容眼泪之多。以上两句说:我拿起柔软的蕙草擦拭眼泪,但泪如泉涌,滚滚而下,以致沾湿了胸襟。

跪敷衽以陈辞兮，耿吾既得此中正。[92]
驷玉虬以乘鹥兮，溘埃风余上征。[93]
朝发轫于苍梧兮，夕余至乎县圃。[94]
欲少留此灵琐兮，日忽忽其将暮。[95]
吾令羲和弭节兮，望崦嵫而勿迫。[96]
路曼曼其修远兮，吾将上下而求索。[97]
饮余马于咸池兮，总余辔乎扶桑。[98]
折若木以拂日兮，聊逍遥以相羊。[99]
前望舒使先驱兮，后飞廉使奔属。[100]
鸾皇为余先戒兮，雷师告余以未具。[101]
吾令凤鸟飞腾兮，继之以日夜。[102]
飘风屯其相离兮，帅云霓而来御。[103]
纷总总其离合兮，斑陆离其上下。[104]
吾令帝阍开关兮，倚阊阖而望予。[105]
时暧暧其将罢兮，结幽兰而延伫。[106]
世溷浊而不分兮，好蔽美而嫉妒。[107]

【注释】

⑨② 敷：铺开。衽（rèn）：上衣的前下摆。跪敷衽：跪于敷衽之上。人跪下时，上衣的前下摆自然铺开在地上。耿：明白。中正：公正。以上两句说：铺开衣襟诉说衷情，我感到心明眼亮，已得正道。⑨③ 驷（sì）：驾车的四匹马，此作动词。虬（qiú）：古代传说无角的龙。玉虬：白龙。鹥（yī）：凤凰别名（从王逸说）。溘：奄忽、忽然。埃风：夹着尘埃的大风。上征：向上行，指向天上飞行。以上两句说：我以龙为马，以凤为车（准备上下求索），忽然一阵大风，我就趁着它上行于天。朱熹认为，此以下多假托之词，非实有是物与是事也。⑨④ 轫（rèn）：止车之木。发轫：出发。将行：即发之（从王逸说）。苍梧：山名，即九嶷山。根据上文“济沅、湘以南征兮”、“就重华而陈词”，屈原想象自己来到苍梧。这里所写的是向帝舜陈词后的活动。县（xuán）：同“悬”。县圃：神话中地名，在昆山（神话中一座上通于天的仙山）的中层。以上两句说：早晨从苍梧出发，晚间到达县圃。

⑨⑤ 少留:稍许停一停。琐:门镂也(从王逸说),即门上雕刻的花纹。这里是门的代称,因县圃乃神仙之所居,故其门称之曰"灵琐"。游国恩对这两句解释说:"拟暂留驻而时已晚,恐稽其漫漫修远之程途,而不能上下求索耳。"可见是写求索之迫切。以上两句说:想在这仙客门前稍停一下,可是太阳很快下落,将近黄昏。⑨⑥ 羲(xī)和:日御也,太阳神的驾车人。传说太阳神每天驾着车子在天上巡游一回。节:策,马鞭。弭(mǐ)节:停下赶车之鞭,即停车不进。崦嵫(yān zī):传说为"日所入山"即落太阳处的神山。望崦嵫而勿迫:即(羲和)望见了崦嵫山,但不要靠近,意即不要让太阳落下山去。以上两句说:我命令羲和把太阳神的车子停下来,望着崦嵫山却不要靠近它。⑨⑦ 曼曼:同"漫漫",远貌。索:求。求索:追求理想中的女子(贤君),与下文"来违弃而改求"、"聊浮游而求女"义同。以上两句说:路程漫漫又长远,为了理想我将上天下地,反复追求。⑨⑧ 咸池:神话中地名,传说太阳神每天早晨动身前要先在咸池中沐浴以汲取热量。《淮南子》:"日出汤谷,浴乎咸池,拂于扶桑,是谓晨明。"总:系结。辔:缰绳。王夫之:"总握六辔,驱车行也。"扶桑:神木,长于东方日出之处。以上两句说:让我的马在太阳洗澡的浴池中饮水,在扶桑树下,总握六辔,驱车启行。⑨⑨ 若木:神话传说中长在西方日落处的神树。拂:逆,阻。拂日:拂拭太阳,阻其下山。逍遥:徘徊。相羊:同"徜徉",徘徊。逍遥、相羊:同义连用,指让太阳徘徊,即让太阳停止前进。以上两句说:我急令羲和折一枝若木挡住太阳下落,让它暂且逍遥徘徊,停止前进。⑩⓪ 望舒:月御也,为月神驾车的人。先驱:前驱(从洪兴祖说)。飞廉:风神。属:跟随。奔属:疾趋相连属也(从王夫之说)。以上两句说:我命令望舒在前面开路,又让飞廉跟随在后面奔跑。⑩① 鸾:凤凰一类的鸟。皇:同"凰",古代雄凤雌凰,凰乃雌凤凰。鸾皇:即"凤凰"。先戒:前往警戒。雷师:雷神。未具:行装尚未齐全。按常规,兵马未动,粮草先行。行装未具即不行,然余心情迫切,于行装未具之前,先派前驱,再令后属,于此还不放心,复又派鸾皇前往佐匹前戒。王夫之云:"雷师未具,极言其情之迫也。"以上两句说:我又令鸾皇前及望舒,佐其前戒,以求畅达,而雷师急谏曰:"行装尚未齐备,何行之急耶?"⑩② 凤鸟:即第一天"驷玉虬以乘鹥兮"之"鹥",指凤车(以凤为车)。拉车的马是"驷玉虬"之"虬"(以龙为马)和"饮余马于咸池"

之“马”。这两句是总写，说明我就是这样急速奔驰，以达叩阍之处的。仍是以行程之速复写心情之急。以上两句说：我命令凤鸟展翅飞腾，夜以继日，昼夜兼程。⑩飘风：旋风。屯：聚也。离：通“丽”，附也（从王夫之说）。帅：同“率”，率领。霓：虹的五彩部分。云霓：泛指云霞。御：通“迓”，迎接。以上两句说：旋风屯聚，相附于余车，又率云霞前来迎接。⑩总总：犹僔僔，聚貌（从王逸说）。纷总总：是就形状言，纷然聚集。斑：杂色貌（从王夫之说）。陆离：光彩错杂之貌。斑陆离：是就颜色言，五光十色。离合：忽聚忽散。上下：忽高忽低，这是就动态而言。以上两句说：云霓纷然杂聚，乍离乍合，瞬息万变；色彩斑斓，忽高忽低，参差交织。⑩帝：天帝。阍（hūn）：守门人。关：门闩。开关：开门。阊阖（chāng hé）：《说文》有“楚人名门曰阊阖”，这里指天门。以上两句说：我叫天帝的守门人把门打开，他却靠着天门冷冷地望着我（而不予理睬）。⑩暧暧（ài）：日光昏暗的样子。时：时光。罢：极，完结。结：编结。结幽兰：编结幽兰。延伫：徘徊犹豫。闻一多以为，“求女不得而发”、“结幽兰”云云，乃结言于幽兰以贻所求之女。此以“求女”说为佳，符合整个以男女爱情喻君臣关系的表现手法。求女即求君，求君信任。但结果是到处碰壁，希望落空，与人世一样，故以下又由幻境转入对现实的观察。以上两句说：时光已是黄昏，一天将要过去了，我手里编着幽兰，在天门前久久徘徊。⑩世：社会。溷（hùn）浊：混乱、浑浊。好：喜欢。美：优秀的人。以上两句说：现实社会是如此黑暗，不分是非曲直，总是埋没贤能，嫉妒好人。

朝吾将济于白水兮，登阆风而绁马。[108]
忽反顾以流涕兮，哀高丘之无女。[109]
溘吾游此春宫兮，折琼枝以继佩。[110]
及荣华之未落兮，相下女之可诒。[111]
吾令丰隆乘云兮，求宓妃之所在。[112]
解佩纕以结言兮，吾令蹇修以为理。[113]
纷总总其离合兮，忽纬繣其难迁。[114]
夕归次于穷石兮，朝濯发乎洧盘。[115]
保厥美以骄傲兮，日康娱以淫游。[116]

虽信美而无礼兮，来违弃而改求。[117]

览相观于四极兮，周流乎天余乃下。[118]

望瑶台之偃蹇兮，见有娀之佚女。[119]

吾令鸩为媒兮，鸩告余以不好。[120]

雄鸠之鸣逝兮，余犹恶其佻巧。[121]

心犹豫而狐疑兮，欲自适而不可。[122]

凤皇既受诒兮，恐高辛之先我。[123]

欲远集而无所止兮，聊浮游以逍遥。[124]

及少康之未家兮，留有虞之二姚。[125]

理弱而媒拙兮，恐导言之不固。[126]

世溷浊而嫉贤兮，好蔽美而称恶。[127]

闺中既以邃远兮，哲王又不寤。[128]

怀朕情而不发兮，余焉能忍而与此终古？[129]

【注释】

⑩⑧ 白水：神话中河流名。《淮南子》有"白水出昆仑之山，饮之不死"。阆(làng)风：山名，在昆仑之上，即悬圃。《水经注·河水》云："昆仑虚在西北，三成为昆仑丘。《昆仑说》曰：'昆仑之山三级：下曰樊桐，一名板桐；二曰玄圃，一名阆风；上曰增(层)城，一名天庭，是谓太帝之居。'去嵩高五万里，地之中也。"绁(xiè)：拴。以上两句说：早上我将渡过白水，登上阆风后把马拴在那里。这两句写自己打算从天庭下来，回到县圃(阆风)，再到别处去寻求。⑩⑨ 反顾：回头看，这里指回到县圃(阆风，昆仑神山之中层)后看天庭(昆仑神山之上层)。高丘：即"天庭"，故曰"反顾"。以上两句说：忽然我回头张望，禁不住涕泪长流，使我伤心的是在天庭里找不到理想中的美女。⑪⑩ 春宫：富丽堂皇的神宫，即县圃(阆风)。琼枝：玉树之枝。继：增加。以上两句说：我匆忙地览观于县圃仙苑，折下玉树枝以增加我的佩饰。⑪⑪ 荣华：花朵，这里指玉树之花。落：凋谢。下女：下界女子，相对天庭言，这里指下文的宓妃、娀女、二姚。诒：同"贻"，赠送。以上两句说：趁着玉树枝上的花朵尚未凋落，我看看下界的美女，能否把自己的佩饰赠给她。⑪⑫ 丰隆：云神。宓(fú)妃：洛水女神。《洛神赋》注云：

"宓妃，伏羲氏女，溺洛水而死，遂为河神。"以上两句说：我让云神丰隆为我驾起云霓，去寻找宓妃的所在之处。⑬佩纕：佩饰。结言：订约。蹇修：下女之能为媒者，善媒之人(从洪兴祖说)。理：媒人。以上两句说：我解下饰物拿去订约，让蹇修给我当媒人。⑭纷总总：指宓妃态度暧昧，忽离忽合。纬繣(wěi huà)：情意不投。难迁：难以迁就。以上两句说：开始，宓妃态度暧昧，若即若离；后来，她又突然闹别扭，这种态度实难以迁就。⑮次：止宿，歇息。穷石：神话中的地名。《左传·襄公四年》："后羿自鉏迁于穷石。"《天问》："帝降夷羿，革孽夏民，胡射夫河伯，而妻彼雒嫔?"雒嫔即宓妃。濯(zhuó)：洗。洧(wěi)盘：神话中水名。马茂元以为，濯发于洧盘，也是一种炫耀自己美色、引诱别人的放荡行为，即下文"信美无礼"之意。以上两句说：宓妃晚上住在穷石，早晨又跑到洧盘洗发梳妆。⑯保：持、仗着。厥：她的。以上两句说：宓妃依仗美貌而骄人傲物，成天放纵享乐，一味游荡。⑰无礼：指骄傲、淫游。违弃：抛开。来：招呼从者之词。改求：另作追求。以上两句说：她虽然确实美丽，然而不讲礼法。来吧，让我们抛开她另作追求。⑱览、相、观：是同义连用，看，寻求。四极：四方极远之地(从朱熹说)。周流：同"周游"，遍游。以上两句说：观察寻求直到四方的尽头，游遍了整个天庭，这才下到人间。⑲瑶：《说文解字》曰："玉之美者。"瑶台：玉台。偃蹇：高貌(从王逸说)。有娀：有娀(sōng)氏，传说中的上古国名，实为原始部落名。佚女：佚通"妷"、"昳"、"懿"，美，这里指简狄。李善引《吕氏春秋》云："有娀氏有二佚女，为九成之台。"《淮南子》云："有娀在不周之北，长女简翟，少女建疵。"注云："姊妹二人在瑶台也。"《楚辞》言简狄事与《史记》吞卵孕契所传各异。蒋骥推断，简狄居有娀之瑶台，尝闻其美且贤，遣玄鸟为媒致娉，而女乐从，因得为妃，生契而启商祚。因高辛有玄鸟致诒事，故骚经用鸩鸠凤凰渲染。鸩鸠既不堪使，自适又非所宜，踌躇之后，方及凤凰，其势已晚，却恐商辛玄鸟之使，已在我先，因止而不遣。以上两句说：我远远望到高高耸立的瑶台，也看见了有娀氏的美女简狄。⑳鸩(zhèn)：传说中的一种毒鸟。以上两句说：我让鸩鸟去当媒人，它却欺骗我说简狄不好。㉑鸣逝：边飞边叫。佻巧：轻佻奸巧。恶：憎、嫌。以上两句说：雄的斑鸠边飞边叫，愿为说合，我又讨厌它轻佻奸巧。㉒犹豫：与"狐疑"同义，踌踌不决。不可：于礼不可。以上两句说：心里犹豫而迟疑不决，想亲自登门，又感到不合礼仪。⑬ 凤皇：同“凤凰”，帝喾的使者。诒：通“贻”，这里作名词，指礼物。受：授，致。高辛：帝喾即位后的年号。以上两句说：凤凰已经为高辛赠送聘礼去了，恐怕高辛会在我之前娶得简狄（故辍而不求）。⑭ 集：鸟栖于木，与“止”同义，停留。浮游：四处闲游。以上两句说：我想往远方去而又无处可去，只好四处闲游，徘徊观望。此两句写求女不成的痛苦心情。⑮ 少康：夏代中兴之主，相之子。浞、浇作乱时，他潜逃至有虞，有虞因妻以二女。后收夏众，灭浇，复禹之业。家：动词，成家，结婚。有虞：传说中的上古国名（部落名），传说是舜后，以姚为姓，《说文》有“虞舜居姚虚，因以为姓”。二姚：指有虞国君的两个女儿。以上两句说：趁着少康没有成家，还留有二姚可以追求。⑯ 理：即媒，媒人。导言：指媒人撮合之词，说合。不固：不牢靠，指不能把婚事办成。以上两句说：但又担心使者无能，媒人笨拙，这项亲事的说合，仍不牢靠。⑰ 称：称赞。以上两句说：现实社会如此黑暗，总是嫉妒贤能，喜欢掩盖美质而称道恶行。⑱ 闺：旧时女子所居之内室。闺中：女子所居之处。两句一意，求女不成即求君不悟。蒋骥云：“闺中邃远句，收反顾游目以下半篇，哲王又不悟，回顾怨灵修之浩荡以前半篇。用笔一俯一仰，真有旋乾转坤之力，然非明眼人，孰能察千里来龙哉。”邃（suì）：深。闺中既以邃远：比喻上述诸美女难以追求。哲王：贤明的君主，指楚怀王。寤：通“悟”，醒悟。以：通“已”。以上两句说：那些美女既已住在深远的闺中（无法追求），贤明的君主又不醒悟（我向谁去倾诉衷肠呢）。⑲ 发：抒发。终古：永远。以上两句说：我怀着忠贞之情而无可抒发，我怎能长期忍受这种境遇？

【品评】

以上为《离骚》第二大段，写屈原“上下求索，以悟其君”，以女媭之詈引出自己思想上努力追求与明哲保身的矛盾斗争，通过南征陈词来解决——这本是正确的为臣之道，应努力追求，也是下文铺写追求的缘由，在情节上以伏促起，可喻为奔腾瀑布之蓄势。下则以叩阍求女，表现自己的不屈追求，又表现出对楚王无望、求女不得，故又引起下文远游他国，择君而仕的想法以及去与留的斗争与交锋。

从艺术构思来看，第一大段以美女的妆饰、男女的爱情喻君臣契合表现自己的好修，以美女的被弃来表现自己的被谗见疏，以弃妇的哀愁表现自己的愤懑，以弃妇的剖白表现自己的希冀；本段则以女喻君，己则为男，以男对女的执著追求表现自己的忠君爱国思想，以屡屡失恋、终无所合表现自己的窘困与苦恼，以闺中邃远而难求喻楚王固执不用己；第三大段以外出求女喻出仕他国，以两美相投喻君臣契合。以爱情作喻有利于表现热烈奔放、大起大落的激越感情，有利于表达他所希望的与君主的密切关系以及君臣契合的标准（双方志同道合而不苟且）。

从表现手法来看，虽大量运用浪漫主义手法，却是现实主义与浪漫主义的巧妙结合。上征求女，都是在一段现实基础上的假设，后又回到现实中，两次求女失败后，诗人发出了感慨，尤其是闺中既以邃远，哲王又不悟，乃取喻之直陈，既揭示两次失败的原因，又暗示出求女与求君的表里关系。

索藑茅以筳篿兮，命灵氛为余占之。[130]
曰："两美其必合兮，孰信修而慕之？[131]
思九州之博大兮，岂唯是其有女？"[132]
曰："勉远逝而无狐疑兮，孰求美而释女？[133]
何所独无芳草兮，尔何怀乎故宇？[134]
世幽昧以昡曜兮，孰云察余之善恶？[135]
民好恶其不同兮，惟此党人其独异！[136]
户服艾以盈要兮，谓幽兰其不可佩。[137]
览察草木其犹未得兮，岂珵美之能当？[138]
苏粪壤以充帏兮，谓申椒其不芳。"[139]

【注 释】

⑬⓪ 索：取。藑茅：占卜用的一种茅草（篮草）。筳（tíng）：占卜用的小竹片。篿（zhuān）：楚人结草折竹以卜曰篿。灵氛：卜师之称。以上两句说：我取来占卜的茅草与竹片，请灵氛为我占卜（预测我的吉凶祸福）。

⑬¹ 曰:灵氛卜辞。两美:以男女俱美而合,喻良臣必遇明君,占吉之词(你既然如此美好,一定会知遇明君)。信修:犹信美、信姱,言确实美好。以上两句说:世上虽有双方美好必可圆满结合的说法,但在楚国有谁真正值得爱慕呢(从朱熹说)? ⑬² 思:汝思之也,灵氛告诫屈原之词。九州:古人曾分中国为九州——冀、兖、青、徐、扬、荆、豫、梁、雍,并以九州作为"中国"、"天下"的代称。是:此、此地,指上文宓妃等美女所居之地,暗指楚国。女:指贤君也(从蒋骥说)。以上两句说:你想想整个天下是如此辽阔广大(美女至多),难道只有此地才有美女吗? ⑬³ 曰:再言曰者,卜人申释所占之义(从王夫之说),仍是灵氛语。远逝:远行。美:美人、美才,这里指贤臣,以男女关系喻君臣契合,则为两美,君为美人,臣亦为美人。释:放弃,放过。女:同"汝"。以上两句说:你还是努力到远方去吧!不要迟疑不决了,只要有人(人君)诚心寻求美才,谁会把你放过呢? ⑬⁴ 芳草:贤芳之君(从王逸说),以喻美人,这里指君(荃)。故宇:故居,故国,这里指楚国。以上两句说:天下何处没有芳草,你何必怀恋故乡?王夫之云:"战国之士,旦秦夕楚,立取卿相。以原之才,何患乎无君。故卜有此象,示以决去。"⑬⁵ 幽昧:昏暗。眩曜:日光强烈,使人头昏眼花,此指惑乱之貌。云:助词,无实义。余:我们,此乃灵氛站在屈原一边的说话口吻。以上两句说:世道昏暗惑乱,又有谁能分辨出我们的好坏?蒋骥云:"此四语直从'世并举好朋'句翻出,是通脉络最分明处。"⑬⁶ 民:人、人们。其不同:即"岂不同",哪有不同。独异:独异于众,唯这群党人的好恶与众不同。以上两句说:人们的好恶哪有什么两样?只有这帮结党营私的小人与众不同。⑬⁷ 户:家家户户,这里指群小。服:佩。艾:艾蒿,恶草。盈:满。要:同"腰"。以上两句说:那帮小人把艾蒿挂满腰间,反而说清香的幽兰不可佩带。⑬⁸ 珵(chéng):同"程",品评。当:恰当。以上两句说:他们观察草木还得不到正确的认识,怎么能恰如其分地品评美人? ⑬⁹ 苏:取。粪壤:粪土,泛指污秽之物。充:填满。帏(wéi):香囊。以上两句说:那帮小人把粪土污物装满香囊,反说申椒臭而不香。

欲从灵氛之吉占兮,心犹豫而狐疑。[140]
巫咸将夕降兮,怀椒糈而要之。[141]

百神翳其备降兮，九嶷缤其并迎。[142]
皇剡剡其扬灵兮，告余以吉故。[143]
曰："勉升降以上下兮，求矩矱之所同。[144]
汤、禹俨而求合兮，挚、咎繇而能调。[145]
苟中情其好修兮，又何必用夫行媒？[146]
说操筑于傅岩兮，武丁用而不疑。[147]
吕望之鼓刀兮，遭周文而得举。[148]
宁戚之讴歌兮，齐桓闻以该辅。[149]
及年岁之未晏兮，时亦犹其未央。[150]
恐鹈鴂之先鸣兮，使夫百草为之不芳。"[151]

【注释】

⑭吉占：占卦所得的吉利的判断，指上文所说的"其必合"。以上两句说：我想听从灵氛占卜得出的吉祥预言，心里却迟疑不决。⑭巫咸：神巫。神巫在古代被看作能通神的人物，人对神的祈求，由巫转达；巫又可以降神，神附于巫而传话，给人以旨意。夕降：于晚间降神。怀：揣在怀里。糈（xǔ）：精米。要：通"邀"，迎候。以上两句说：巫咸将在晚间降神，我揣着花椒、精米等礼神之物前去迎候（神的降临）。⑭百神：天之群神。百者，概言其数之盛也。翳（yì）：遮蔽。这里是形容降之神很多，遮天蔽日，铺天盖地。备降：全部降临。九嶷：指九嶷山诸神。缤：众多貌。并迎：一齐迎接。九嶷并迎，说明百神地位之高，备降时之隆重。以上两句说：天上众神遮天蔽日地全部下降，九嶷山诸神纷纷相迎。上文想象由九嶷山（苍梧）出发，上下求索，叩阍求女失败之后，仍落脚到九嶷山，便又设想在那里卜卦与降神，所以此处又说九嶷。⑭皇：即百神。剡剡（yǎn）：光芒闪耀。扬灵：显示神灵。吉故：前事之吉者也，指下文讲的前代君臣遇合的佳话。以上两句说：百神光芒闪耀，显示威灵（通过巫咸）告诉我的一些古代的吉事。⑭曰：巫咸转告百神的话。勉：勉力，努力。升降、上下：同义，即上下求索。矩矱（yuē）：矩是画方的工具，矱是画长短的工具，两者都喻指法则、政治主张、理想志趣等。以上两句说：努力到上下四方去寻求吧，寻求那些与你志同道合的人。巫咸之意同于灵氛，劝屈原远逝

求君。⑭⑤ 俨：严肃诚心。求合：访求志同道合之臣。挚：伊尹名，商汤之相，传说他曾经做过厨师，五见汤，五见桀，初以烹调技术为汤赏识，后被重用。咎繇(gāo yáo)：即皋陶，禹之贤臣。调：协调。以上两句说：商、汤、夏禹认真寻求志同道合之人，得到伊尹、皋陶而君臣协调。⑭⑥ 苟：假如、只要。用：因、借助。行媒：派遣媒人。由男女关系喻君臣关系，故以媒人喻打通关节的介绍人。以上两句说：只要衷心爱好优美的品质（那就自然会有理想的结合），又何必借助媒人往来说合？⑭⑦ 说(yuè)：傅说。筑：版筑。这里指版筑（两侧夹板中间夯土的筑墙方式）时所用的工具——捣土棒。传说，傅说是犯轻罪而服劳役的囚徒，被褐带索，筑于傅岩之野，后被武丁发现，任为相，使殷得中兴。傅岩：地名，在今山西平陆县东，当时在虞虢之界，因有涧水坏道，故常使胥靡刑人修此道。傅说即以胥靡身份服役版筑（见《天问》、《论语》、《庄子》、《墨子》）。胥靡是对犯有轻罪者的处罚，用绳索把罪人系在一起，相随而行，以服劳役。故云傅说"被褐带索"（《墨子·尚贤》）。武丁：殷高宗名。以上两句说：傅说拿着夯土棒在傅岩筑墙，武丁毫不犹豫地用他为相。⑭⑧ 吕望：本姓姜，从其封姓，故姓吕，名望，又尚。他曾卖饭、屠牛、钓鱼，并为妇所逐，后来被周文王发现，用以为师。鼓刀：动刀，指为屠夫。周文：周文王。以上两句说：吕望原是个挥刀的屠夫，遇着明君周文王而得重用。⑭⑨ 宁戚：卫人。修德不用，退而商贾，宿齐东门外。桓公夜出，宁戚方饭牛，叩角而高歌，桓公闻之，知其贤，举用为客卿。宁戚所歌，必激切动人。齐桓：齐桓公，春秋前期齐国国君，曾称霸于诸侯。该：备。辅：辅佐。该辅：是备位于辅佐大臣之列。以上两句说：宁戚饲牛讴歌，齐桓公听到后便把他任为客卿，备为辅佐。⑮⓪ 晏：迟，晚。未晏：年纪还不算老。犹其未央：即其犹未央，央指尽。以上两句说：趁着年纪还不算老，时光还没有完全消逝。⑮① 鹈鴂(tí jué)：鸟名，又名伯劳，秋天鸣。先鸣：提前哀鸣。古人惜时，以鹈鴂鸣为可悲，因为鹈鴂鸣表示秋天到，则百草开始枯凋。以上两句说：怕的是鹈鴂会提前哀鸣，使得各种花草失去芳香（即凋谢）。

何琼佩之偃蹇兮，众薆然而蔽之。[152]
惟此党人之不谅兮，恐嫉妒而折之。[153]

时缤纷其变易兮，又何可以淹留？[154]
兰芷变而不芳兮，荃蕙化而为茅。[155]
何昔日之芳草兮，今直为此萧艾也？[156]
岂其有他故兮，莫好修之害也！[157]
余以兰为可恃兮，羌无实而容长。[158]
委厥美以从俗兮，苟得列乎众芳。[159]
椒专佞以慢慆兮，榝又欲充夫佩帏。[160]
既干进而务入兮，又何芳之能祇？[161]
固时俗之流从兮，又孰能无变化？[162]
览椒兰其若兹兮，又况揭车与江离？[163]
惟兹佩之可贵兮，委厥美而历兹。[164]
芳菲菲而难亏兮，芬至今犹未沬。[165]
和调度以自娱兮，聊浮游而求女。[166]
及余饰之方壮兮，周流观乎上下。[167]

【注释】

⑫ 琼佩：玉佩，据“折琼枝以继佩”言，引申为美德。偃蹇：繁盛美好。薆(ài)：遮蔽。以上两句说：我的佩饰是多么繁盛美好，但那帮小人却把它壅蔽。⑬ 惟：思。不谅：不信己琼佩之美也(从汪瑗说)。折：摧残而夭折。以上两句说：想到这些党人不信己琼佩之美，更担心他们出于嫉妒而摧残毁坏它。⑭ 时：时世，世道。缤纷：乱也。淹：久。以上两句说：时世纷乱而变化无常，我怎么可以在这里久留？⑮ 茅：恶草，以喻不贤之人。以上两句说：兰与芷变得不香了，荃和蕙变成了茅草。⑯ 直：竟然。萧：一种蒿草。萧艾：臭草，以喻变节之人。以上两句说：为什么往日的那些香草，现在竟然变成了萧艾之类的恶草？⑰ 他故：别的缘故。莫：不。以上两句说：这难道还有别的缘故吗？都是不爱惜美质所造成的恶果啊！⑱ 可恃：可靠。容长：徒有外表。以上两句说：我以为兰草总可靠，没想到它华而不实，徒有外表。⑲ 委：弃。从俗：随从世俗之所好。苟：苟且。众芳：比喻被世俗所推崇的人。以上两句说：兰草竟抛弃它的美质而追随世俗，只求被人苟且地列为芳草。⑳ 椒：香草。专佞(nìng)：专横、

谄佞。慆(tāo):慢、傲慢。榝(shà):香草。榝也是一种香草,这里是责其变节后干进务入,欲充佩帏,罪在"欲"也。佩帏:佩囊。以上两句说:椒竟变得傲慢专横,花言巧语,榝又想钻进人们佩带的香袋。⑯ 干:求。干进、务入:都指钻营。祇:同"振",保持。以上两句说:他们既然一心钻营向上爬,又怎么能保持自己的美质(而不随从流俗)呢? ⑯ 流从:一本作"从流",随波逐流。以上两句说:世俗的风气本来就是随波逐流(在这种风气影响下,那些变节者们),谁又能保持美好的品质而不发生变化? ⑯ 若兹:如此。揭车、江蓠:皆香草,然"不若椒兰之盛也"(从洪兴祖说)。以上两句说:看看椒和兰尚且变得如此,又何况次一等的揭车与江蓠? ⑯ 惟:独。兹佩:指自己的佩饰。委厥美:厥美见委于众人,指自己的美质见弃于当世之人。徐焕龙云:"前委厥美,兰之自弃;此委厥美,众共弃之。"历兹:至今。以上两句说:独有我的佩饰最为可贵,但它的美质却被人摈弃至今。⑯ 亏:亏损,减少。沬(mèi):同"昧",暗淡,这里指浓淡之淡。以上两句说:(我的佩饰)香气浓郁,难以亏损,它的芳香至今还没有变淡。⑯ 和:动词,调节而使之和谐。调:指佩玉所发出的音响。度:指有规律的步伐,"调"与"度"协调,佩玉的音响就会有节奏。和调度:表示步伐安闲的情态、平静从容的风度。女:指君,即宓妃、佚女、二姚之属,"岂唯是其有女"之女、"何所独无芳草兮"之芳草、"矩矱所同"之君。以上两句说:我调整玉音和步伐的节奏以自欢娱,姑且四处遨游,去寻求理想的对象。⑯ 方壮:方盛。余饰之方壮:近承"菲菲未沬",远应"荣华未落"、"佩缤纷其繁饰"、"菲菲弥章",而暗喻年未晏,时未央。观:览观,寻找,追求。周流:周游。上下:上天入地。周流观乎上下:即"远逝"、"升降上下"之意。以上两句说:趁着佩饰正在盛美之际,我要周游观访于上下四方。此两句申浮游求女之意,为下文远游张本。

灵氛既告余以吉占兮,历吉日乎吾将行。[168]
折琼枝以为羞兮,精琼靡以为粻。[169]
为余驾飞龙兮,杂瑶象以为车。[170]
何离心之可同兮?吾将远逝以自疏。[171]

遭吾道夫昆仑兮，路修远以周流。[172]
扬云霓之晻蔼兮，鸣玉鸾之啾啾。[173]
朝发轫于天津兮，夕余至乎西极。[174]
凤皇翼其承旂兮，高翱翔之翼翼。[175]
忽吾行此流沙兮，遵赤水而容与。[176]
麾蛟龙使梁津兮，诏西皇使涉予。[177]
路修远以多艰兮，腾众车使径待。[178]
路不周以左转兮，指西海以为期。[179]
屯余车其千乘兮，齐玉轪而并驰。[180]
驾八龙之婉婉兮，载云旗之委蛇。[181]
抑志而弭节兮，神高驰之邈邈。[182]
奏《九歌》而舞《韶》兮，聊假日以媮乐。[183]
陟升皇之赫戏兮，忽临睨夫旧乡。[184]
仆夫悲余马怀兮，蜷局顾而不行。[185]

【注释】

⑯⑧ 灵氛："独曰灵氛者，本其初也；不曰巫咸者，举此以该彼，亦省文耳"（从汪瑗说）。吉占：指远逝。既告余以吉占：即"以吉占告余"。历：选。以上两句说：氛、咸既已把吉祥的卜辞告诉我，选个好日子我将远行。⑯⑨ 羞：同"馐"，菜肴。琼爢：玉屑。精：选。粻（zhāng）：粮。以上两句说：我折下玉树的枝条，把它做成菜肴，挑选玉屑作为干粮。⑰⓪ 为余：命左右侍者之词（从汪瑗说）。杂：兼用。瑶象：美玉与象牙。以上两句说：替我把飞龙驾上套，用象牙镶成车辆。⑰① 离心：异志。自疏：自动出走。远逝、自疏：自动离楚而远适，以求美女（明君）。以上两句说：心志不同怎能凑合在一起，我将远去，主动离开他们。以上写出行前的准备与出行的原因。⑰② 邅（zhān）：楚方言，转道，转向。昆仑：神仙所居之处。道夫昆仑：向昆仑进发。屈原之所以用昆仑、县圃、阆风等山，即如《列子》之所谓蓬莱、方丈、员峤、方壶诸山耳。盖虽有是名而本无是山，假设其号以为神仙清静高远之居也（从汪瑗说）。周流：周游。以上两句说：我把出行路线转向昆仑山，道路即使遥远，我也要去周游。⑰③ 扬：飞扬。云霓：云霓为旌

旗，即下文云旗。晻蔼（yǎn aǐ）：因云霞蔽日而光线变暗。玉鸾：用玉雕成鸾鸟形的车铃。啾啾（jīu）：如鸟之鸣，音韵清和。以上两句说：云霞之旗翻卷飘扬，遮天蔽日；玉鸾之铃一路鸣唱，清和悦耳。⑰④ 天津：东方的天河渡口。西极：西方的尽头。以上两句说：早晨我从东方的天河渡口出发，晚间到达西方的尽头。⑰⑤ 翼其：翼然，翅膀开张之貌。承：托，举。旂：云旗。翱翔：指上下飞行。鸟之高飞，翼一上一下曰翱，直刺不动曰翔（从洪兴祖说）。翼翼：整齐而有节奏。以上两句说：凤凰展开翅膀，承举着云霞之旗，整齐和谐地凌空翱翔。⑰⑥ 流沙：沙流如水，指神话中的西方沙漠之地，据说那里沙流不停。赤水：神话中水名，发源于昆仑山。容与：缓行。以上两句说：忽然来到这流沙地带，我只得沿着赤水缓缓前进。⑰⑦ 麾（huī）：指挥。梁：桥。津：渡口。诏：命令。西皇：西方之神。以上两句说：我指挥蛟龙，使它们作为桥梁架在渡口，又命令西方之神把我渡过河去。⑰⑧ 腾：传令。径待：是"径侍"之误，径相侍卫（从姜亮夫说）。以上两句说：道路遥远而且困难重重，我传令众车径相侍卫。⑰⑨ 路：路经。不周：神话中的山名，在昆仑山的西北。西海：传说中的西方神海。《山海经·大荒西经》云："西海之南，流沙之滨，赤水之后，黑水之前，有大山，名曰昆仑之邱。"说明西海在昆仑周围。指西海以为期：实际是"邅吾道夫昆仑"。期：目的地。以上两句说：路过不周山又向左转，指定西海为最终目的地。⑱⓪ 屯：聚。乘：古代车的量词，四马一车曰乘。千：言其多。轪（dài）：车轮。齐玉轪：对齐车轮，指保持同一速度。以上两句说：聚集起我的成千辆的从车，让它们保持同一速度而并驾齐驱。⑱① 八龙：即前飞龙。婉婉：一本作"蜿蜿"，指龙身曲伸前行之貌。云旗：即"云霓之旗"。委蛇（wēi yí）：飘扬（从汪瑗说）。以上两句说：驾车的龙蜿蜒前进，车上的旗子随风招展。⑱② 抑志：控制心情。神：神思、思绪。高驰：高飞。邈邈（miǎo）：遥远之貌。以上两句说：我定下心来，并使车辆停止前进，这时我的思绪飞得很远很远。⑱③《韶》：即《九韶》，传说是舜时的乐舞。假日：借此机会。媮乐：即娱乐。以上两句说：演奏《九歌》又跳起韶舞，且借此机会娱乐一番。自"屯余车"至此，均为下文转笔作势。⑱④ 陟（zhì）：上升。升皇：初出的太阳。赫戏：光明。临：居高临下。睨：斜视。以上两句说：东升的太阳光芒四射，我忽然向下见到了故乡。⑱⑤ 怀：怀恋。蜷局：

蜷曲不伸。不行:指马。顾而不行:回头张望,不肯前行。此"蜷局顾而不行"乃"怀"之表现。以仆夫之庸,亦且悲伤;马之无知,犹然恋土,况明智卓异之人乎?云:"屈原自谓而托言仆马也。"把己之系心宗国,不忘故君,一一俱在言外吞吐。曲终余韵,尤觉浓烈无穷。以上两句说:我的仆人悲伤,马也怀恋,弓起身子顿住马蹄,再三回顾不肯往前。

【品评】

以上为《离骚》第三大段,写屈原不忍另择,以感其君。第一大段,抒忧述志,求君明辨;第二大段,上下求索,归于失败;第三大段,灵氛占卜,巫咸降神,闻而自念。第一大段写忠而见疏、信而见疑的遭遇;第二大段写上下求索、君王不悟的现实,这是事实依据,是最终远游的大前提;第三大段氛、咸分析的于楚无望,速去可成和自己的闻而自恋、以氛、咸为是、恋楚有祸等都是理论分析,是远游的小前提。由此得出结论:不可久留,势在必走。然后写出行,虽未到目的地,但在途中感到离开溷浊污秽之地,顿觉清醒轻松,神思高驰,心旷神怡,进一步证明去楚远游为是。然而,结果是行而复止,原因是恋乡。这种恋乡实则是恋君,是屈原忠君爱国思想的体现。三大段一意相贯,于楚无望,欲为美政,欲保高洁,只有去楚,行而复止,只为恋乡。由此可见,屈原做出去楚的决定是必然的,这是唯一的出路,但是必须看到做出这种决定又是很不容易的。

按屈原忠君爱国之本心,他是不忍去楚的,但反复表白、上下求索,都归于失败,未达目的。为了真正感悟其君,他采取更高的方式,以不忍去楚来促动其君。这是最大的、最突出的、最激动人心的表白,因为去楚的理由是非常充足的,去楚的行动亦是无可厚非的。他写时世混乱、小人得势、自己受抑,充满着对君王的抱怨,所以他通过氛、咸之口对其有所指责,不过写得最多的还是他的表白:抨击群小,以衬托自己的高洁;哀众芳之芜秽,更显出自己的可贵操守;横遭摧残,是因为自己好修所致;中情好修,定会得到明君赏识;离开楚国,将与愁苦失意告别;远游择君,必能展宏图为美政!但为了君王的前途、国家的命运,他甘愿忍尤攘诟,放弃良机,决不去楚,难怪蒋骥誉其为"拳拳之忠"。这种不顾个人、敢于牺牲的可贵精神，导致了他的个人悲剧，又显示了他的伟大人格。在屡谏无效、昏君愈昏的情况下，这种精神又促使他做出更伟大、更惊天动地的壮举——以死谏君(尽管他的主观愿望仍然落空)。可见，他敢于牺牲的精神是始终一致的，前者是个人的前途，后者是个人的全部热血！

综上分析，我们对屈原去楚远游可以得出以下三点认识：1. 屈原做出去楚决定是他保美质、为美政的唯一出路；2. 强烈的忠君爱国思想始终使他狐疑犹豫，不忍去楚；3. 在“势在必行”这个理论基础上做出的“行而复止”的伟大举动，是他剖白自己、感悟其君的深刻而独特的一种方式。

乱曰：[186]
已矣哉！[187]
国无人莫我知兮，又何怀乎故都！[188]
既莫足与为美政兮，吾将从彭咸之所居！[189]

【注 释】

⑱⑥ 乱：“乱”是一篇之总结。从文章的内容讲，训“乱”为“理”，于篇章既成之后“发理词旨，总撮其要”(从王逸说)；从音乐角度讲，以曲终为乱，即尾声，结束时齐奏合唱，蒋骥云：“繁言促节，交错纷乱。”此乃一篇之高潮。孔子说：“《关雎》之乱，洋洋乎盈耳哉。”(《泰伯》)看来是很动人的，诗骚之“乱”，是否相同，现已无从考识。⑱⑦ 已矣哉：算了吧。⑱⑧ 人：主要指君主，其次是群小。又何怀乎故都：此句既是结论，是悲愤的凝结，又是由衷的表白。群小为患，人主不知，故都岂足怀？不足怀却又不能已于怀，以眷恋之心劝诫其君。以上两句说：国内既然没有人了解我，我又何必怀恋故国？⑱⑨ 美政：指屈原的政治理想。此二句对楚怀王颇有微词，王逸以为“言时世之君无道”，甚确。彭咸：古贤，直言敢谏、修洁有节、横而不流、以身殉节之人。与上“孰信修而慕之”、“孰求美而释女”、“哀朕时之不当”相同。效法彭咸，追迹前修，力谏不释，生死以之，这是屈原最后的态度。以上两句说：既然没有一个人值得我跟他一起去实行“美政”，那我将以彭咸为榜样(以身殉节，以死报国)。

【品评】

以上是尾声，是全篇的总结，也是作者悲愤的凝聚。短短的几句话，包含极其丰富的内容：其一，国无人，莫我知，莫足与为美政，说明故都之不足怀；其二，祖国不足怀却不能不怀，说明是他思想上的巨大矛盾——既欲为美政，于国内而不能，欲之他国又不忍，去留的矛盾反映出忠君爱国与为美政的矛盾，最后他还是站在忠君爱国一边而牺牲本人前途；其三，解决矛盾的方法——从彭咸之所居，忠贞不屈、力谏不释、感悟其君，直到以死报国、以身殉节，表现出自己不屈服的态度。

一个留恋君国、保持美质、讲究操守、追求理想的人，在楚国君昏政乱、小人猖獗的特定环境中，必然导致他本人的政治悲剧。但这个悲剧具有社会性，这不仅是他个人的悲剧，也是楚国的悲剧。司马迁记述了屈原既死，楚国日削见灭的事实；蒋骥发出了“原用而楚兴，既废而削，死而楚亡”的慨叹。

【总评】

《离骚》是屈原的代表作。在先秦文学中，《离骚》是最伟大的作品。

关于“离骚”二字的题义，传统说法主要有两种。

第一，“遭忧”说。此说本于淮南王刘安，其云：“离骚者，犹离忧也。”后为司马迁《史记·屈原列传》所采。班固、颜师古为之解说。班固云：“离，犹遭也。骚，忧也，明已遭忧作辞也。”（《离骚赞序》）颜师古云：“离，遭也；扰动曰骚；遭忧而作此辞。”（《汉书·贾谊传》注）宋代朱熹则分别采用了班、颜二说：“班孟坚曰：‘离，犹遭也。颜师古云，扰动曰骚。’”（《楚辞集注》）清代段玉裁云：“《屈原列传》曰：‘离骚者，犹离忧也。’此于骚古音与忧同部得之。骚本不训忧，而扰动则生忧也，故曰忧。”（《说文解字注》）今人朱季海云：“以离为遭者，《离骚》曰‘进不入以离尤兮’，王《注》即以‘遇祸’释‘离忧’，洪氏《补注》引《惜诵》‘恐重患而离尤’云‘离，遭也’；然《惜诵》云‘纷逢尤以离谤兮’，又以逢、离对举知二者楚俗为代语，（此依用子云旧名，见《方言·第十》）离尤即逢尤矣；《招魂》亦云‘离彼不详些’，并其义也。其以骚为忧者，《屈赋》无明文，今谓即是愁之转语，作楚音呼之如骚者。”

第二，“别愁”说。此说本于东汉王逸，其云：“屈原执履忠贞，而被谗邪，忧心烦乱，不知所愬，乃作《离骚经》。离，别也；骚，愁也；经，径也，言己放逐离别，中心愁思，犹依道径，以讽谏君也。”（《楚辞章句·离骚经序》）王逸提出“别愁”之说，实与“遭忧”之说相承，即“而被谗邪，忧心烦乱”、“中心愁思”云云，王逸是在此基础上提出新说的。明代汪瑗为其找出内证：“篇内曰余既不难夫离别兮，伤灵修之数化，此《离骚》之所以名也。”此说为清代学者所承，蒋骥云：“离，别也。骚，愁也。篇中有余既不难夫离别语。”（《山带阁注楚辞》）

《离骚》的主要思想，表现在以下三个方面：

一、揭露了楚国政治的黑暗。

具体表现在三个方面：人君昏庸，小人猖獗，众芳变质。诗中相关诗句众多。如“世并举而好朋兮”；“世溷浊而不分兮，好蔽美而嫉妒”；“世溷浊而嫉贤兮，好蔽美而称恶”；“世幽昧而眩曜兮”、“时缤纷其变易兮，又何可以淹留”。

二、表现了好修的美德与坚贞的操守。

三、抒发了强烈的恋乡兴国之感。屈原对后代影响最大的是至死不离开乡国的精神和坚贞的操节观念。

《离骚》在艺术构思上的主要特点是以叙事为主。作为我国第一首抒情长诗，《离骚》在诗中铺设了故事情节。诗的前一部分是在诗人大半生经历的广阔背景上展开抒情，后一部分又设置了女媭劝告、陈词重华、上征求女、占卜降神等一系列幻境，使它具有生动瑰奇的故事情节。情节的逐步展开使得整个诗篇波澜起伏、百转千回，时而平静舒缓，时而激动呼号，时而热情奔放，时而沉郁悲痛，眼看就要到了山穷水尽的地步，却转眼出现了柳暗花明的境界。

随着情节的逐步展开，诗人淋漓尽致地揭示出自己的内心世界。首先是自己与君王的矛盾。报效君王与君王听谗疏己的矛盾，充满怨愤，更多表白、劝告，冀其还己。其次是自己与党人的矛盾。双方泾渭分明，对比中显示出光辉：坚强的斗争精神、高洁的品质、可贵的人格。再次是自己与变节者之间的矛盾。对变节者痛心疾首，不仅表现出了极大的失望，也展现了整个楚国的黑暗政治气氛。最后是自己内心的矛盾，包括追求与失望的矛盾、坚持斗争与明哲保身的矛盾、忠君爱国与实现美政的矛盾。通过多种矛盾错综复杂的斗争，塑造出了具有执著个性的、内美与外美高度统一的诗人形象：好修不懈的崇高品质、不屈不挠的斗争意志、坚韧不拔的求索精神、执著不舍的深情眷恋。

《离骚》在表现手法上的特点有：

1.《离骚》是进步的政治内容与完美的艺术形式高度统一的典范。在现实世界走投无路时，再转入对精神世界的追求，用幻想的境界来表现，显得水到渠成、水乳交融。在比较现实的描写之中也带有神奇的非现实的成分；以幻想境界表现自己的感情，又往往用一两句话回到现实之中，神人一贯，如叩阍求女。

2.《离骚》创造性地发展了《诗经》中最为普遍的比兴手法。《诗经》的比兴往往是一首诗的片段，《离骚》则用一个接一个的比兴构成完整的象征体系，以表现复杂的内容。如以男女关系喻君臣关系，并由此出发，派生出一系列的比喻：

(1) 设言双方都为美人：君为美，臣亦为美。言君为美人如"孰信修而慕之"、"惟草木之零落兮，恐美人之迟暮"；言己为美人如"孰求美而释女"。故以两美相投喻君臣契合，以两美必合喻良臣必遇明君。

(2) 设言自己为女性。因为香草是古人爱情的信物，所以又称所求对象为芳草、荃，以情恋的爱称表现自己的追求。因为屈原设言自己是个女性，便以美貌喻美质，以美女的妆饰表现自己的好修，以美女的背弃表现自己的见疏；以众女妒美表现群小嫉贤，以善淫喻过度的作风不正；以男女婚约的变化喻君臣关系的改变；以弃妇的哀怨喻自己的愤懑；以弃妇的剖白以表现自己的希冀。

(3) 设言自己为男性。以求女喻求君(信任)，以男对女的执著追求表现自己的忠君爱国，以求媒致诒喻求通君之人，以终无所合喻自己的不遇明君，以闺中邃远难求喻楚王固执而不悟，以外出求女喻出仕他国。以爱情作喻，有利于表现强烈奔放、大起大落的激越感情，有利于表达他所希望的与君主的密切关系以及君臣契合的标准。

不难看出，《离骚》极大地发展了《诗经》中的比兴手法，使之由片段发展到系列，由具体发展到抽象，从而形成了象征体系，对后世的文学创作产生了深远的影响。

九　歌

【导读】

屈原的作品，大致来说，可以分为三类：第一类称为《离骚》类，第二类称为《天问》类，第三类称为《九歌》类。

第一类为自传体政治抒情诗，《离骚》、《九章》都略带自传性，是带有一种生活经历和思想的诗歌。它的主体是政治抒情诗，且是"自传性的"。在《离骚》、《九章》中，我们能感受到屈原的人生经历、他的部分生活轨迹以及他的思想。

第二类是展现屈原学术思想和哲理智慧的抒情诗，以《天问》为代表作。当然也有人说《天问》中也有屈原生平的一些痕迹，他被流放到汉北以后，在汉北的宗庙里看到了壁画，对着壁画发出"天问"。但他问的问题都是哲学问题，《天问》的主体是作哲学思考。屈原的《天问》，每一个问题都包含了答案，问中有答，问而释疑，问而泄愤，问而抒情。《天问》本身就难读，柳宗元的《天对》就更难读。宋代杨万里撰写《天问天对解》，先注《天问》，再注《天对》，最后再说明注者理解的意思。例如"天为什么是圆的"、"女娲造人，那么女娲是谁造的"、"天混沌开了是圆的，圆的之前是什么"，这些问题代表了屈原哲学智慧的闪光。《天问》读来枯燥，实际上表现了一种很深刻的哲学层次、哲学境界。

第三类是《九歌》类。《九歌》是对南楚民间文学的修改、认识、继承、发展，或者说是继承与创造。屈原的作品，既汲取了中原文化的精髓，又汲取了南方地方文化的特色，然后上升到个人创作的顶峰境界。

《九歌》中祭祀了大量的神灵，有中原地区的东皇太一、黄河之神河伯、楚国的湘君、湘夫人。所以又有人怀疑，《九歌》是不是楚国的作品，是不是屈原的作品，楚国人会不会祭祀中原神灵。在湖北江陵天星观一号墓、二号墓出土的楚简记载得很清楚，楚国人是祭祀中原神灵的，他们祭祀的神灵有"司命"、"司祸"、"地宇"、"云君"、"大水"、"东城夫人"等。这些从湖北江陵天星观一号楚墓出土的楚简的记载，与楚辞《九歌》祭祀的对象基本吻合。可以这样说,屈原的作品有一些生活的基础,有一些人生的基础,但是又不能完全画上等号。这是一个分寸把握是否得体的问题,我们把握楚辞,大概要在一个适中的幅度、范围之内。

《九歌》经历了漫长的发展史,共经历了四个阶段。第一个阶段称为原始《九歌》或者巫术《九歌》;第二个阶段是中原《九歌》,称为夏朝经典《九歌》;第三个阶段是楚地《九歌》,这是民间《九歌》;第四个阶段就是《楚辞·九歌》,这才是屈原的《九歌》,是屈原创作的。解读《九歌》最大的困难是要把这四个层次理清楚。如果不能把这四个层次理清楚,而把屈原的《九歌》和民间《九歌》等同,把屈原的《九歌》和夏朝的《九歌》等同,把屈原的《九歌》跟原始《九歌》等同,就无法准确地解读。

《九歌》的名称很早就出现了,《山海经·大荒西经》记载:"西南海之外,赤水之南,流沙之西,有人珥两青蛇,乘两龙,名曰夏后开(启),开(启)上三嫔于天,得《九辩》与《九歌》以下。"《天问》曰:"启棘宾商,九辩九歌。"《离骚》也写到了:"启《九辩》与《九歌》兮。"夏朝的开国君主夏启,通过贿赂天帝,把天上的乐歌骗到人间来,然后大规模演出,让人欣赏。有人说因为宫廷音乐长期在宫廷里演出,一般人根本没有机会接触到,而夏启对音乐、对艺术太陶醉了,居然把乐曲拿到大庭广众面前演奏,这样就使更多的人能欣赏到音乐、诗歌、舞蹈三位一体的美妙音舞,于是人们产生了"此曲只应天上有,人间难得几回闻"的感觉,认为这曲子是夏启贿赂了天帝从天上偷下来的。1978 年湖北随县曾侯乙墓出土了一件五弦乐器,形状如琴,在琴身后半段,漆绘着两幅人与龙的图案,根据图中人物的形状与服饰,有人认为这就是"夏后开得乐图"。可以推测,在夏启《九歌》之前还有"巫术《九歌》"、"原始《九歌》"。在每一个阶段都有这样一种《九歌》。《九歌》在夏朝灭亡之后就传到商朝,商朝文化又传播到了楚地。到现在为止,还没有发现楚国用《九歌》作为祭歌的明确记载,但是《九歌》跟国家的祭祀还是有一点关系的。北京大学金开诚教授认为,《九歌》属于祭礼余绪,就是大型的祭礼完毕以后才演唱的,这跟正规的祭礼的端庄、肃穆氛围有吻合的地方,也有娱乐、娱人的地方。他既不否认《九歌》与国家祀典有关,又认为和国家祀典有区别。但是到现在为止还没有发现关于《九歌》用于国家祭祀的真实依据。屈原就是在楚地《九歌》的基础上创作了

《楚辞·九歌》。我们相信,屈原能看到的就是楚国的民间《九歌》、楚地《九歌》。屈原不只在长期的流放地能够感受、接触到,他作为楚国宫廷的重要官员,也能接触到楚国的传统祭歌,所以无论以哪一种身份,他都能接触到。

屈原创作《九歌》的摹本,可以毫无异议地说就是楚地民间《九歌》,而楚地民间《九歌》显然保留了夏朝《九歌》和巫术《九歌》的一些痕迹。准确地说,屈原的《九歌》是在原始《九歌》、中原《九歌》、楚地《九歌》的基础上独立的文学创作。《九歌》是组诗,尽管我们一直公认它可以唱,甚至可以认为它是中国戏剧的萌芽。理智地来看,《九歌》的戏剧因素并不明显,它仅是诗歌,是组诗。戏剧的萌芽和戏剧是两回事。《九歌》已经有了戏剧的因素,但还不是戏剧。屈原是在楚地《九歌》、民间《九歌》的基础上,创作出组诗《九歌》;而楚地《九歌》、民间《九歌》保留了中原《九歌》、原始《九歌》的某些内容和风格。在屈原的《九歌》中我们能寻找到楚地《九歌》的痕迹、夏朝《九歌》的痕迹、原始《九歌》的痕迹,但每一个痕迹都不是很清楚。

夏地《九歌》被巫风极盛的楚人保留、增删,成为或东或西、非典非俗的楚国祭歌,既保留了夏朝乐歌中的"东皇太一"、"河伯"二神,又增加了楚地的"二湘"与"国殇"。屈原又根据楚国祭歌加工改写为一组优美的抒情诗《九歌》。屈原《九歌》共11篇,即《东皇太一》、《云中君》、《湘君》、《湘夫人》、《大司命》、《少司命》、《东君》、《河伯》、《山鬼》、《国殇》、《礼魂》。最后一篇《礼魂》只有五句,王夫之《楚辞通释》认为,"乃前十祀之所通用",属于"送神之曲"。其余十篇各祀一种神灵,可分为三组:第一组天神,有东皇太一(天之尊神)、云中君(云神)、大司命(主人寿之神)、少司命(主子嗣之神)、东君(太阳神);第二组地祇,有湘君、湘夫人(湘水配偶神)、河伯(河神)、山鬼(山神);第三组人鬼,有国殇(死于国事者)。

闻一多认为,《九歌》中《东皇太一》、《礼魂》属于祭歌;《国殇》属于挽歌;其余八篇《东君》、《云中君》、《湘君》、《湘夫人》、《大司命》、《少司命》、《河伯》、《山鬼》属于哀怨的恋歌,用独白或对白的方式陈述悲欢离合的情感。姜亮夫将以上八位神祇配成四对夫妇神,《东君》、《云中君》日月神是一对,《湘君》、《湘夫人》为一对,《大司命》、《少司命》为一对,《河伯》、《山鬼》为一对，认为这是受了民间祭祀风俗的影响。这样配对显然有点牵强。这八位神祇是不是都能配成对？可以明确地说，真正可以配对的只有《湘君》和《湘夫人》两篇，他们是湘水配偶神，其他三对都是牵强的。但闻一多、姜亮夫均发现这八篇都涉及男女之情，《九歌》是用男女情爱来表达人生体悟、人生追求、人生苦恼。

闻一多曾写了《九歌歌舞剧悬解》，把《九歌》都配上了角色，然后用戏剧分幕的方式表现出来。实际上，王国维讲得很清楚，《九歌》是戏剧的萌芽、戏剧的化石，但是它不是戏剧。所以应该认为《九歌》是诗歌，是抒情组诗——如果再把它界定一下，就是楚国南楚的、屈原创作的、带有自己人生感喟的抒情组诗。读者搞清楚屈原的《九歌》跟原始的《九歌》、中原的《九歌》、楚国的《九歌》都是有点关系的，这样欣赏《九歌》便会变得轻松许多。

东皇太一

吉日兮辰良，穆将愉兮上皇。①
抚长剑兮玉珥，璆锵鸣兮琳琅。②
瑶席兮玉瑱，盍将把兮琼芳。③
蕙肴蒸兮兰藉，奠桂酒兮椒浆。④
扬枹兮拊鼓，疏缓节兮安歌，陈竽瑟兮浩倡。⑤
灵偃蹇兮姣服，芳菲菲兮满堂。⑥
五音纷兮繁会，君欣欣兮乐康。⑦

【注释】

① 日：指从甲到癸。辰：指从子到亥。穆：恭敬。愉：娱乐。上皇：东皇太一。以上两句说：择选良辰吉日，用恭敬的祭祀来宴享欢娱东皇太一。② 抚：握、持（从王逸说）。珥（ěr）：剑鼻，此指剑柄。璆（qiú）：同“球”，本指美玉，此引申为玉互相碰撞的声音。《孔子世家》：“环珮玉声璆然。”锵：玉声。琳、琅：美玉。《尔雅》：“西北之美者，有昆仑虚之璆琳琅玕焉。”古人用剑来备武事，佩玉以昭文德。此句展现了祭祀者恭迎诸神的

佩饰。以上两句说：手持长剑啊玉作柄，身上佩着的美玉铿锵激越。③ 瑶：本义为似玉的美石，后泛指美玉。瑱：同“镇”，压席子的器具。因古人跪于席上，席子四周经常翘起来，需要用“镇”将四周压住。一般人用木镇或竹镇，此处用“玉镇”，可见被祭者身份的高贵。与《湘夫人》中“白玉兮为镇”所指相同。盍(hé)：聚合，聚集。将：举着。琼芳：指玉色的鲜花。以上两句说：美玉为席啊白玉为镇，把玉色的鲜花积聚起来献给你。④ 蕙：香草名，蕙草，即“佩兰”。肴：祭祀的肉。蕙肴：用蕙草裹着肉。蒸：进献。兰：香草名，兰草，即泽兰。藉：垫子。奠：祭献。椒：香草名，指花椒。浆：汤。以上两句说：兰草垫上盛放着蕙草包裹着的肉，并祭献桂花酒和椒汤。⑤ 扬：举起。枹(fú)：鼓槌。拊：击。疏：布陈。竽：古代一种簧管吹奏乐器，有三十六簧。《韩非子》云：“竽也者，五声之长者。故竽先则钟瑟皆随，竽唱则诸乐皆和。”瑟：古代的一种弹奏乐器，有二十五根弦。浩：大。倡：同“唱”。以上三句说：举起鼓槌将鼓击，伴着舒缓的节拍奏响祥和的清歌，吹竽弹瑟啊放声高歌。⑥ 灵：楚人称巫为灵子，此指神灵即东皇太一显灵而降于巫的身上。朱熹注云：“古者巫以降神，神降而托于巫，则见其貌之美而服之好，盖身则巫而心则神也。”偃蹇：舞动的样子。姣：好。姣服：美丽的服饰。菲菲：香气阵阵袭人。⑦ 五音：古代音乐中的五种音调，即宫、商、角、徵、羽。纷：盛。繁会：指五音交响。君：指东皇太一。欣欣：喜悦的样子。康：安乐，安定。以上两句说：五音缤纷而交响，上皇喜悦而安乐。

【品评】

《东皇太一》作为《九歌》的第一篇，可知较《九歌》中的其他诸神而言，东皇太一有着至尊至高的地位。对于所祭者东皇太一的身份，历代注疏学家有着不同的见解。《文选》注云：“太一，星名，天之尊神。祠在楚东，以配东帝，故云东皇。”洪兴祖承袭此说，并且进一步补注云：“《汉书·郊祀志》云：天神，贵者太一。太一佐曰五帝。古者天子以春秋祭太一东南郊。《天文志》曰：中宫天极星，其一明者，太一常居也。《淮南子》曰：太微者，太一之庭；紫宫者，太一之居。说者曰：太一，天之尊神，曜魄宝也。《天文大象赋》注云：天皇大帝一星在紫微宫内，勾陈口中。其神曰曜魄宝，主御群灵，秉万机神图也。其星隐而不见。皆占以见则为灾也。又曰：太一一星，次天一南，天帝之臣也。主使十六龙，知风雨、水旱、兵革、飢馑、疾疫。占不明反移为灾。”洪兴祖认为东皇太一是东帝。汪瑗则主张东皇太一指天神中最尊贵的神，他说：“天地之气始于东，天地之数始于一。既曰东皇，又曰太一，言之重、词之复，侈极徽好，以赞其天神之至尊至贵者也。”闻一多进而考证天之尊神便是伏羲；苏雪林从王逸注“日谓甲乙，辰谓寅卯”中推出此东皇太一是木星天的主神。本注释采用闻一多的观点，认为东皇太一当指伏羲。但需要说明的是，首先，楚人称“天”为“皇”。其次，在先秦文献中“太一”并不是天神的称谓，而是指“道”，是被道家和易家所推崇的哲学观点。《庄子》云：“关尹、老聃，闻其风而悦之，建之以常无有，主之以太一。”道家哲学产生在楚文化的背景之下，所以“太一”是可以衍生万物的宇宙本体，而伏羲在传说中的地位也正同于“太一”。因此，此处的“太一”是用来指东皇伏羲的。“东皇太一”这个名词的出现并以天神的名义被祭祀，当本于《九歌》。

本诗可分为三部分，首两句“吉日兮辰良，穆将愉兮上皇”为第一部分，描写祭祀前的准备，包括先挑选良辰吉日及祭祀者在祭祀前应该怀有的虔诚和仰慕之情。从“抚长剑兮玉珥”到“陈竽瑟兮浩倡”为第二部分，记录了当祭祀来临时，巫师的装扮、佩饰以及为娱神而准备的玉席、玉镇、佳肴、美酒等各类祭祀用品。同时再配以歌舞声乐，使得隆重的气氛达到顶点，以盼东皇太一的来临。从“灵偃蹇兮姣服”到“君欣欣兮乐康”为第三部分，描绘东皇太一降临到祭坛时穿着华衣，因愉悦而翩跹起舞，使得满堂的香气阵阵袭人。于是被东皇太一附体的巫师与神一起在众乐交响中欢快歌舞。在东皇太一无比欢欣安乐的心情中，整个祭祀达到了最高潮。

此诗共十五句，虽然篇幅短小，但囊括了迎神、娱神的全部场景。直陈其事，层次分明，与其他《九歌》的祭祀场面相比，唯此一篇展现了完整的祭祀过程。刘永济云：“此篇但写迎神、享神、乐神的设备，皆从客观方面描绘，不杂以主观的情感。”宏大的祭祀中有歌、有舞、有乐的相互伴奏，让读者不仅印象深刻，而且明晰了在巫风盛行下的楚国祭祀时所用礼仪的大致原貌。

云中君

浴兰汤兮沐芳，华采衣兮若英。①
灵连蜷兮既留，烂昭昭兮未央。②
蹇将憺兮寿宫，与日月兮齐光。③
龙驾兮帝服，聊翱游兮周章。④
灵皇皇兮既降，猋远举兮云中。⑤
览冀州兮有馀，横四海兮焉穷。⑥
思夫君兮太息，极劳心兮忡忡。⑦

【注释】

① 浴：洗身体。兰汤：用兰草浸泡的热水，此指巫师在祭祀之前借斋戒沐浴表示对神的敬意。沐：洗头发。芳：香草名，白芷。华：楚语谓“晠(shèng)”，炫耀之义。采衣：五彩的衣服。以上两句说：用兰汤浴身用白芷洗头，让五彩的衣服绚烂得像花一样。② 灵：附于巫体的云神。连蜷：回环屈曲的样子，此指云神舞姿翩跹。烂昭昭：光明的样子。未央：未尽。以上两句说：云神盘旋起舞已经降临祭坛，神光闪闪放射不断。③ 蹇：发语词，属楚方言。憺(dàn)：安。寿宫：祭神的处所，汉武帝时置寿宫祭祀神君。以上两句说：云神将在寿宫安乐自在，与日月齐放光芒。④ 龙驾：用龙驾车。帝服：穿着同天帝一样的服装。聊：姑且。翱游：翱翔飞游。周章：周流往来迅疾的样子。王逸云：“言云神居无常处，动则翱翔，周流往来，且游戏也。”⑤ 皇皇：同“煌煌”，此指云神降临时光明灿烂的样子。猋：当作“猋”，即“飙”字，指迅速离开的样子。远举：远离。王逸云：“言云神往来急速，饮食既饱，猋然远举，复还其处也。”以上两句说：云神下来啊光焰四射，又似龙卷风而快速地升向云中。⑥ 览：望。冀州：中州。洪兴祖引《淮南子》曰：“正中冀州，曰中土。注云：冀，大也。四方之主。”横：横行。四海：《尔雅》云：“九夷、八狄、七戎、六蛮，谓之四海。”焉：何。焉穷：指没有穷尽。以上两句说：俯览中州之外，横行四海而没有穷极。⑦ 夫君：云神。劳心：心中烦劳。

【品评】

对于《云中君》的身份，多数学者认为是云神，洪兴祖《楚辞补注》云：“云神丰隆也，一曰屏翳。”《史记·封禅书》言：“晋巫，祠五帝、东君、云中君、司命、巫社、巫祠、族人、先炊之属。”《汉书·郊祀志》也有记载：“晋巫祠五帝、东君、云中君、巫社、巫祠、族人炊之属。”自清代以来对云中君的考证不断出现新说，王闿运认为，云中君是云梦泽的水神；姜亮夫则主张云中君为月神，为与日神东君相配而写；何剑熏以云中君为电神，还有人认为是洛神等。但按照全文的描述，以及有《离骚》中“五令丰隆乘云兮，求宓妃之所在”和《思美人》中“愿寄言于浮云兮，遇丰隆而不将”所描绘的云神丰隆作为内证，便可得出云中君当是云神。其次，湖北江陵天星观一号楚墓出土楚占卜竹简有记载“解于二天子与云君以佩珥”的事实，也可以作为云中君是云神的补正。

全文可分为四大部分。“浴兰汤兮沐芳，华采衣兮若英”为第一部分，此两句描绘了巫师在祭祀之前斋戒沐浴的场景以及巫师盛装出席准备祭祀的场面，并且可以看成是《东皇太一》中前两部分的浓缩。自“灵连蜷兮既留”至“与日月兮齐光”为第二部分，展示了云神来临时舞姿曼妙，体态轻盈，神光熠熠，并在寿宫安享祭祀，与日月齐放光芒。此处提及“日月”则可否定“云中君”不应是月神的称呼。第三部分从“龙驾兮帝服”到“横四海兮焉穷”，描绘了云神翱翔飘移，周流迅疾，往来倏忽的状态。不但有云神形象的生动描写，而且对云神情寄中州、恩至四海、普降福祉的神圣职责充满了热情的赞颂。同时也含有云神将要远离祭坛飘忽远去的写照。“思夫君兮太息，极劳心兮忡忡”为第四部分，描写云神既降不久便远离而去的离合之情，充满了对云神的思念和惆怅之感。此种忧思和惆怅可以说源自百姓因农业生计所迫，而不得不求云致雨灌溉庄稼的美好愿望，反映了楚文化视野中的农业文明。

此篇形象地描绘了云神来临及远去时变幻莫测的各种形态，含有诗人丰富的想象。最后两句融入了祭祀者的主观心情。

湘　君

君不行兮夷犹，蹇谁留兮中洲？①
美要眇兮宜修，沛吾乘兮桂舟。②
令沅、湘兮无波，使江水兮安流。③
望夫君兮未来，吹参差兮谁思？④
驾飞龙兮北征，邅吾道兮洞庭。⑤
薜荔柏兮蕙绸，荪桡兮兰旌。⑥
望涔阳兮极浦，横大江兮扬灵。⑦
扬灵兮未极，女婵媛兮为余太息！⑧
横流涕兮潺湲，隐思君兮陫侧。⑨
桂棹兮兰枻，斲冰兮积雪。⑩
采薜荔兮水中，搴芙蓉兮木末。⑪
心不同兮媒劳，恩不甚兮轻绝。⑫
石濑兮浅浅，飞龙兮翩翩。⑬
交不忠兮怨长，期不信兮告余以不闲。⑭
鼂骋骛兮江皋，夕弭节兮北渚。⑮
鸟次兮屋上，水周兮堂下。⑯
捐余玦兮江中，遗余佩兮醴浦。⑰
采芳洲兮杜若，将以遗兮下女。⑱
时不可兮再得，聊逍遥兮容与。⑲

【注释】

① 君：湘君。夷犹：犹豫。蹇：发语词，属楚方言，无实义。以上两句说：湘君犹豫不前来赴约，是为谁留在洲中？② 要眇（yāo miǎo）：美好的样子。宜修：装扮得体。沛：迅疾貌，此处形容桂舟在水中行进的速度很快。吾：湘夫人自称。桂舟：桂树做的舟。以上两句说：我容貌美好啊为你装扮得体，乘着桂舟加快船速去迎接你。③ 沅、湘：沅江、湘江。沅湘是湖南省洞庭湖的两条支流，其余两条是资江和澧江。安流：平稳的流

动。④ 君：湘君。参差：指洞箫。谁思：思念谁。⑤ 飞龙：龙舟，即上文的“桂舟”，此指用龙驾驶的桂舟。征：行。邅(zhān)：转回，转道，属楚方言。洞庭：洞庭湖，此处因迎接湘君而在洞庭湖转道。⑥ 薜荔：香草名，缘木而生，形状及大小如莲蓬，又称“木莲”。柏：即后来所谓“箔”，簾(lián)子(从高亨说)。蕙：香草名，花序成高塔叠起之形，因此又称“九层塔”。绸：束缚。荪：香草名，即菖蒲，一名荃，生长在水泽处。桡(ráo)：船的小桨。《方言》云：“楫，谓之桡，或谓之櫂(zhào)。”兰：香草名，泽兰，长于湿地。旌：旗。⑦ 涔(cén)：涔水。该水在澧水之北。《水经注》云：“澧水入县左合涔水。”涔阳：即湖南省澧州的涔阳浦，在洞庭湖西北岸与长江相接处。极：远。浦：水边。极浦：遥远的水边。灵：通“舲”，船。扬灵：扬帆前行。以上两句说：湘夫人已横渡洞庭湖，将扬帆前行经涔水入长江。⑧ 女：指湘夫人的侍女，即下文的“下女”。婵媛：通“啴咺(chán xuán)”，喘息(从闻一多说)。太息：叹息。⑨ 横流涕：眼泪横流。潺湲：原指水流动的样子，此指泪流不止。隐：心痛。陫侧(fěi cè)：即“悱恻”，内心悲伤。⑩ 棹：船的长桨。枻(yì)：短桨。斲(zhuó)：斫开，开凿。以上两句说：用桂树和木兰做的桨凿开水面上的冰层和积雪啊，为前行开路。⑪ 搴：用手摘取。芙蓉：香草名，一名“芙蕖”，即荷花，长于水中。末：树梢。木末：树的枝头。以上两句说：见湘君遥遥无期，如同在水中缘木而生的薜荔，在树梢摘取荷花一样，任何行为终将徒劳。⑫ 媒劳：媒人疲劳而无功。甚：深。轻绝：轻易离绝。此为湘夫人对湘君迟来的怨词。⑬ 濑(lài)：水流至沙上，即水滩。石濑：此指滩上多石而路险。浅浅：流水急的样子。飞龙：龙舟。翩翩：用力难行的样子(从汪瑗说)。⑭ 交：指湘君和湘夫人相交。期：约会。不信：不守信用。闲：空闲。⑮ 鼂(zhāo)：通“朝”，早晨。骋骛：奔驰。《说文解字》曰：“骋，直驰也。骛，乱驰也。”皋：岸边。弭：停止。节：节奏，指行进的速度。渚：水中的小岛。北渚：是洞庭湖的五渚之一。⑯ 次：停宿，指鸟停宿而栖息在屋檐。周：环绕。⑰ 捐：丢弃。玦(jué)：玉佩，形如环状而有缺口。佩：一本作“珮”，玉饰。醴(lǐ)浦：即澧水边。⑱ 芳洲：香草丛生的水中之处。杜若：香草名，为高良姜或山姜。遗(wèi)：赠送，给予。下女：侍女。⑲ 时：指见面的机会。聊：姑且。逍遥：安闲游戏的样子。容与：缓慢难以前行的样子。

【品 评】

自古以来，洞庭湖的“洞庭”就是“神仙洞府”之意，洞庭湖有四条支流，古代称为湘水、资水、沅水、澧水，现在称为湘江、资江、沅江、澧江。汨罗江是湘江的一条支流。汨罗江北边的一座山叫玉笥山，是屈原最后的流放处。

《湘君》、《湘夫人》是跟洞庭湖有关的。《湘夫人》写了“洞庭波兮木叶下”，《湘君》写了“令沅湘兮无波”，沅水、湘水、洞庭湖都写到了，还写到了舜妃的传说故事，“帝子降兮北渚”，“九嶷缤其并迎”。《山海经》记载，尧挑选他的接班人，最终选定舜，并把自己的两个女儿娥皇、女英嫁给了他。舜十分辛苦，经常要出巡全国，治理山河，体察民情。娥皇、女英对舜的工作非常支持。有一次舜出巡到苍梧(今湖南省宁远县)病倒了。听说舜生了重病，娥皇、女英赶去看望。当她们赶到洞庭湖君山的时候，听说舜已崩于苍梧之野。二妃痛哭起来，哭得竹子上留下了许多泪痕，然后她们“没于江湘”。君山(又叫洞庭山)的“君”就是与娥皇、女英的悲剧故事有关联。二妃死后又被后人称为“湘君”(《史记·秦始皇本纪》、刘向《列女传》)、“湘夫人”(王逸《楚辞章句》、郑玄《礼记·檀弓》注)、湘妃，湘君或湘夫人、湘妃葬在这座山，所以叫君山。这个悲剧传说非常感人，后代以此为题材的作品不计其数。

屈原虚拟了湘水两位配偶神的约会，在舜与二妃传说的基础上进行了形象化的再塑造，写成山水配偶神，湘君是男性，湘夫人是女性，所以在《九歌》中，湘君、湘夫人是互相思念的。《湘君》写湘夫人到了约会地点，看不到湘君而对湘君的思念；《湘夫人》是写湘君赶到这个地点，看不到湘夫人而对湘夫人的思念。屈原特殊的个性、视野，导致了他的创作完全超脱于当时的社会生活、个人的家庭生活，他没有直接记述国家大事、诸侯兼并、外交斗争，也没有写到自己的婚姻爱情、妻子儿女。他采用了“舍近求远”、以远写近的方法，将丰富、细腻的情感生活的现实载体转向遥远的历史传说、冥昧的神话、狂热的巫风、古朴的祀典，让我们透过历史、神话、巫风、祀典的重重帷幕，去追寻他自己的人生历程与情感世界。这是《湘君》、《湘夫人》的情感背景。

《湘君》、《湘夫人》两篇，写的是湘君和湘夫人的约会。他们的误会乃至不能见面源于一个时间差：湘君早到，湘夫人还没来；然后湘君掉头走了，湘夫人跟着就到了，两个人各自都感到很难受。这表达了屈原自己的很多错位的经历、感受、痛苦以及无奈，当然也有憧憬、渴望、期待，他觉得人生本来就有很多错位。

《湘君》是湘夫人思念湘君之词。开头八句为第一段，写湘夫人赴约时的情景。湘夫人赴约而不见湘君，顿生疑窦，猜想对方是否别有所遇。她再次反观自己的容颜，美目流眄，身材窈窕，并把自己重加修饰一番。在获得自信后，就急匆匆地决定乘桂舟去寻找心爱的郎君。行途中，她望见波涛起伏不定的江水，不禁心潮澎湃，此时她多么希望湘君的出现能使自己焦灼不安的内心得以安宁，故企图让江水平静无波地潺潺流动。然而，任凭她怎么努力寻找，依然不见湘君的踪影，于是就吹起排箫以宣泄压抑已久的忧思。

中间二十句为第二段，写湘夫人寻君时的情景。湘夫人北上湘江，转道洞庭湖，远望涔阳极浦，横渡大江，在无数次寻觅失望后，终究徒劳无获，连一路跟随自己的侍女也不禁洒下一掬泪水，发出一声长叹，从侧面衬托出湘夫人处境之可怜和心境之可悲。至此，湘夫人由怀疑转变为失望。失望之余，她又对自己的痴情进行反省，从感性回归到理性，认为"心不同"、"恩不甚"是造成此局面的缘由。这既是自嘲，也是警人：年轻的女子啊，你们在恋爱时一定要找志趣相投、感情专一的男子。对方明明是"不忠"、"不信"，却还找借口"不闲"来塞责。此时，她完全意识到自己被心爱的人所欺骗，情何以堪？最后一丝希望也荡然无存了。

最后十句为第三段，写湘夫人决绝时的情景。湘夫人决定不再继续寻找，"绝望而行且归"（林云铭《楚辞灯》），于是揽舟驶回北渚。此时，她不再自怨自艾，视线也将对湘君的寻求转向对景物的观览：小鸟栖息于屋顶，叽叽喳喳地叫个不停；绿水环绕堂屋，淙淙活活地流个不停。在湘夫人眼中，这又是何等凄寂悲凉的景象！她油然而起落寞之感，毅然决定将昔日的定情之物投弃江中，既免睹物思人，又表决绝不回。此处看似无情，实是至情；看似释怀，实是挂怀。

此诗在艺术上的成功表现在：一是细致入微的心理描写，生动地展现了湘夫人赴约、失望、决绝的心路历程；二是浓郁的神话色彩，巧妙地将人和神在男女爱恋的共同性上结合起来，使人神性化和使神人性化；三是情景交融，将苦涩的恋情和凄楚的景物杂糅在一起，让人如见其人，如闻其声。千古之后，一个楚楚动人的痴情悲愁的女子宛然在目，引人遐想无穷。

湘 夫 人

帝子降兮北渚，目眇眇兮愁予。①
袅袅兮秋风，洞庭波兮木叶下。②
登白薠兮骋望，与佳期兮夕张。③
鸟何萃兮蘋中？罾何为兮木上？④
沅有茝兮醴有兰，思公子兮未敢言。⑤
荒忽兮远望，观流水兮潺湲。⑥
麋何食兮庭中？蛟何为兮水裔？⑦
朝驰余马兮江皋，夕济兮西澨。⑧
闻佳人兮召予，将腾驾兮偕逝。⑨
筑室兮水中，葺之兮荷盖。⑩
荪壁兮紫坛，匊芳椒兮成堂。⑪
桂栋兮兰橑，辛夷楣兮药房。⑫
罔薜荔兮为帷，擗蕙櫋兮既张。⑬
白玉兮为镇，疏石兰兮为芳。⑭
芷葺兮荷屋，缭之兮杜衡。⑮
合百草兮实庭，建芳馨兮庑门。⑯
九嶷缤兮并迎，灵之来兮如云。⑰
捐余袂兮江中，遗余褋兮醴浦。⑱
搴汀洲兮杜若，将以遗兮远者。⑲
时不可兮骤得，聊逍遥兮容与。⑳

【注 释】

① 帝子：指湘夫人。古代的女子也可以称子，《诗经》有“之子于归，

百两御之”。因为湘夫人是神灵，所以称她为“帝子”。北渚：北边的小岛。眇眇：指看不清，一片迷茫状态。以上两句说：湘夫人啊降临在北边的小岛，我一眼看过去，一片迷茫，看不到帝子，使我极度地悲伤。② 袅袅：王夫之云：“木叶辞枝、袅翔欲坠貌。”以上两句说：秋风阵阵，柔弱细长，洞庭波涌，落叶飘扬。③ 薠（fán）：秋天生的草。骋望：纵目远眺。佳：即佳人，此指湘夫人。以上两句说：登上长满白薠的高地放眼望，我与佳人约会，一直忙到月昏黄。④ 鸟：水鸟。萃：聚集。蘋（pín）：多年生的水生蕨类植物。罾（zēng）：指捕鱼的网。木：树。此二句与“麋何食兮庭中？蛟何为兮水裔？”都用比兴的手法描述自然界的反常现象。以上两句说：鸟儿啊为何聚集在蘋草边？鱼网啊为何挂到树枝上？⑤ 沅：沅江。茝：一本作“芷”，香草名，白芷。此处“芷”与“子”是谐音。醴：即澧水。兰：香草名。“兰”与“男”谐音，李大明《九歌论笺》就将“兰”注为“男”。“芷”盖“子”之谐音，即“公子”；而“兰”疑为“男”之谐音，亦指湘君。公子：指湘夫人。未敢言：指湘夫人没来，湘君的爱意无法表达。以上两句说：假如沅水有芷、澧水有兰，湘夫人就可能不来了。因为你不在我湘君面前，思慕你的心情我没有机会讲出来。⑥ 荒忽：同“恍惚”，迷茫不清的样子。以上两句说：我带着惆怅的情绪啊，对远处眺望；我对远处眺望，我的情绪更加迷茫和惆怅。因为“你”不来，“我”只看到远处的流水在慢慢地流淌。⑦ 麋（mí）：似鹿而大，是鹿属。蛟：指没角的龙。古人将龙分成三种：有角的龙是雄性的，没角的龙是雌性的；有两只角的是“虬”，有一只角的是“螭”，没有角的叫“蛟”。蛟龙是雌性的，躲得很深，不会到水边上来；只有有角的龙、雄性的龙到水边来侵犯人。裔：本指衣服的尽头。⑧ 皋（gāo）：水边的高地。澨（shì）：水涯。以上两句说：清晨我骑马来到江边奔驰，傍晚我渡大江西岸旁。⑨ 佳人：湘夫人。偕逝：一起同往。以上两句说：听说佳人召唤我，我将快速飞驰与你同往。⑩ 葺：用茅草覆盖房顶，此指用荷花的叶子编成房顶。以上两句说：把我们的房屋建造在水中，又将荷花叶子苫在房顶上。⑪ 紫：紫贝。匊：即“播”，是古播字，散布之义。以上两句说：用荪草饰墙，紫贝饰坛，撒布香椒，充满整个中堂。⑫ 栋：房屋的正梁。兰：香草名，木兰。橑（liáo）：房屋的椽子。辛夷：香草名。楣：门框上边的横木。药：白芷（从王逸说）。以上两句说：桂树作栋，兰树作椽，辛夷楣门，白芷铺房。⑬ 罔：编结。薜荔、蕙：香草名。擗(pì)：指用手分开。櫋(mián)：隔扇。以上两句说：编结薜荔作帷帐，分开蕙草做隔扇以安放。⑭ 镇：压席子的器具，同《东皇太一》篇中的“瑱”。疏：陈设。石兰：指把石缝里长出来的兰花撒播在席子上，非常芳香。用此来说明他们坐的地方非常优雅。以上两句说：洁白的美玉做镇席，散放石兰传播芬芳。⑮ 缭：缠绕。杜衡：香草名。以上两句说：荷叶做的屋顶加盖芷草，再把杜衡缠绕在房屋四方。⑯ 百草：指众多香草。庑：指正房对面和两侧的小屋子。以上两句说：汇合各种香草充满庭院，放置各种香草播满门廊。⑰ 九嶷：山名，传说舜葬在此，此指九嶷山之神。缤：众多的样子。灵：指湘夫人的侍从之神。以上两句说：九嶷山的众神都来欢迎，为迎接湘夫人众神如流云一样。⑱ 捐：弃。袂：衣袖。遗：赠送。褋(dié)：内衣。以上两句说：我把那外衣抛到江中去，我把那内衣丢在澧水旁。⑲ 搴：摘取。汀(tīng)：水边的平地。以上两句说：我在小岛上采摘杜若，将送给远方的人儿表衷肠。⑳ 时：指见面之时。骤：屡次，多次。骤得：不能够多次得到。容与：安闲自在的样子。以上两句说：美好的时机不容易多次得到，我姑且逍遥自在度时光。

【品 评】

此诗一共四十句，共分成三段。第一段十八句，从开头到“闻佳人兮召予，将腾驾兮偕逝”；第二段十四句，从“筑室兮水中，葺之兮荷盖”到“合百草兮实庭，建芳馨兮庑门”；第三段是最后八句。在第一段十八句当中，有十句，甚至十二句来勾连情节。第一组“闻佳人兮召予，将腾驾兮偕逝”，点出目标；第二组“朝驰余马兮江皋，夕济兮西澨”，写明行程；第三组“帝子降兮北渚，目眇眇兮愁予”，渲染出失望之情；第四组“荒忽兮远望，观流水兮潺湲”，带着迷茫、惆怅的情绪向远处眺望，情绪更加迷茫、惆怅；第五组“登白薠兮骋望，与佳期兮夕张”，在黄昏即将降临的时候，我在这里做好各种准备，说不定她马上会来。

诗歌第一段在五组情节链的基础之上，抒发了湘君对湘夫人的思念和渴望。首先是非常高兴，因为湘夫人将要降临；然后“愁予”，一下子跌到情绪的低谷；情绪跌下去以后，又发生了很多变化，所有的变化都是悲伤的。他见到了"洞庭波兮木叶下"，洞庭湖水波起伏，树叶飘零。这是写秋季。秋天，秋水初涨，水势浩渺，然后是树叶凋零，这样能看出很远很远。此写法启发了很多后人，杜甫写过"无边落木萧萧下，不尽长江滚滚来"，如果没有落叶，就看不到"不尽长江滚滚来"的阔远境界。"袅袅兮秋风，洞庭波兮木叶下"成为中国古典诗词中经久不衰的名句，秋风、落叶成为最敏感的、最富有表现力的词汇。在抒发情感的时候，面对秋风来临，面对树叶凋零，诗人、词人们就会情绪低落，触景生情，而表面上的触景生情是来自内心的借景抒情。文中贯穿五组情节链的情感基调是湘君非常失望的情绪：第一种失望是"洞庭波兮木叶下"；第二种失望是"鸟何萃兮蘋中，罾何为兮木上"。

第二段是写湘君在幻想中造一座房子的过程。他把地面的房子造到了水中，然后装饰了很多的花草。这一段有关于建筑学的几个专用术语："室"、"盖"、"坛"、"堂"、"栋"、"橑"，还有"屋"、"庭"和"庑门"，完全符合地面一般建筑的特点。房子用料讲究、装饰精美——桂树做的横梁，兰木做的椽子，辛夷做的门楣，荷叶盖的房顶，屋外绕杜衡，花草装饰了一层又一层，从内到外，精致香郁。如果第一段是通过情节来描写湘君对湘夫人的思念与期待，第二段则是通过行动来描写，湘君是通过实际行动来寄托他对湘夫人的思念与期待之情。熊任望说："这一节描叙新居的顺序是，先从外到内，又从内到外：屋顶—外墙—庭院—厅堂—梁椽—门楣—内室—帷帐—坐席—陈设—屋顶—屋外—庭院—廊屋—大门。作者之所以这样安排，是因为必须回到大门口，才能写迎接新人的热烈场面。"汤漳平又说："诗中用了十四行的篇幅竭力描绘宫室结构的讲究，室内陈设的高雅，周围环境的芳洁宜人。这一段描写，开我国诗歌创作中对景物铺张描写的先例，后代赋作的景物描写，《孔雀东南飞》等诗作的一些片段(如写太守为婚礼而做的准备等)，很像是受了本篇的影响。"

第三段八句四组，反映了情绪的变化。第一组是筑室情绪的自然延伸和幻觉的表现；第二组是幻觉后产生的一种失望的情绪；第三组在恨之深、爱之切的情绪调动之下，刚刚扔完信物又后悔，赶快去采摘香草，等待对方；最后一组是自我安慰，湘夫人还是没来，始终没来。

综上所述,《湘夫人》三段分别从“望”、“迎”、“等”三个角度写湘君之“思”:馨香盈袖,热烈期待。以抒情主人公独白式的抒情方式贯穿故事情节。诗歌没有描述他们爱情故事的全部过程,只是截取相约不见的一段情节,以候人不至的怅惘、会合无缘的悲剧气氛、留下的孤独身影与迷茫的黄昏,表现“相见时难别亦难”的主题。

“袅袅兮秋风,洞庭波兮木叶下”,形容秋景入画,摹想无穷之趣,如在眼前,被明代胡应麟称为“千古言秋之祖”(《诗薮》)。从此以后,“秋风”、“洞庭”、“木叶”,在诗歌中就成为最敏感而富于表现力的词汇,成为具有特殊符号意义与语码价值的悲秋单思意象。

需要关注的是,“二湘”最终为什么没能见面?

第一,毫无疑义,受到虞舜和他的两位妻子娥皇、女英悲剧故事的制约,这是最主要的因素。笔者认为,一、说《湘君》、《湘夫人》就是写的舜和二妃的故事,是不正确的,它写的不是这个故事,这个故事仅仅是“二湘”的一个远景,一个背景,一个原型。二、屈原显然被这个远古的悲剧传说所震撼、所感染,所以他也情不自禁地采用了这样一种悲剧情节——不能见面。屈原在写作时,还是留下了舜妃传说的一些痕迹。比如“九嶷缤兮并迎”,九嶷当然是指“崩于苍梧之野,葬于江南九嶷”的舜。还有“帝子降兮北渚”,为什么要称“帝子”呢?这首诗里湘夫人有三个人称,除了“帝子”以外还有“公子”——“思公子兮未敢言”,还有“佳人”——“闻佳人兮招予”。如果是一般的爱情诗,写“公子”,写“佳人”就已经足够了。如果说将美人还理解为“香草”、“杜若”,这也是一般定情诗、爱情诗里常见的。屈原却写下第一句“帝子降兮北渚”,可以说,屈原在创作这首诗时显然受到了远古悲剧传说的一种感染、一种震撼,情不自禁地采用了它的一种悲剧的情节、悲剧的基调,让“二湘”不能见面。

第二,受到民间流行歌曲基调的影响。“九歌”是从楚国民间《九歌》来的,流行歌曲以欢快热烈的歌唱为基调,实在极少。《诗经》中,欢快、热烈的男女两人相会,描写也是很少的。用两情未通、两情相思或悲秋单思以表达一种思念的痛苦是民间情歌的主要基调。“二湘”之不能最终见面是受到了民歌悲愁、惆怅、迷茫基调的影响,尤其在悲秋的季节里表达那种单思的情绪。

大 司 命

广开兮天门，纷吾乘兮玄云。①
令飘风兮先驱，使涷雨兮洒尘。②
君回翔兮以下，逾空桑兮从女。③
纷总总兮九州，何寿夭兮在予！④
高飞兮安翔，乘清气兮御阴阳。⑤
吾与君兮斋速，导帝之兮九坑。⑥
灵衣兮被被，玉佩兮陆离。⑦
一阴兮一阳，众莫知兮余所为。⑧
折疏麻兮瑶华，将以遗兮离居。⑨
老冉冉兮既极，不浸近兮愈疏。⑩
乘龙兮辚辚，高驼兮冲天。⑪
结桂枝兮延竚，羌愈思兮愁人。⑫
愁人兮奈何！愿若今兮无亏。⑬
固人命兮有当，孰离合兮可为？⑭

【注释】

① 天门：天庭之门，指上帝所居处的紫微宫门。吾：指大司命。玄云：黑中透红的云彩。② 飘风：旋风。《尔雅》云："回风为飘。"涷（dōng）雨：暴雨。《尔雅》云："暴雨谓之涑。"洒尘：指用雨水清理。王逸云："言司命爵位尊高，出则风伯、雨师先驱，为拭路也。"③ 君：指大司命。回翔：盘旋的样子。下：降下。逾（yú）：越过。空桑：古神话中的山名。与《远游》篇中"就颛顼而陈词兮，考玄冥于空桑"所指相同。女：同"汝"，指大司命。蒋骥云："君与女，皆指神，君尊而女亲也。"以上两句说：神君在空中盘旋而降，我跟你越过空桑。④ 纷总总：众多的样子。寿夭：生死。予：大司命自称之词。以上两句说：九州的百姓众多，谁生谁死都由我主宰。⑤ 安翔：从容地飞翔。清气：天之气（从姜亮夫说）。阴：杀气。阳：生气。⑥ 斋速：当作"齐速"，指相同的速度。导：引导。帝：天帝。此处奉引天

帝是因为寿夭之权虽在司命，但实际由帝主宰，司命是代替天帝的命令。坑：同“冈”。九坑：闻一多认为此指楚国的九冈山。⑦ 被被：同“披披”，风吹衣服而飘动的样子。陆离：光彩绚丽的样子。⑧ 一阴兮一阳：与前文“乘精气兮御阴阳”相对应，指大司命自语人类生死变化莫测，众人不知我手中的奥秘。⑨ 疏麻：神麻。瑶华：麻花。遗(wèi)：赠予。离居：指离别远居之人。⑩ 冉冉：渐渐。既极：已经到来。浸：渐渐地。疏：远。⑪ 乘龙：乘着龙驾的车子。辚辚：车声。驼：通“驰”。冲天：直飞而上。以上两句说：大司命乘着龙车啊车声辚辚，高高地飞驰冲上云天。⑫ 结：采摘。延竚：即“延伫”，长久的站立。以上两句说：大司命已来临，采摘桂枝啊长久延望，愈是思念愈是忧伤。⑬ 若今：指像今天大司命降临并与祈寿者相会的日子一样。无亏：无损缺。此指对神不失恭敬。以上两句说：已愁思啊无可奈何，但像今天不失志行。⑭ 有当：有定数，指人的生死之命。以上两句说：人的生死本有定数，悲欢离合岂能由谁更改？

【品评】

《周礼·大宗伯》云：“以禋祀祀昊天上帝，以实柴祀日月星辰，以槱燎祀司中、司命、风师、雨师。”说明对司命的祭祀很早就有。江陵望山一号墓出土竹简及江陵天星观一号墓出土竹简都有楚国人祭祀司命的记载。《齐侯壶》中有铭文记载：“辞誓于大辞(司)命，用两璧、两壶、八鼎。”这是“大司命”身份在金文中的最好补正。

唐贾公彦的《周礼义疏》引《星传》云：“三台：上台曰司命。”又王夫之结合《大司命》和《少司命》的文意提出：“大司命统司人之生死，而少司命则司人子嗣之有无，以其所司者婴稚，故曰少，大则统摄之辞也。”“大司命、少司命，皆楚俗为之名而祀之。”后来马茂元亦从此说，并云：“这两位神祇的名称所标志的涵义和作品的内容是完全相适应的。”以上观点是较为稳妥的解释。“司”是掌管的意思，而“命”是生死之命。而大司命和少司命之分正如王夫之所阐释的内容。

《大司命》侧重于描写附于巫身的大司命降临时与迎接大司命的巫师相会时的场景。用神与人对唱的形势，展现了神至高无上的权威和无可堪比的威严以及巫师迎神和送神时的情感变化。

此诗可分为两大部分，从“广开兮天门”到“将以遗兮离居”为第一部分，囊括大司命来临时与迎神巫师的三组对话。第一组，大司命言：“广开兮天门，纷吾乘兮玄云。令飘风兮先驱，使涷雨兮洒尘。”描写主宰人生死的大司命准备降临时宏大的气势。紫微宫门为他敞开，腾驾着玄云，旋风为他引路，暴风为他洗去路上的灰尘。可知此般声势浩大，并非一般神能享受此等礼遇。巫师语：“君回翔兮以下，逾空桑兮从女。”迎神的巫师见神从高空降下，便愿意跟随大司命一起越过空桑。第二组，从“纷总总兮九州”到“乘清气兮御阴阳”，是大司命自诩其神圣的权威。九州百姓的生死都由他主宰，于是乘着清明之气从容飞翔。巫师对言：“吾与君兮斋速，导帝之兮九坑。”表达了迎神者希望通过与神齐速、为神引导而得到神的保佑和庇护。第三组，从“灵衣兮被被”到“众莫知兮余所为”，是大司命自语人生死变幻无常，众人不知他手中的奥秘。此刻，巫师虽祈求延年益寿，可是神所执掌的生死大权却非凡人所能看透。而且人神相聚总是既降不久并倏忽而去，所以巫师言：“折疏麻兮瑶华，将以遗兮离居。”来迎送即将离去的大司命。从“老冉冉兮既极”到“孰离合兮可为”为第二部分，神已经乘着龙车直冲云霄，而巫师愈是思念便愈发惆怅。可是心里仍然对神不失恭敬，抱有对神降临的感激，最终意识到人的生死和悲欢离合本有定数，谁也不可预知并更改。从本诗对大司命的描写中，我们既可以看到其降临人间体恤下民，又可以隐约地感受到在楚国专制政权掌控下君主神权的不可知性。

不难看出，此刻在巫师思绪的变换中不免融入了屈原的忧思，“老冉冉兮既极，不寖近兮愈疏”一句便渗透出屈原与君主的离合之情。以此推断，《九歌》中多次写到神人离合及神与神失约的描写，似与屈原的境遇有关，含有屈原对君主和郢都的无限依恋。

本诗用第一人称的口吻将大司命的佩饰、职掌和心理等方面进行了全面而细致的描写。三组对话，层次分明，错落有序。在大司命与巫师的对话中，重复呈现出四句对两句的格式。可知此处在字数安排上不仅体现了对神的景仰，而且表现了诗人写作时的匠心。

少 司 命

秋兰兮麋芜，罗生兮堂下。①
绿叶兮素枝，芳菲菲兮袭予。②
夫人自有兮美子，荪何以兮愁苦？③
秋兰兮青青，绿叶兮紫茎。④
满堂兮美人，忽独与余兮目成。⑤
人不言兮出不辞，乘回风兮载云旗。⑥
悲莫悲兮生别离，乐莫乐兮新相知。⑦
荷衣兮蕙带，儵而来兮忽而逝。⑧
夕宿兮帝郊，君谁须兮云之际？⑨
与女沐兮咸池，晞女发兮阳之阿。⑩
望美人兮未来，临风怳兮浩歌。⑪
孔盖兮翠旍，登九天兮抚彗星。⑫
竦长剑兮拥幼艾，荪独宜兮为民正。⑬

【注释】

① 秋兰：香草名，兰草。秋天开淡紫色小花。麋（mí）芜：香草名。罗生：罗列并生，遍布于堂下。② 素枝：一本作“素花”，指白色的小花。菲菲：香气浓厚。袭：香味扑鼻。予：巫师自称。以上两句说：秋兰绿叶啊麋芜白色的花朵，芳香浓郁啊扑鼻而来。③ 夫人：指百姓。美子：美丽的子孙。荪（sūn）：香草名，又名“荃”，即“菖蒲”，生长于水泽之处。此指少司命。以上两句说：人们已有各自美好的子孙，少司命您何必还要操心发愁（这是请求少司命安心前来接受祭祀）？④ 青青：通“菁菁（jīng）”，草木茂盛的样子。绿叶、紫茎：指秋兰的外观。⑤ 美人：指求子祈神的妇人。目成：用眉目传达真情。以上两句说：满堂上祈神的女子，忽然只对我眉目传情。⑥ 辞：告别。以上两句说：神往来不做声亦无告别，乘着旋风竖着云旗而飞去。⑦ 以上两句说：没有什么悲伤比活生生地分离更悲惨的，没有什么快乐比男女初恋时更开心的。⑧ 蕙：香草名。带：束衣的带子。

儵(shū):同“倏”,忽然,此形容疾速的样子。逝:离去。⑨ 帝郊:天帝之郊。君:指少司命。须:等待。以上两句说:晚上寄宿在帝野之郊,你在云霄中等待谁呢? ⑩ 沐:洗头。咸池:传说中的天池,是太阳沐浴的地方。晞(xī):晒干。女:同“汝”,你的。阿(ē):曲隅,角落。阳之阿:此指太阳所行之处。⑪ 美人:指少司命。怳(huǎng):恍惚失意的样子。浩歌:大声歌唱。⑫ 孔:孔雀。翠:翠鸟,青绿色的羽毛。而古代的“翡”指赤色羽毛的鸟,翡翠指鸟名。旍:同“旌”,旗。旍:用翠羽为饰的旗帜,又称“翠华”,用于天子仪仗中。九天:古以东、西、南、北、东南、西南、西北、东北与中央为九天。详见《天问》中“九天”的注释。抚:持。彗星:扫帚星,用此星扫除邪恶污秽来辅助仁贤。⑬ 竦:握持。拥:保护。幼艾:儿童。荪:指少司命。宜:适宜。

【品 评】

关于少司命的职掌历来众说纷纭,王逸主张少司命是掌管百姓子嗣的。文中两次写到“秋兰”,不但是因为秋兰在蕙兰、墨兰中有最为特殊的芳香,而且兰在先秦时代与生子联系紧密,并在上古文献中时有记载。《左传》云:“初,郑文公有贱妾曰燕结,梦天使与己兰,曰:‘余为伯儵,余而祖也,以是为而子,以兰有国香,人服媚之如是。既而文公见之,与之兰而御之。……生穆公,名之曰兰。’”此外,“竦长剑兮拥幼艾”中“幼艾”一词也提示了少司命的身份。“艾”是美好的意思。“幼艾”泛指儿童。此句描绘了一个手持长剑抱着幼儿的圣女形象。从以上两点也能说明少司命的神职与王逸所言相同。

本篇演唱形式同《大司命》,仍然是被少司命附体的主祭巫师与群巫的对唱。全篇可分为三段:从“秋兰兮麋芜”到“荪何以兮愁苦”为第一段,是众巫师先唱的迎神之曲。唱词中描写了祭祀者已经为少司命布置好了芳香的祠堂,摆上了象征她身份的秋兰以求其飘然至于堂下,并安心地接受我们求子的祭祀。从“秋兰兮青青”到“忽独与余兮目成”为第二段,是少司命来到现场降于主祭巫师身体上的独唱。即少司命在祠堂下看到幽香的秋兰及内心虔诚且求子心切的妇女时所作出的描写。从“入不言兮出不辞”到“荪独宜兮为民正”为第三段,讲少司命倏然离去后所发生的事。其中第三段从“君谁须兮云之际”处又分为前后两小节。前一小节写神离去后主巫的心理独白，为什么少司命如此来去匆匆？难道是在云端与谁相约而不能错失吗？为什么在尽情欢乐宴享之余却悄悄地不辞而别呢？此处反映出百姓心中对于神界反复无常、不可捉摸的朴素观念。这不仅体现主巫对少司命的不舍，而且潜在的显现了诗人对“离别”之情的体悟和内心的精神世界。此种反复之态与屈原《离骚》中“初既与余成言兮，后悔遁而有他。余既不难夫离别兮，伤灵修之数”体现出的矛盾心情是相似的。“悲莫悲兮生别离，乐莫乐兮新相知”更是在人生聚散离别之际高度而凝练的概括，被历来文人所引用、称道。虽然少司命在此次祭祀中不会再来，但主巫愿追随少司命，并怀着能与她一同在咸池洗头，在太阳所行之处晾发的心情而临风高歌。后一小节则是群巫共唱的送神之曲。虽然神已远离，但群巫们的崇敬之心无减，始终在歌颂少司命光辉的形象和神圣的使命。

东君

暾将出兮东方，照吾槛兮扶桑。①
抚余马兮安驱，夜皎皎兮既明。②
驾龙辀兮乘雷，载云旗兮委蛇。③
长太息兮将上，心低佪兮顾怀。④
羌声色兮娱人，观者憺兮忘归。⑤
緪瑟兮交鼓，箫钟兮瑶簴。⑥
鸣篪兮吹竽，思灵保兮贤姱。⑦
翾飞兮翠曾，展诗兮会舞。⑧
应律兮合节，灵之来兮蔽日。⑨
青云衣兮白霓裳，举长矢兮射天狼。⑩
操余弧兮反沦降，援北斗兮酌桂浆。⑪
撰余辔兮高驰翔，杳冥冥兮以东行。⑫

【注 释】

① 暾(dūn)：日初升的样子，此指初升的太阳。吾：指东君。槛

(jiàn)：栏杆。扶桑：古神木，长于日出之处。以上两句说：初升的太阳从东方升起，光线自扶桑而照射我的栏杆。② 抚余马：按辔徐行(从蒋天枢说)。安驱：慢慢前行。晈晈：一本作“皎皎”，光明的样子。以上两句说：按辔而慢慢前行，使幽昧的月色变得明亮起来。③ 辀(zhōu)：车辕，即车前驾牲畜用的直木，此代指车子。乘雷：车辆之声如同雷声轰响。委蛇(yí)：绵延曲折的样子，此处用来形容云旗飘扬的状态。④ 低佪：迟疑徘徊。顾怀：顾念、眷恋。⑤ 声色：祭祀时歌舞的盛大场面。憺(dàn)：安然。⑥ 緪(gēng)：同“絙”，绷紧瑟弦。交鼓：相对击鼓。箫：当作“掮”，敲打。瑶：当作“摇”，摇动。虡(jù)：古代悬挂钟磬的木架。⑦ 篪(chí)：一种用竹管制成的横吹乐器。长四寸，围三寸，一孔上出。竽：古代一种簧管乐器，有三十六簧，像笙而稍大。以上瑟为丝声，鼓为皮革声，钟为金属声，篪、竽为竹声。可见，各音齐备来显现场面的盛大。保：傭保之保。灵保：保之善者，指男子。姱：美好。贤姱：姱之贤惠者，指女子。此处反映出古代以童男童女的歌舞来乐神的现象。⑧ 翾(xuān)：鸟儿小飞清扬的样子。翠：翠鸟。曾：通“翻”，高举翅膀。展诗：陈诗。会舞：合舞。⑨ 律：十二律。黄钟、太簇、姑洗、蕤宾、夷则、无射为阳，称六律，又称阳律。林钟、南吕、应钟、大吕、夹钟、仲吕为阴，称六吕，又称阴律。用此律和五声来制作音乐。灵：指侍从东君的众神。蔽日：指因众神之盛，因此从天而降时遮天蔽日。⑩ 青：东方之色。白：西方之色。日从东方升起，落入西方，所以用其所在方位的颜色来装点上衣和下裳，因此称“青衣白裳”。霓：指天边的云气。矢：箭。此“矢”亦指天上的矢星，此当用作东君的长箭。天狼：天狼星，是贪残之星。《晋书》云：“狼一星，在东井南，为野将，主侵掠。”⑪ 操：持。弧：星名，在天狼星东南，主备盗贼。此弧星与上文矢星属同一星座，也称弧矢星或天弓。沦降：指日落西方。援：拿起。北斗：北斗七星，形状似古代舀酒的器具斗。《诗经》有：“维北有斗，不可以挹酒浆。”酌：斟酒行觞。桂浆：桂花酒。⑫ 撰：持。余：指东君自称。辔：束马的缰绳。高驰：快速。杳：昏暗。冥冥：幽昧的样子，此指日落时所在之处。东行：向东行走。古人认为在太阳西落后还要在大地的另一面行走以趁天亮之前赶到东方。

【品 评】

此篇是为祭祀太阳神所作,洪兴祖引《博雅》云:“朱明、耀灵、东君,日也。”朱熹又注云:“此日神也。《礼》曰:天子朝日于东门之外。又曰:王宫祭日也。《汉志》亦有东君。”所以东君是日神,学术界对其职掌少有争议。提到日神,我们必然会想到羲和。《离骚》中“吾令羲和弭节兮”,这一句中的羲和是传说中为太阳神在天上巡游的驾车人。

该篇与《云中君》一样,都是祭祀与百姓生产劳作密切相关的神灵,祈求得到太阳的长久温暖和光明。而祭祀场面之宏大、歌舞声色之齐备堪比《东皇太一》的迎神规模。但又不像《东皇太一》是单纯的客观描绘,此篇中融入了神自身的主观心理感受。

本篇可分为三段,从“暾将出兮东方”到“心低佪兮顾怀”为第一段,是由主巫扮演的日神先唱。据原文语义,此刻日神并没有降临并附体于主巫的身上。此段描写初升的东君从东方升起,驾着龙车,载着飘扬的云旗,在东方的天空中赶走黑夜,带来光明。之所以按辔徐行,是因为已离开扶桑要升天去完成日神的使命,但心中眷恋居所,而徘徊叹息。从“羌声色兮娱人”到“灵之来兮蔽日”为第二段,为群巫的迎神曲。曲中描绘了祭祀娱神时琴瑟启奏、歌舞升平的热烈场景。于是,日神被祭祀所招引,在众神陪伴下降临人间,并与观者一同欢乐起舞,忘却了最初对故居的眷恋。从“青云衣兮白霓裳”至“杳冥冥兮以东行”为第三段,此段是被日神附体的主祭巫师的唱段。描写了日神欢愉之际接收了祭祀者的祈求,穿着青衣白裳,手持长剑射杀天狼为民除恶的光辉形象。因神降临的时刻总是短暂而有限,所以《九歌》中多次出现的离别情节在此篇中依旧上演。只见东君畅饮完斟满北斗的桂浆后,便持着马缰快速飞翔,在天亮之前再次赶到东方。

河　　伯

与女游兮九河,冲风起兮横波。①
乘水车兮荷盖,驾两龙兮骖螭。②
登昆仑兮四望,心飞扬兮浩荡。③

日将暮兮怅忘归，惟极浦兮寤怀。④

鱼鳞屋兮龙堂，紫贝阙兮朱宫，灵何为兮水中？⑤

乘白鼋兮逐文鱼，与女游兮河之渚，流澌纷兮将来下。⑥

子交手兮东行，送美人兮南浦。⑦

波滔滔兮来迎，鱼隣隣兮媵予。⑧

【注释】

① 女：同"汝"，指河伯。九河：即黄河的九道，指徒骇、太史、马颊、覆鬴、胡苏、简、絜、钩盘、鬲津。传说禹治黄河到兖州时，为防洪水外流，分九道而疏导河水入海。徒骇在北为河道本身的干流，其余相距各二百里的八条支流在南面并行向东流入大海。冲风：暴风。横波：水波横流。② 荷盖：荷叶做的车盖。骖：古代车单辕，一辆车套由四匹马组成，居中夹辕的两匹马叫服，辕马两旁的马叫骖。此处用作动词，指驾于两旁。螭（chī）：无角的龙。《说文解字》云："若龙而黄，北方谓之地蝼，从虫，离声，或无角曰螭。"③ 昆仑：山名，黄河之水发源的地方。浩荡：本指水势大，此指思路开阔。以上两句说：登上昆仑啊四处远望，心意飞扬啊开阔。④ 怅：惆怅失志。惟：思念。极浦：遥远的水边。寤：同"悟"，此引申为醒悟。怀：思念。以上两句说：女巫所扮演的洛神欲迎河伯而不得其所在，因此日近黄昏而惆怅望归，到河水的尽处才令其从怀思中醒悟过来。⑤ 屋：本义为幄，即帐幕。龙堂：绘龙的堂。古代宫室中，前为堂，后为室。阙（què）：宫门左右的楼观。朱宫：一本作"珠宫"，指用珠宝装饰的宫殿。宫：古代房屋的通称。灵：指河伯。此说洛神早已修筑华美的宫室迎接河伯的来临，为何河伯久居于水中而不来呢？⑥ 鼋（yuán）：大鳖。文鱼：古神话中带翅而又有斑纹的飞鱼。女：即"汝"，指女巫称呼河伯之词。渚：水边。流澌：流水（从闻一多说）。此指黄河的流水，并代指河伯。将来下：指将要降临回到洛神的身边。⑦ 子：指河伯。交手：古人互相执手告别。美人：指河伯。浦：小水流注入江海之处。⑧ 滔滔：水流不断的样子。来迎：指黄河的众神迎河伯而归去。隣隣：一本作"鳞鳞"，众多。媵（yìng）：古诸侯女出嫁时随嫁或陪嫁的人，此引申为陪送。予：河伯自称。

【品 评】

河伯是黄河的水神。洪兴祖引《山海经·海内北经》曰:“中极之渊,深三百仞,唯冰夷都焉。”又引《穆天子传》“天子西征,至于阳纡之山,河伯无夷之所居”,认为冰夷和无夷即是冯夷,指黄河的水神河伯。王夫之《楚辞通释》云:“楚昭王有疾,曰河为祟。昭王谓非其境内山川,弗祀焉。昭王能以礼正祀典,故已之。而楚国尝祀之矣。”则可以证明黄河之神虽未在楚国境内,但楚境内祭祀河伯之事常有。正如汤炳正所说:“楚自问鼎中原之后,与晋隔河相望,战斗频繁,无不祭河之理。”此外,马茂元提出:“春秋时还有河伯之名,只称之为河神。河神之名起源于战国。”亦可作为参考。

《天问》中有“胡射夫河伯,而妻彼雒嫔”的记载。雒嫔即宓妃,为洛水的水神,与河伯结为夫妻。汤漳平言:“洛水源于陕西华山南麓,流程八百余里,水波粼粼,清澈可爱,如一位多情的少女袅袅娜娜,注入黄河的怀抱,古人把这可爱的洛神想象为多情的女性,是颇有道理的。”从以上阐述及诗文中“九河”的提示可推断出此篇应当讲的是河伯与洛神的爱情故事。文中多是扮演河神的男巫与扮演洛神的女巫在互相对唱,表达恋情。

本篇可分为三部分,从“与女游兮九河”到“惟极浦兮寤怀”为第一部分,是洛神自述的唱段。描述了洛神幻想与河伯一起乘着螭龙驾的水车畅游九河,在河神之水的发源处,与他登上昆仑山心意飞扬地四处瞭望。但是她到河水的尽处才从对河伯的怀思中醒悟过来,原来刚才只是想象而已,失落的心情使她日近黄昏而惆怅望归。从“鱼鳞屋兮龙堂”至“流澌纷兮将来下”为第二部分,此段仍是洛神独唱。洛神埋怨为何早已为他修筑华美的宫室而河伯久居水中不来,于是她便前往追寻河伯,并与他乘着大鼋在河上一起游戏,还有文鱼追随在旁。此刻的河伯才终于降临陪伴在洛神身边。从“子交手兮东行”到“鱼隣隣兮媵予”为第三部分,是河伯的唱词。描述了河伯既来不久便要离别向东远去,与洛神执手送别,在众神相迎下随着滔滔河水远游而去。

诗文中表现出与《湘夫人》和《湘君》类似的浪漫的爱情主题,但就幽怨之情而言,该篇不及二《湘》描写的细腻、深刻。

山　鬼

若有人兮山之阿，被薜荔兮带女萝。①
既含睇兮又宜笑，子慕予兮善窈窕。②
乘赤豹兮从文狸，辛夷车兮结桂旗。③
被石兰兮带杜衡，折芳馨兮遗所思。④
余处幽篁兮终不见天，路险难兮独后来。⑤
表独立兮山之上，云容容兮而在下。⑥
杳冥冥兮羌昼晦，东风飘兮神灵雨。⑦
留灵修兮憺忘归，岁既晏兮孰华予！⑧
采三秀兮于山间，石磊磊兮葛蔓蔓。⑨
怨公子兮怅忘归，君思我兮不得闲。⑩
山中人兮芳杜若，饮石泉兮荫松柏。⑪
君思我兮然疑作。⑫
雷填填兮雨冥冥，猨啾啾兮狖夜鸣。⑬
风飒飒兮木萧萧，思公子兮徒离忧。⑭

【注释】

① 人：山鬼自指。本篇全部是饰为山鬼的女巫的独唱词。阿(ē)：弯曲之处。被：同"披"。薜荔(bì lì)：香草。女萝：即"菟丝"，蔓生植物。以上两句说：有个人儿在那深山凹，身披薜荔啊菟丝系腰。② 含睇(dì)：含情微视。宜笑：笑得好看。子：山鬼称其恋人。窈窕：娇美。以上两句说：美目流盼嫣然一笑，你爱我说我娇艳美好。③ 乘：驾。从：随从。文：花纹。狸：野猫。辛夷：香木。以上两句说：赤豹驾车啊文狸紧跟，辛夷车上桂枝旗儿飘。④ 遗(wèi)：赠与。所思：指恋人。以上两句说：披戴石兰啊，以杜衡为带，摘取香花赠给心上人把意表。⑤ 以上两句说：我住幽深竹林里看不见天，路途又险又难走所以来得晚。⑥ 表：特出。容：通"溶"，指飞动貌。以上两句说：我独自立在山上，云儿舒缓在我脚下飞翔。⑦ 杳：深远。昼晦：白天也昏暗不明。神灵：雨神。以上两句说：白天阴

暗如同夜间，东风吹起带着雨点。⑧ 灵修：指恋人。憺(dàn)：安乐。晏：迟、晚。华：即“花”，像花朵般盛开。以上两句说：痴心等你啊不思回归，红颜凋谢啊怎能再华美！⑨ 三秀：芝草。磊磊(lěi)：乱石堆积。蔓蔓：葛草蔓延。以上两句说：我采摘灵芝到山间，乱石成堆葛藤蔓延。⑩ 公子：指恋人。以上两句说：我怨恨你啊使我惆怅忘归，莫非你思念我却又不得闲？⑪ 山中人：山鬼自指。杜若：香草。以上两句说：我这山中人儿啊，像杜若一般，饮石泉之水，在松柏下歇息。⑫ 然：诚然，肯定。疑：不可信。作：产生。⑬ 填填：雷声。啾啾(jiū)：猿的叫声。狖(yòu)：黑色长尾猿。以上两句说：雷声隆隆，山雨迷濛，猿猴哀鸣在夜空。⑭ 飒飒(sà)：风声。萧萧：风吹树木的声音。徒：徒然，白白地。离：通“罹(lí)”，遭受。以上两句说：风声飒飒树叶萧萧，白白地爱你一场我心痛。

【品 评】

《山鬼》全由女巫扮作山神独唱，以抒情独白的方式，表达了等待恋人不来而惆怅痛苦的情形。诗歌按照女主人公赴约、等待、思念三个层次来抒写。

先写“山鬼”出场赴约。在幽静的山湾里，仿佛有个人影，若隐若现，似有似无：身披薜荔衣，腰围女萝带，亭亭玉立；美目流盼，喜笑盈盈，秀丽可爱；对自己的青春、情思、所爱，充满自信、自豪、快慰。通过多侧面的展示，山鬼成为山间美丽的小精灵、大自然的女儿的化身。进而再写其车驾仪从，赴约行动，前有火红的豹子驾车，后有斑斓的狸猫随从，精心修饰又换上石兰衫、杜衡带，光彩照人，沿途摘取芳草，将献给所爱的心上人！最后一句“遗所思”，点破了女神出场的来由与诗篇的主题。

第二层亦为八句，写山鬼候人不见的心情。我们可以想见，她满怀希望，兴冲冲赶来约会，谁知到了约会地点，却不见其人身影。她以为自己来迟了，所以先作自我解释，说明来晚的原因，希望消除误会。殊不知真正误信对方的是自己，她在约会处苦苦等待，一个人孤零零地爬上山顶，脚下云雾茫茫，直等到天气转阴，昏暗如夜，而且东风飘过，细雨濛濛，但恋人仍然没来。

最后写山鬼的期待与归去，淋漓尽致地描画了山鬼怨慕、犹疑、惆怅、失望、期望、绝望等复杂的感情流程。山鬼面对恋人的失约，实在于心不甘，她体贴对方，又自我安慰，边采香草边作遐想。但时光流逝，他终于没来，任何为之开脱的理由也站不住脚了，她开始面对现实，她在昏天黑地、凄风苦雨之中，自怨自艾。孤独的心灵在震颤、在滴血，无可奈何地徒自忧伤，悄然离去。

本诗的心理刻画颇有特色，以一个“思”字为线索，以“折芳馨兮遗所思”写山鬼的自信自豪、孤芳自赏、自我陶醉。在写法上以乐衬哀，欲抑先扬。进而写约会中山鬼从晴天到阴雨、从白天到黑夜的等待，“君思我兮不得闲”、“君思我兮然疑作”、“思公子兮徒离忧”，真是一波三折，渐思渐悔渐悟，最终化为痴情苦恋，面对现实，自我解嘲。全诗的景色描写也与心理轨迹的变化相吻合。来前，山鬼来自竹林深处，路途遥远而险难，衬托山鬼忠于爱情、不怕苦难的满腔热情；来后，天色转阴，风雨如晦，则是情绪由乐转悲的过渡，阴影开始笼罩心头；去时，风雨大作，特别是以各种声响（雷声、风声、雨声、猿鸣声）反衬其孤独凄清、无可言告的苦闷。

国　殇

操吴戈兮被犀甲，车错毂兮短兵接。①
旌蔽日兮敌若云，矢交坠兮士争先。②
凌余阵兮躐余行，左骖殪兮右刃伤。③
霾两轮兮絷四马，援玉枹兮击鸣鼓。④
天时坠兮威灵怒，严杀尽兮弃原野。⑤
出不入兮往不反，平原忽兮路超远。⑥
带长剑兮挟秦弓，首身离兮心不惩。⑦
诚既勇兮又以武，终刚强兮不可凌。⑧
身既死兮神以灵，魂魄毅兮为鬼雄。⑨

【注释】

① 操：手持。戈：长柄横刃。因吴地产戈最锋利，所以此称“吴戈”，代指锋利精良的武器。被：同“披”，披着。犀甲：用犀牛皮作铠甲。错：交

错。毂(gǔ):车轮中心穿轴承辐的部分。短兵:刀剑。② 旌(jīng):旌旗。蔽日、若云:形容敌人众多。矢交坠、士争先:王逸注云:"言两军相射,流矢交随,壮夫奋怒,争先在前也。"③ 凌:侵犯。阵:阵地。躐(liè):践踏。行:行伍。骖:外侧的两匹边马。殪(yì):死。右:即"右骖",与"左骖"相对,指右边的骖马。刃伤:被兵刃所刺伤。④ 霾:一本作"埋"。絷(zhí):用绳绊住。四马:当指两服马与两骖马,此处实际指剩下的两匹马。如王夫之注云:"两骖死伤,车不得行,两轮如埋,两服如絷矣。"之后的"援枹鸣鼓"表明此时不因被敌所伤而气馁,反而斗志愈盛。援:举起。枹(fú):一本作"桴",鼓槌。⑤ 天时:天命。坠:一本作"怼(duì)",怨恨,此处形容因战争的惨烈而使得天在此时都要怨恨。威灵:已死而怒气不散的将士。严杀:狠狠地痛杀敌人。弃原野:指将士的尸骨被弃于原野。屈复注云:"此节言既败之后,勇猛忠义如故。"⑥ 反:同"返",返回。忽:通"伆",远。此处修饰"平原",为"辽阔"之义。以上两句说:壮士一去兮不复还,身弃于原野啊灵魂欲归乡而路途遥远。⑦ 秦弓:同"吴戈"。《考工记》云:"弓有六材,取必以其时。材美工巧,惟秦擅也,故称秦弓。"挟秦弓:持弓。此言身虽死,仍带剑持弓,表示不舍弃武力。惩:自己受创而知戒。⑧ 诚:确实。勇:勇敢,指战斗的士气。武:武力,指战斗的技能。终:始终。凌:侵犯。⑨ 神以灵:神灵显赫,意指精神不死(从马茂元说)。予魂魄:一本作"魂魄毅",指死者的神灵不散,毅然为鬼中的豪杰。鬼雄:鬼中的英雄。

【品 评】

《国殇》祀主是谁?王逸云:"国殇,谓死于国事者。"戴震云:"在外而死者,谓之殇。殇之言伤也。国殇,死国事。"那么,这些"死于国事者"究竟指谁呢?至今说法不一,概言之有三:1. "战士"说。林庚、冯沅君云:"本篇是追悼阵亡士卒的挽诗。"陆侃如、龚克昌云:"国殇……是楚国人对为国牺牲的战士的祭歌。"聂石樵云:"国殇,为国牺牲的战士。在战场上阵亡的青年,他们为国牺牲,国家是他们的祭主,所以称作国殇。这是一篇楚人祭祀为国牺牲的战士的乐歌。"2. "将士"说。游国恩云:"《国殇》是一首追悼为国牺牲的将士的挽歌。"持此说者颇众,略而不引。3. "主将"说。金开诚云:"本篇是为国捐躯的英雄的祭歌。所谓'国殇',就是指死于国事的人。至于具体的祭祀对象，一般都认为是‘战士’，从实际内容来看，所祭的应是一位主将。”持此说者虽少，却“古已有之”。王逸虽未明言，但在具体注中却透露出倾向性。在“操吴戈兮被犀甲”句下注云“言国殇始从军之时，手持吴戈，身被犀铠而行也”。显然是指战士。在“旌蔽日兮敌若云，矢交坠兮士争先”名下注云：“言兵士竟路趣敌，旌旗蔽天，敌多人众，来若云也。”在“左骖殪兮右刃伤”句下注云：“言己所乘左骖马死，右骓被刃创也。”注“霾两轮兮絷四马”云：“言己马虽死伤，更霾车两轮绊四马，终不反顾，示必死也。”注“援玉枹兮击鸣鼓”云“言己愈自厉怒，势气益盛”，从“天时坠兮”以下则言“壮士”。说明王逸认为祭祀的具体对象为“己”(壮士)，而写“兵士”仅是为了衬托而已。至清代蒋骥则直言之：“国殇所祀，盖指上将而言。观援枹击鼓之语，知非泛言兵死者矣。”蒋骥之说颇当。

首先，从古代车战的特征来看，先秦时代，车马相连，一车四马谓之乘。《左传·隐公元年》杜预注云：“古者兵车一乘，甲士三人，步卒七十二人。”甲士三人在车上，一般是御者居中，左边一人持弓，右边一人持矛，这是作战的基本单位，如《左传·隐公元年》云：“命子封帅车二百乘以伐京。”至于主帅所居之车则不同，主帅居中自掌旗鼓，御者在左，卫主帅者在右，谓之车右。击鼓是进军的信号，击鼓权一般都掌握在最高指挥者手里，如《左传·庄公十年》记齐鲁长勺之战，因鲁庄公直接参加战斗，击鼓指挥权即由他掌握，所谓“公将鼓之”。《左传·成公二年》记齐晋鞌之战：“癸酉，师陈于鞌。邴夏御齐侯，逢丑父为右。晋解张御郤克，郑丘缓为右。齐侯曰：‘余姑翦灭此而朝食。’不介马而驰之。郤克伤于矢，流血及屦，未绝鼓音，曰：‘余病矣！’张侯曰：‘自始合，而矢贯余手及肘，余折以御，左轮朱殷，岂敢言病。吾子忍之！’缓曰：‘自始合，苟有险，余必下推车，子岂识之？然子病矣！’张侯曰：‘师之耳目，在吾旗鼓，进退从之。此车一人殿之，可以集事，若之何其以病败君之大事也？擐甲执兵，固即死也。病未及死，吾子勉之！’左并辔，右援枹而鼓，马逸不能止，师从之。齐师败绩。”

这里清楚记载了主帅车乘的特征：一御一右，各负其责，而主帅唯击鼓。“郤克伤于矢，流血及屦”，仍“未绝鼓音”，杜预云“中军将自执旗鼓，故虽伤而击鼓不息”。在主帅“病矣”的情况下，御者张侯勉之大义，并“以辔并持于左手，而以右手引枹，以助卻克之击”。而张侯的一席话，更突出了“击鼓”在古代战争中的关键作用。

《诗经・小雅・采薇》也反映了车战的一些情况，“彼路斯何，君子之车，戎马既驾，四牡业业”，“驾彼四牡，四牡骙骙。君子所依，小人所腓”，这里的“君子”当指主帅或主将。《国语・齐语》写鲍叔荐管仲于桓公，言己不如管仲，其五云：“执枹立于军门，使百姓加勇焉，弗若也。”也足证击鼓权是最高指挥者的，决不是那些士卒们能随便“僭越”的。

由此观之，《国殇》中“援玉枹兮击鸣鼓”显然指“主将”而言，而“左骖殪兮右刃伤”亦当指主将所居之车。有些学者无法回避这个事实，往往笼统地说本篇是祭祀将士的，但具体分析起来，又专门讲战士，好像本篇是专门歌颂战士的，因写战士而附带写到将领，这样理解欠妥。

其次，从《国殇》诗篇本身的描写来看。关于本篇的写法，戴震曾论述“通篇直赋其事”，他把原诗分成三章：第一章（“操吴戈……士争先”）言其战；第二章（“凌余阵……弃原野”）言其阵亡；第三章（“出不入……为鬼雄”）闵其情，壮其志。本篇展示了宏阔的战斗场面，如“旌蔽日兮敌若云，矢交坠兮士争先”、“严杀尽兮弃原野”，但又不是泛泛而写，而是把“特写镜头”放在主将身上，以主将一辆车作具体描写，以主将之车的惨重受创来突出战争的酷烈与主将的沉着、冷静，“霾两轮兮絷四马，援玉枹兮击鸣鼓”，正因为主将的从容、顽强，处于困境的士卒们才没有望风而逃，而是鼓足勇气，决一死战，因而才能出现“天时坠兮威灵怒”这种天昏地暗的气氛，才能导致“严杀尽兮弃原野”的结局。

由此可见，诗人对主将的歌颂是在广阔而激烈的战斗背景下展开的，诗人对战士的描写、表现以致赞颂，都是为歌颂主将服务的。

最后，从《九歌》的完整性来看，《九歌》十一篇，除《礼魂》为送神曲外，其余十篇都是主祭一神的。《九歌》虽然未必作于一时，但既为祭神组曲，又有它的一致性与完整性，《国殇》虽然以“直赋其事”、祭祀人鬼有别于其他九篇，但相同之处亦不可忽视：

1. 每篇主祭一神（或天或地或人）。

2. 充满着浪漫主义的因素。《国殇》虽以现实主义为主，但浪漫主义的成分亦不在少，如“旌蔽日兮敌若云”、“天时坠兮威灵怒”、“身既死兮神以灵，魂魄毅兮为鬼雄”。

3. 每篇虽然主祭一神，但有时又写到其他为其衬托的众神，如“九嶷兮并迎，灵之来兮如云”（《湘夫人》）、“广开兮天门，纷吾乘兮玄云”（《大司命》）、“满堂兮美人，独与余兮目成”（《少司命》）、“应律兮合节，灵之来兮蔽日”（《东君》）。不仅从句式上与“旌蔽日兮敌若云”相近，而且与《国殇》主祭一人又写到众士卒相一致。

4. 其他诸篇亦往往写到乘车（在水为舟）、驾龙（马）：“龙驾兮帝服”（《云中君》）、“沛吾乘兮桂舟”、“驾飞龙兮北征”（《湘君》）、“朝驰余马兮江皋”（《湘夫人》）、“纷吾乘兮玄云”、“乘龙兮辚辚，高驰兮冲天”（《大司命》）、“乘回风兮载云旗”（《少司命》）、“抚余马兮安驱”、“驾龙兮乘雷，载云旗兮委蛇”、“撰余辔兮高驰翔”（《东君》）、“乘水车兮荷盖，驾两龙兮骖螭”（《河伯》）、“乘赤豹兮从文狸，辛夷车兮结桂旗”（《山鬼》）。这些龙（马）、车（或舟）、旗都是与《国殇》写主帅之车相吻合的。至于“扬枹兮拊鼓”（《东皇太一》）、“縆瑟兮交鼓”（《东君》）等，与《国殇》的关系就更密切。

综上所述，国殇祀主当为主将，因而即使理解为“将士”，也不尽恰当，因为本篇主要是祭祀主将的，仅是在歌颂主将时写到了战士。由此又涉及两个问题：

第一、主将是谁？

孙作云以为是“祭祀在（公元前 312 年）春天丹淅大战时的阵亡将士，特别是祭祀大将军屈匄的”，认为“援玉枹兮击鸣鼓”的代表人物是大将屈匄。

这样又涉及《国殇》的作年。蒋骥云：“九歌不知作于何时，其为数十一篇，或亦未必同时所作也。”《国殇》是对多次战役的典型概括，并不是确指哪一次战役，“主将”也是经过概括提炼出来的形象。据《史纪·楚世家》：（怀王）“十七年春，与秦战丹阳。秦大败我军，斩甲士八万，虏我大将军屈匄、裨将逢侯丑等七十余人，遂取汉中之郡。二十八年，秦乃与齐、韩、魏共攻楚，杀楚将唐昧，取我重丘而去。二十九年，秦复攻楚，大破楚，楚国死者二万，杀我将军景缺。”

《国殇》当作于怀王二十九年以后，所祀的主将形象正是从屈匄、唐昧、景缺等殉难将领中概括出来的，所以不必过于拘泥，实指某人。

第二、关于《国殇》思想性评价问题。

把祀主理解为“战士”，显然是对屈赋思想性的拔高，不符合屈原的思想实际。如果说，屈赋、尤其是《国殇》具有“人民性”的话，那么，它的可贵之处并不在于直接礼赞为国献身的战士，而是在于把为国牺牲的将领英魂与天神地祇并立，让他享有高规格的祭祀“待遇”，这是一个大胆的创举。儒家的排列是“天、地、君、亲、师”，“将”是不能与之相提并论的。屈原感悟于将士们卫国献身的高尚精神，因而为之作诗，祭祀、慰藉英魂而鼓励生者。在写主将的同时，也写到了广大献身的士卒（战士），这是屈原接触下层、同情人民的表现。

礼　魂

成礼兮会鼓，传芭兮代舞。①
姱女倡兮容与。②
春兰兮秋菊，长无绝兮终古。③

【注 释】

① 成礼：祭坛之礼完成。会鼓：急疾击鼓，王逸注云：“言祠祀九神，皆先斋戒，成其礼敬。乃歌作乐，急疾击鼓，以称神意也。”芭（pā）：同“葩”，花。代：交替、更迭。② 姱女：美好的女子，此指女巫。倡：同“唱”。容与：从容自如的样子。③ 春兰、秋菊：所祭献的鲜花，此指春祀以兰，秋祀以菊。以上两句说：春天敬献兰花，夏天又供之以菊，长此以往绵延不断。

【品 评】

《礼魂》是《九歌》中的最后一篇，也是最短的一篇。此篇是《九歌》前十篇中各篇最终通用的送神曲。洪兴祖注云：“或曰：礼魂，谓之以礼善终也。”汪瑗注云：“盖此篇乃前十篇之乱辞，故总以礼魂题之。前十篇祭神之时，歌以侑觞，而每篇之后当续以此歌也。”此外，前十篇每篇都有主祭之神，唯独此篇没有出现，更能说明以上观点可信。

该篇用精炼的语言描述了祭坛之礼完成后鼓乐、歌舞及女巫齐扬的盛大场面。在此刻奏响的鼓声中似乎听到各篇在迎神时“拊鼓”、“鸣鼓”、“交鼓”的声音，在歌舞中似乎看到“灵偃蹇”、“灵连蜷”时神灵翩跹起舞的姿容。在女巫从容自如地高唱声中，我们仿佛也感到在神灵倏忽远去时，群巫与主巫仍然不失对神的敬仰，并依然对神灵抱有美好憧憬和祝福。因此，春天献以兰花，夏天供之以菊，长此敬神而绵延不断。

天　问

【导读】

《天问》是屈原创作的一首长篇抒情性哲理诗，全诗374句，采用巫术降神中一问到底的句式，提出了170多个问题。《天问》的内容主要有三个方面：其一、宇宙天体；其二、神话传说；其三、历史兴亡。郭沫若称赞说："《天问》这篇要算是空前绝后的第一等奇文字。全篇以一'曰'字领头，通体用问语，一口气提出了一百七十二个问题，以那种主于以四字为句，四句为节的板滞的格调，而问得参差历落，奇矫活突，毫无板滞的神气，简直可以惊为神功……那种怀疑的精神，文学的手腕，简直是前无古人而后无来者。"

林云铭说过："一部楚辞，最难解者，莫如《天问》一篇。"对于《天问》的研究，肇始于汉代，王逸总结了司马迁、刘向、扬雄的研究成果与不足，对《天问》做了全面研究，是《天问》研究的功臣，但"章决句断，事事可晓，俾后学者永无疑焉"的境界并未达到。《天问》作为千古奇文，气铄古今，魅力无穷。

关于《天问》题解与写作目的历来有众多说法，约分为六类：

一、"舒愤"说

王逸《楚辞章句》："《天问》者，屈原之所作也。何不言问天？天尊不可问，故曰天问也。屈原放逐，忧心愁悴，彷徨山泽，经历陵陆，嗟号昊旻，仰天叹息。见楚有先王之庙及公卿祠堂，图画天地、山川神灵、琦玮僪佹及古贤圣、怪物行事。周流罢倦，休息其下。仰见图画，因书其壁，何（一作呵）而问之，以渫愤懑，舒泻愁思。"蒋骥《山带阁注楚辞》亦这样认为。

二、"讽谏君王"说

洪兴祖《楚辞补注》："《天问》之作，其旨远矣。盖曰遂古以来，天地事物之忧（当作变），不可胜穷。欲付之无言乎？而耳目所接，有感于吾心者，不可以不发也。欲具道其所以然乎？而天地变化，岂思虑智识之所能究哉？天固不可问，聊以寄吾之意耳。楚之兴衰，天邪？人邪？吾之用舍，天邪？人邪？国无人，莫我知也；知我者，其天乎？此《天问》所为作也。太史公读《天问》，悲其志者以此。”王夫之《楚辞通释》、林云铭《楚辞灯》、蒋骥《山带阁注楚辞》、游国恩《天问解题》亦同此说。

三、“怀疑”说

《天问》“怀疑自遂古之初，直至百物之琐末，放言无惮，为前人所不敢言”（鲁迅《摩罗诗力说》）。

李陈玉《楚辞笺注》：“天道多不可解：善未必蒙福，恶未必获罪，忠未必见赏，邪未必见诛，冥漠主宰，政有难诘，故著《天问》以自解。此屈子思君之至，所以发愤而为此也。不曰问天，曰天问者，问天则常人之怨尤，天问则上帝之前有此一段疑情，凭人猜揣。”

陈子展解释李说云：“此不是人对于天道的疑问，而是上帝的疑问，天的问题。”

黄瑞云《先秦对天的认识与〈天问〉》认为：“在屈原《天问》里面，他（指‘一个有意志的天’即‘上帝’）成了怀疑的对象：既怀疑它的公正性，又由于它的毫无定准被怀疑它的公正性，又由于它的毫无定准被怀疑是否真存在。”又说：“《天问》产生于战国末年，可以说，它是屈原用质疑的方式对先秦关于天的认识的一个总结。”

四、“穷究事理”说

戴震《屈原赋注》：“问，难也。天地之大，有非恒情所可测者，设难疑之。而曲学异端，往往骛为闳大不经之语，及夫好诡异而善野言，以凿空为道古。设难诘之，皆遇事称文，不以类次，聊舒愤懑也。”

郭沫若也说：“《天问》应该是屈原把自己对于自然和历史的批判，采用问难的方式提出。”姜亮夫也提出：“考古书命篇之义，春秋以来多举文中首字以标题。如《诗》，如《论语》皆是。《天问》非放言抒情之作，其事至零杂，故屈子仍用右例，以篇首所陈之事，皆天体天象天德之类，又不仅此也。考《天问》全篇，涉及怪迂者，多僻斥之问，言及人事者，多以天道天命为说，则天字固亦可贯全文矣。天者神也，神明之所根也，万物之统理，是一切远于人、高于人、古于人之事，皆得称之。《天问》所举之事，皆与此相合。”

五、“借天问人”说

殷光熹提出：“《天问》是‘天’来‘问’人，而不是屈原‘问天’。这个

‘天’并非神秘的天(上帝),而是屈原艺术构思中特指的‘天民’。屈原采用借天设问手法,问各家对各种问题的解释、论述以及各种文字记载、口头传闻,是否准确无误、是否真实可信、有何依据、能否验证、如何求证?”

六、混合说

吴龙辉认为:“《天问》为屈原编写的一部历史教材,大约完成于屈原担任三闾大夫期间。‘天问’二字的含义乃‘君问’与‘师问’之混合。”

陈远新《屈子说志》:“又:天,君也,问之冀其一悟也。”他认为“天问”即“问君”。

屈原《天问》之作,正如游国恩所云,“非直为抒愁,亦非专为讽谏”,但亦不可回避有“抒愁”与“讽谏”的因素与成分,故《天问》就是“天问”,借“天”泄愤,以“天”讽谏,对“天”怀疑,而“穷究事理”。故郭世谦云:“所谓‘天问’,就是关于天地间一切事物和天理、天命、天道的提问。”

关于《天问》的结构与分段,各家不一,但古今学者对《天问》的整体认识还是大体一致的。如李陈玉《楚辞笺注》:“《天问》当分作三大段,自‘曰遂古之初’起,至‘曜灵安臧’止为上段,共四十四句,是问天上事许多不可解处。自‘不任汩鸿’至‘乌焉解羽’止,共六十八句为中一段,是问地上事许多不可解处。自‘禹之力献功’起,至末‘忠名弥彰’止,共二百六十一句为后一段,是问人间事许多不可解处。”

对于《天问》的学术意义,姜亮夫提出:“此篇所问,皆举上世传说中之怪事、大事。天地万众之理,造化变迁之象,存亡兴废之端,贤凶善恶之报,神奇鬼怪之说,妖妄不经之谈,一一欲明其所以,探其因果,明天理之昭著,言天道之是非。此盖屈子学说之粹集。然而以惝恍迷离之文为之者,此屈子不为诸子,而为文家之本色也。”

对于《天问》的史料价值,郭沫若曾经这样评价:“这篇文字在研究中国的古代史上可以说是极重要的一项资料,它替我们保存下了无数的古代的神话传说,可惜直到现在有好些都还不得其解。还有它所叙的传说顺序和北方或后代的人所‘信史’化了的事迹多不相符,因此便愈使人不得其解。”又说:“单就它替我们保存下来的真实的史料而言,也足足抵得过五百篇《尚书》。”郭沫若在《天问》“解题”中说:“这是一篇很重要的作品。虽然都是以问题的形式提出,但我们只要把那些问辞去掉,就可得到古代神话传说的一些梗概。据此，更可以考定传世神话传说的时代性与真伪。凡在《天问》中有其梗概的，我们便可以安心相信是先秦的真实资料，而非秦汉以后人所杜撰。这对于中国的古代，也就提出了很丰富的史料。最值得注意的，是在这些梗概中，有的已由地底发掘出的新史料而得到证明。例如王亥与王恒的传说，帝舜与帝俊的传说，便在卜辞中找到了他们的真实的依据。”

吴龙辉提出：《天问》是屈原编写的一部历史教材，它所传授的知识属于历史方面，可以说它是一部历史教材。《天问》的内容包括三大部分：自“曰遂古之初”至“曜灵安臧”44句为第一部分，主要就天地开辟、宇宙生成、山川地貌、日月星辰等自然现象提问；自“不任汩鸿”至“乌焉解羽”68句为第二部分，主要就上古神话和历史传说提问；自“禹之力献功”至“忠名弥彰”261句为第三部分，主要就历史事件和历史人物提问。从开天辟地一直问到楚庄王称霸天下，涉及的神话传说和历史事件有女娲造人、羲和御日、后羿射日、共工触柱、舜娶尧女、舜弟害帝、鲧禹治水、禹娶涂山、夏启继位、夷羿篡夏、寒浞杀羿、嫦娥窃药、少康杀浇、桀伐蒙山、简狄生契、王亥秉德、有易杀亥、王恒班禄、王微昏淫、夏桀囚汤、伊尹说汤、成汤伐夏、纣王惑乱、比干遇害、雷开阿顺、梅伯受醢、箕子佯狂、后稷降生、古公迁岐、文王作牧、吕望鼓刀、武王伐纣、太伯奔吴、昭王南巡、穆王周游、幽王被杀、齐桓之死、吴光争国、子文出生等，涉及的历史人物超过半百之数。可以说，春秋末叶以前影响中国历史进程的重大历史事件和重要历史人物几乎都被提到，最后落脚处为楚国历史。

此外，《天问》的文化系统体现在：蒙文通在《古史甄微》中将中国上古的居民大致划分为三个民族集团，分布在北（河洛）、东（海岱）、南（江汉）三个区域。河洛民族（北方民族）以黄族（华夏）为代表，传说人物有黄帝、颛顼、尧、舜等，是一种游牧民族。黄族为长于立法度、制器用之民族，颇似罗马。《韩非子》、《竹书纪年》所记古史为北系的代表。海岱民族（东方民族）以泰族（东夷）为代表，传说人物有伏羲、女娲、燧人等，是中国最早的土著民族。泰族为长于科学、哲学之民族，俨然一东方之希腊。儒、墨、六经所传古史为东系的代表。江汉民族（南方民族）以炎族（三苗、九黎）为代表，传说人物有共工、神农、炎帝、蚩尤等，是一种农耕民族。炎族为长于祆祥、崇宗教之民族，颇似印度。《庄子》、《楚辞·天问》、《山海经》为南系的代表。

反映在学术思想上，先秦的文化也大体可划分为北（三晋）、东（齐鲁）、南三个系统。自邓析、李悝、吴起、商鞅、申不害、韩非之徒，并是北人，太史公曰："三晋多权变之士，夫言从横强秦者，大抵皆三晋之人也。"则纵横法家固三晋北方之学也。道家如老、庄，词赋家如屈、宋，并是南人，则辞赋道家固南方之学也。六经儒墨者流，固东方邹、鲁之学也。此又三方思想学术之不同也。蒙文通《古史甄微》自序云："是《天问》所陈，皆楚人相传之史；《山海经》雅与符会，谅同本于楚人之旧传；既大异于六经，复不同于诸子"，"《天问》、《山经》所述，自为楚之史文；《九歌》所咏云中君、少司命之类，乃楚之神鬼耳。而《天问》所陈，雅不涉《九歌》；《九歌》所颂，复不涉及《天问》；则楚人神之与史，其辨甚明。"

曰遂古之初，谁传道之？①
上下未形，何由考之？②
冥昭瞢闇，谁能极之？③
冯翼惟像，何以识之？④
明明闇闇，惟时何为？⑤
阴阳三合，何本何化？⑥
圜则九重，孰营度之？⑦
惟兹何功，孰初作之？⑧
斡维焉系，天极焉加？⑨
八柱何当，东南何亏？⑩
九天之际，安放安属？⑪
隅隈多有，谁知其数？⑫
天何所沓？十二焉分？⑬
日月安属？列星安陈？⑭
出自汤谷，次于蒙汜。⑮
自明及晦，所行几里？⑯
夜光何德，死则又育？⑰

厥利维何，而顾菟在腹？[18]

女歧无合，夫焉取九子？[19]

伯强何处？惠气安在？[20]

何阖而晦？何开而明？[21]

角宿未旦，曜灵安藏？[22]

【注 释】

① 遂：通“邃”，远。遂古：远古。以上两句说：远古开始的形态，是谁用言语传说下来的？② 上下：指天地。以上两句说：天地还没有成形，混沌无垠，凭什么考知其事？③ 冥：昏暗。昭：明亮。冥昭：指昼夜。瞢(méng)：指目不明。闇：指光线不明。以上两句说：昼夜皆在混沌黑暗之中，谁能看透呢？④ 冯：通“凭”，满。冯翼：云气满盛的样子。以上两句说：天地未分，昼夜未形。惟氤氲的云气充塞，都是想象，怎样才能辨认其形状？⑤ 明明闇闇：即“明明暗暗”，指日月星辰，浑沌初开时分明的样子。时：同“是”，此。⑥ 阴阳三合：指阴、阳和大自然的统一。本：根源。化：派生，化生。以上两句说：阴阳和大自然三者掺和在一起，究竟哪个是本源哪个又是派生？⑦ 圜：同“圆”，指天。九重：古称天门九重，重各指一门(从闻一多说)。营：经营、管理。此指神豹的管理。度：规划。⑧ 兹：此，指天有九重。以上两句说：这是怎样的功绩？是谁最初建造的呢？⑨ 斡：旋转。维：维系之物，即绳索。斡维：天体旋转时转动着的绳索。天极：天体中央的最高处。加：置放。⑩ 八柱：古代传说地面上有八根通天地的大柱，是支撑天空的“天柱”，也是支撑地面的“地柱”。何当：何在，指何处安放。亏：缺。中原地形西北高而东南低因而有缺损。⑪ 九天：古以东、西、南、北、东南、西南、西北、东北与中央为九天。际：间，指九天之间。放：到、依。属：连接。⑫ 隅：角落。隈(wěi)：深曲之处。⑬ 沓：会合，指天与地会合。十二：古代天文学用“十二”纪数的有岁星纪年、大岁纪年、斗柄建月、十二辰会、十二分野等。⑭ 属：依附。列星：群星、众星。陈：排列。⑮ 谷：两山之间的水流。汤(yáng)谷：一本作“旸谷”，传说中日出的地方。次：停宿。蒙：即“濛”。古人认为日落在西方濛昧的大海里，故把日落之海叫做“濛水”(从孙作云说)。汜(sì)：水

边。蒙汜:传说中日落的地方。以上两句说:太阳从汤谷出发,在濛水河边停宿。⑯ 以上两句说:太阳天亮从汤谷升起到天黑落于蒙汜,行走了多少里呢? ⑰ 夜光:月亮。德:通“得”。则:而。育:生。以上两句说:月亮在天地中得到了什么能死而复生? ⑱ 顾:明眸善视。菟:同“兔”,指雄兔。以上两句说:月亮对玉兔有什么好处,而使善视的雄兔居于腹中? ⑲ 女歧:天上的神女,无丈夫而生九子,又称九子母。无合:未曾婚配。⑳ 伯强:北方风神禺强,也写作“隅强”,其生历风伤人。惠气:瑞云,祥和之气。㉑ 阖:关门。开:开门。以上两句说:什么样的门关上就是黑夜?什么样的门打开就是白天? ㉒ 角宿(xiù):属东方星,为东方七宿(角、亢、氐、房、心、尾、箕)之首。角宿为第一星宿,有两颗星,传说两星之间便是天门。旦:明。曜(yào)灵:太阳。以上两句说:天门尚未打开之前,太阳何处躲藏?

【品 评】

作为一部真正的史诗,《天问》充满了问号。《天问》所问,首先围绕“天文”立论。尽管当时天文科学尚属幼稚,然深为学者所重,《庄子》、《墨子》、《孟子》等诸子著作,亦多有论述。上引 28 句,18 问,都是围绕宇宙天体发问的。

“曰遂古之初”四句,是对天地开辟的发问。我们的祖先相信世界是神创造的,《山海经》、《淮南子》、《庄子·应帝王》均有记载。他们认为神创造了一个天国,把它留给自己;创造了一个大地,把它赐给人类,人们受了天覆地载之恩,不仅要服从神所决定的命运,而且要听命于神所选定的统治者。优美、幻想、神秘的神话,虽然透露出上古人们的思考与解释,但也成了唯心哲学的基石。酷爱神话的诗人不仅为后代保存了大量的神话资料,而且对神话提出了一系列发人深省的问题,自觉超越了神话时代的局限。

“冥昭瞢闇”四句是就光、空气的起源发问。屈原发问,既然宇宙空阔无垠,人们凭什么认识它呢?“明明闇闇”四句,问昼夜之交替、生命之起源。古人从雌雄交配的有性繁殖中归纳出“阳施阴化”的概念,认为万物是阴阳交合而生的。屈原对此提出质疑,阴阳交合可以产生万物，但是创造万物的阴阳二神，本身又是从何而来的呢？屈原所要追穷的是阴阳交替的本体与先后。“圜则九重”十二句是就天地的构成发问，一口气对天有九重、四维、八柱、九天等说法表示怀疑。而“天何所沓”四句又是对日月星辰的发问，也是对神奇而又矛盾的神话诠释予以反省与否定。

屈原对天地自然、宇宙星辰的思考，是通过诘问的句式、语气，喷涌而出，既能击中要害，又具有恢宏的气势、开阔的气象。传统的旧说在屈原的笔下显得如此自相矛盾、不堪一击。《天问》的思想压倒形象，哲学价值超过美学价值。其实，这二者是统一的。那敏锐、深邃的探索，富于理性的批判精神，正是通过愤切悲怆之情表现出来，从而形成了一问到底的发愤抒情的风格。

不任汩鸿，师何以尚之？[23]
佥曰“何忧”，何不课而行之？[24]
鸱龟曳衔，鲧何听焉？[25]
顺欲成功，帝何刑焉？[26]
永遏在羽山，夫何三年不施？[27]
伯禹愎鲧，夫何以变化？[28]
纂就前绪，遂成考功。[29]
何续初继业，而厥谋不同？[30]
洪泉极深，何以窴之？[31]
地方九则，何以坟之？[32]
河海应龙？何尽何历？[33]
鲧何所营？禹何所成？[34]
康回冯怒，坠何故以东南倾？[35]
九州安错？川谷何洿？[36]
东流不溢，孰知其故？[37]
东西南北，其修孰多？[38]
南北顺椭，其衍几何？[39]
昆仑县圃，其尻安在？[40]

增城九重，其高几里？[41]
四方之门，其谁从焉？[42]
西北辟启，何气通焉？[43]
日安不到？烛龙何照？[44]
羲和之未扬，若华何光？[45]
何所冬暖？何所夏寒？[46]
焉有石林？何兽能言？[47]
焉有虬龙、负熊以游？[48]
雄虺九首，儵忽焉在？[49]
何所不死？长人何守？[50]
靡蓱九衢，枲华安居？[51]
一蛇吞象，厥大何如？[52]
黑水、玄趾，三危安在？[53]
延年不死，寿何所止？[54]
鲮鱼何所？鬿堆焉处？[55]
羿焉彃日？乌焉解羽？[56]

【注释】

㉓ 任：胜任。汩（gǔ）：治水。鸿：通“洪”，洪水。师：指众人。尚：推举、推荐。㉔ 佥（qiān）：全，此指众人。课：试。行：使用。以上四句说：众人推举鲧治水，尧本知道不能完成治水的任务，但人人都说：“何必担忧？”为何不让他试一下而后用呢？㉕ 鸱（chī）：猫头鹰。鸱龟：叫声如猫头鹰的神龟。曳（yè）：牵引。鸱龟曳衔：此指鲧用鸱龟相互牵引的形状筑堤。以上两句说：鸱龟相互牵引而随，鲧为何听从而有何启发？㉖ 帝：上帝，指帝尧。刑：刑罚。以上两句说：鲧正想顺应众望治水，帝尧为何还要将他诛罚？㉗ 永：长。遏（è）：拘禁。羽山：鲧被放逐的地方，传说在山东蓬莱县东南。三：多。古代常用“三”和“九”来泛指多数。㉘ 伯禹：大禹。㉙ 纂就：继续达成。绪：事业。㉚ 谋：指治水。传说中鲧用填土筑堤的方法，而禹采用疏通河道的治洪方法。以上两句说：大禹继承父业，完成治水的大事，为何传说他们所用的方法不同？㉛ 窴：同“填”。㉜ 方：比。

坟：划分。㉝ 应龙：传说中有翼的龙。大禹治水时，应龙以尾画地，而成江河，疏导水流入大海。历：经过。㉞ 营：惑乱（从孙诒让说）。以上两句说：鲧禹同是治水，为何鲧为惑乱，禹反为成功呢？㉟ 康回：共工氏。王逸注云："《淮南子》言共工与颛顼争为帝，不得，怒而触不周之山，天维绝，地柱折，故东南倾。"董楚平认为此处在总结夏禹治水时，插入共工之事，是因为共工使地倾东南，为禹的导洪入海准备了地理条件。共工争帝败，在改造自然方面，却是英雄，故写完鲧禹治水后，即追述共工的先行之功。冯：通"凭"。冯怒：大怒。坠：一本作"地"。㊱ 九州：禹治洪水后，将中国分为九州，即冀州、兖州、青州、徐州、扬州、荆州、豫州、梁州、雍州。《尚书》云："禹别九州，随山浚（jùn）川，任土作贡。"错：安置。洿（wū）：挖掘。㊲ 东流：指百川东流。溢：满。㊳ 修：长。《河图括地象》曰："地广东西八万八千里，南北二万六千里，有君长之。"以上两句说：大地东西横向的距离与南北纵向的距离，哪个长度最长？㊴ 顺椭（tuǒ）：狭而长。顺椭古读双声，顺就是椭的意思，指狭长。《淮南子》曰："阖四海之内，东西两万八千里，南北两万六千里。"《博物志》曰："《河图》：天地南北三亿三万五千五百里，东西两亿三千里。"可见，古人对东西的距离与南北的距离究竟孰长孰短的看法是不一致的。但从《天问》中可知，屈原认为南北的距离比东西短。衍：多余。以上两句说：南北的距离狭长，那么东西的距离到底比南北的距离长多少？㊵ 昆仑：神话中的山名，它以祁连山为原型，直通天庭。县：同"悬"，指系于天处，并悬在空中的地方。圃：园子。凥：为古代"居"字，蹲坐之义，此引申为基础。以上两句说：昆仑山上有县圃，根基在哪里？㊶ 增：通"层"。增城：层城。《水经注》中说："昆仑之山三级，下曰樊桐，一名极桐。二曰玄圃，一名阆风。上曰层城，一名天庭，是为太帝之居。"九重：九层。《淮南子》曰："有增城九重，其高万一千里百一十四步二尺六寸。"㊷ 四方之门：昆仑山上四面八方都有门，有风从此门出入来调控温热、寒暑。从：由此出入。㊸ 西北：西北大门。辟：开。启：开门。气：风。洪兴祖补注云："按不周山在昆仑西北，不周风自此北门出入。"㊹ 烛龙：烛阳，神话中的人物。《山海经》云："钟山之神，名曰烛阳，视为昼，赤色。"以上两句说：什么地方日光照射不到？烛龙如何睁目把这里照亮呢？㊺ 羲和：神话中为太阳神驾车的人。扬：扬鞭。华：花。若华：古代神树若木的花。㊻ 所:地方。㊼ 以上两句说:哪里有石树成林?什么野兽能讲人话?㊽ 虬(qiú):传说中无角的龙称虬,有角的称龙。负:背着,载着。㊾ 虺(huǐ):古代神话中南方的毒蛇。儵忽:即“倏忽”,往来极快的样子。《招魂》云:“雄虺九首,往来儵忽。”㊿ 不死:不死之国。《山海经》云:“不死民在交胫国东,其人黑色,寿,不死。”长人:古传说中的巨人防风氏,与《招魂》“长人千仞,惟魂是索些”所指的内容相同。《国语》记载:“仲尼曰:昔禹致群神于会稽之山,防风氏后至,禹杀而戮之。”守:守护,指防风氏长三丈,守封禺二山。湖州武康县有防风庙,建在封禺二山之间。51 蓱:同“萍”。靡蓱:指蔓生的萍草。九衢:指萍草有九个分枝。枲(xǐ):大麻。枲华:枲麻的花。52 蛇:南海内的巴蛇。《山海经》言其:“食象,三岁而出其骨。”53 黑水:神话中的水名。玄趾、三危:神话中的山名。54 延年:指黑水和三危寿命延长不死。《穆天子传》云:“黑水之阿,爰有木禾,食者得上寿。”《淮南子》:“三危之国,石城金室,饮气之民,不死之野。”以上两句说:黑水、三危两处人长生不死,寿命究竟到何时才停止?55 鲮(líng)鱼:即“陵鱼”,鱼名。堆:通“隹”,鸟。鬿(qí)堆:即“鬿雀”,鬿鸟。56 羿:古代神话中善射的后羿。尧帝统治时,十个太阳并出使得民不聊生,尧命令后羿射日,羿射下九日,最终只留一日照射大地。弹(bì):射。乌:古神话中太阳里的乌鸦,此指九个太阳中的九个乌鸦被射死时,都脱落了羽毛。解羽:羽毛脱落。

【品评】

《天问》的第二类是“神话传说”。《天问》发问的内容,从“天上”之事转到“地上”之事,从宇宙天体的索究转到神话传说原貌的追寻。

世界上许多民族的创世神话里都有洪水故事,我国也不例外。在屈原的眼中,洪水故事只是开天辟地神话中的“辟地”部分,所以他闭口不提尧、舜,只是称“帝”。问地上之事,从人开始,因为人终究应该成为地上的主宰。我国的洪水神话是围绕鲧、禹治水的方法、结果展开的,所以屈原的发问仅就鲧、禹的遭遇、评判而言。

先问鲧。关于上帝与群神共商治水之事,《尧典》有生动的记载,屈原就此问起,既然是天帝认为鲧是不堪治水的人,众神为什么一致推崇他?

大家都说，不用担心，应该让他试试。然而这样一个深孚众望的治水英雄，最后竟获罪致夭，原因是他的治水方略。鸱龟牵引衔接，宛委盘错，使鲧受了启发，依照鸱龟形而因之为堤，《山海经·海内经》载："洪水滔天，鲧窃帝之息壤以湮洪水，不待帝命。帝令祝融杀鲧于羽郊。"《尚书·洪范》也说鲧用土堙筑堤之法治水。我们的先民在洪水泛滥之时，并没有乘方舟而去，而是迁上高陵，一住经年。每当洪水包围高山并威胁山陵的时候，就挖高山之土以填临水低湿处。此法亦为后来禹治水所用，《淮南子·地形篇》曰："禹乃以息土填洪水，以为名山。"这是先民与洪水斗争的历史过程的反映。鲧顺从众望而图谋成就治水之功，却受到帝之重刑，原因有二：一是"窃帝之息壤"以犯上；二是"九载绩用弗成"（《尧典》），治洪九年，效果不佳，所以献出了自己的生命。鲧虽被杀害，尸身久弃于羽山，竟然"三岁不腐，副（剖）之以吴刀，是用出禹"（《初学记》）。如此奇妙的变幻，凤凰涅槃似的再生，反映了我们祖先同自然斗争的顽强精神，前赴后继，不屈不挠。张炜云："诗人开始从天上、从宇宙之巨说到了人事之微。上天与万物往往有一种奇特的对应关系，天之不测，预示了人之不测，世事纠葛言说不尽。对比中可知，尧帝比楚怀王也好不了多少，他们都有无上的权力，随意诛罚。在这里鲧的命运实在令人怜惜，流放而后诛，这是何等的残酷。"

次问禹。禹之成功是"纂就前绪"，继承了父亲未竟的事业，而且以前车之鉴，改变了治水方略。禹之治水，起初用"堙"法填土，但洪水的源泉极深，根本无法填平，后得应龙"画地成河"之助，改为开通河道，排除积水。《国语·周语》："伯禹念前之非度，厘改制量，疏川导滞。"王逸《楚辞章句》引另一说曰："禹治洪水时有神龙以尾画地，导水所注当决者，因而治之也。"从此，禹成了中国历史和史诗中的明星，数千年来，他在文学艺术作品中一直是一个光辉而伟大的形象，到处都有他的传说、乃至于附会的遗迹和故事。屈原早在那时就为鲧抱不平："鲧何所营？禹何所成？"若没有鲧，禹从何出？没有鲧打下的基础和丰富实践经验的积累，又怎么会有禹的治水成功？

综上可见，首先，屈原问鲧，侧重于鲧的功勋与不幸；屈原问禹，侧重于禹的继承与借鉴。这说明屈原丝毫没有把洪水当作上天为了惩罚人类而降的灾祸，而是把治水看作人与自然的斗争。人类逐渐走向文明，只是这一万年以内的事情，而要真正大规模征服自然，目前还只是开头，在古代则只能是神话而已。这样一个道理，现在我们当然是看得清清楚楚的了，但生活在两千多年以前的屈原，能坚持唯物立场，不为旧时的成见所囿，则是难能可贵的。其次，屈原力图公正客观地评价鲧，鲧既不是“四凶”，也不是恶魔，而是一个颇得人心、忠于众托的人，一个尽心尽职、兢兢业业的人，一个善动脑筋、举一反三的人，一个死不瞑目、涅槃再生的人。而禹只不过“续初继业”、“纂就前绪”，才“遂成考（父）功”，更何况禹还是鲧新生的化身。最后，屈原所昭示的“鸱龟曳衔”（堙、填）与“应龙何画”（疏、导）两种治水方略，完全符合“不止不行，不塞不流”的辩证关系，体现了“青出于蓝”的不断进步的思想，这是人们在与大自然的斗争中代代绵延、逐步认识、不断征服的形象描述。直到今天，“湮”与“导”仍是治水工程中的两种重要手段。

禹之力献功，降省下土四方。[57]
焉得彼嵞山女，而通之於台桑？[58]
闵妃匹合，厥身是继。[59]
胡惟嗜不同味，而快鼌饱？[60]
启代益作后，卒然离蠥。[61]
何启惟忧，而能拘是达？[62]
皆归射鞠，而无害厥躬。[63]
何后益作革，而禹播降？[64]
启棘宾商，《九辩》、《九歌》。[65]
何勤子屠母，而死分竟地？[66]
帝降夷羿，革孽夏民。[67]
胡射夫河伯，而妻彼雒嫔？[68]
冯珧利决，封豨是射。[69]
何献蒸肉之膏，而后帝不若？[70]
浞娶纯狐，眩妻爰谋。[71]
何羿之射革，而交吞揆之？[72]
阻穷西征，岩何越焉？[73]
化为黄熊，巫何活焉？[74]

咸播秬黍，莆雚是营。[75]
何由并投，而鲧疾修盈？[76]
白蜺婴茀，胡为此堂？[77]
安得夫良药，不能固臧？[78]
天式从横，阳离爰死。[79]
大鸟何鸣，夫焉丧厥体？[80]
蓱号起雨，何以兴之？[81]
撰体胁鹿，何以膺之？[82]
鼇戴山抃，何以安之？[83]
释舟陵行，何以迁之？[84]
惟浇在户，何求于嫂？[85]
何少康逐犬，而颠陨厥首？[86]
女歧缝裳，而馆同爰止。[87]
何颠易厥首，而亲以逢殆？[88]
汤谋易旅，何以厚之？[89]
覆舟斟寻，何道取之？[90]
桀伐蒙山，何所得焉？[91]
妹嬉何肆，汤何殛焉？[92]
舜闵在家，父何以鳏？[93]
尧不姚告，二女何亲？[94]
厥萌在初，何所亿焉？[95]
璜台十成，谁所极焉？[96]
登立为帝，孰道尚之？[97]
女娲有体，孰制匠之？[98]
舜服厥弟，终然为害。[99]
何肆犬豕，而厥身不危败？[100]
吴获迄古，南岳是止。[101]
孰期去斯，得两男子？[102]
缘鹄饰玉，后帝是飨。[103]
何承谋夏桀，终以灭丧？[104]

帝乃降观，下逢伊挚。[105]
何条放致罚，而黎服大说？[106]
简狄在台，喾何宜？[107]
玄鸟致贻，女何喜？[108]
该秉季德，厥父是臧。[109]
胡终弊于有扈，牧夫牛羊？[110]
干协时舞，何以怀之？[111]
平胁曼肤，何以肥之？[112]
有扈牧竖，云何而逢？[113]
击床先出，其命何从？[114]
恒秉季德，焉得夫朴牛？[115]
何往营班禄，不但还来？[116]
昏微遵迹，有狄不宁。[117]
何繁鸟萃棘，负子肆情？[118]
眩弟并淫，危害厥兄。[119]
何变化以作诈，而后嗣逢长？[120]
成汤东巡，有莘爰极。[121]
何乞彼小臣，而吉妃是得？[122]
水滨之木，得彼小子。[123]
夫何恶之，媵有莘之妇？[124]
汤出重泉，夫何辠尤？[125]
不胜心伐帝，夫谁使挑之？[126]
会朝争盟，何践吾期？[127]
苍鸟群飞，孰使萃之？[128]
到击纣躬，叔旦不嘉。[129]
何亲揆发，定周之命以咨嗟？[130]
授殷天下，其位安施？[131]
反成乃亡，其罪伊何？[132]
争遣伐器，何以行之？[133]
并驱击翼，何以将之？[134]

昭后成游，南土爰底。[135]
厥利惟何，逢彼白雉？[136]
穆王巧梅，夫何周流？[137]
环理天下，夫何索求？[138]
妖夫曳衒，何号于市？[139]
周幽谁诛？焉得夫褒姒？[140]
天命反侧，何罚何佑？[141]
齐桓九会，卒然身杀。[142]
彼王纣之躬，孰使乱惑？[143]
何恶辅弼，谗谄是服？[144]
比干何逆，而抑沈之？[145]
雷开何顺，而赐封之？[146]
何圣人之一德，卒其异方？[147]
梅伯受醢，箕子详狂？[148]
稷维元子，帝何竺之？[149]
投之于冰上，鸟何燠之？[150]
何冯弓挟矢，殊能将之？[151]
既惊帝切激，何逢长之？[152]
伯昌号衰，秉鞭作牧。[153]
何令彻彼岐社，命有殷国？[154]
迁藏就岐，何能依？[155]
殷有惑妇，何所讥？[156]
受赐兹醢，西伯上告。[157]
何亲就上帝罚，殷之命以不救？[158]
师望在肆，昌何识？[159]
鼓刀扬声，后何喜？[160]
武发杀殷，何所悒？[161]
载尸集战，何所急？[162]
伯林雉经，维其何故？[163]
何感天抑地，夫谁畏惧？[164]

皇天集命，惟何戒之？[165]
受礼天下，又使至代之？[166]
初汤臣挚，后兹承辅。[167]
何卒官汤，尊食宗绪？[168]
勋阖、梦生，少离散亡。[169]
何壮武历，能流厥严？[170]
彭铿斟雉，帝何飨？[171]
受寿永多，夫何久长？[172]
中央共牧，后何怒？[173]
蜂蛾微命，力何固？[174]
惊女采薇，鹿何祐？[175]
北至回水，萃何喜？[176]
兄有噬犬，弟何欲？[177]
易之以百两，卒无禄？[178]
薄暮雷电，归何忧？[179]
厥严不奉，帝何求？[180]
伏匿穴处，爰何云？[181]
荆勋作师，夫何长？[182]
悟过改更，我又何言？[183]
吴光争国，久余是胜。[184]
何环穿自闾社丘陵，爰出子文？[185]
吾告堵敖，以不长。[186]
何试上自予，忠名弥彰？[187]

【注释】

⑰ 降：禹自天而降。省(xǐng)：察看、巡视。下土四方：九州的土地。⑱ 嵞(tú)山：即"涂山"，古地名。一说指当涂，一说指浙江会稽山。通：私通。传说禹在治理洪水中，在涂山之地与一女子相悦，后与其在台桑之地相合。台桑：古地名，也可以指桑间的田野。⑲ 闵：同"悯"，怜惜。闵妃：指涂山女。匹合：结合，指婚配。以上两句说：禹与涂山女婚配，为的

是传宗接代。⑥⓪ 嗜不同味：爱好不相同。鼂：即“朝”，此指快。快鼂饱：急切地，满足于一时的欲望。⑥① 启：禹之子。益：传说中禹的贤臣。禹禅让给益，启不服从，攻伐益，启胜而夺取王位。后：君主。离：遭受。蠥(niè)：灾难。⑥② 惟：当作“罹”，遭遇。拘：囚禁。达：从狱中逃脱并完成兴师伐益。⑥③ 射：弓箭。鞠：疑是“箙”字之误。箙指用竹木或兽皮等物做成的盛箭器。与“射”共同泛指武器(从金开诚说)。厥躬：其身，指启。以上两句说：益的军队纷纷投降，而启自身没有伤害。⑥④ 作：通“祚”，王位(从刘盼遂说)。作革：即“祚革”，指王位被取代。播降：喻子嗣兴旺。以上两句说：为什么益的王位被取代，禹却是子嗣兴旺呢？⑥⑤ 棘：急忙。宾：古代属礼制的一种。此处译为朝见，用作动词。商：为“帝”，即指天帝。《九辩》、《九歌》：天帝之乐。神话传说中启好乐，他乘双龙，穿云雾，多次去天帝那里做客，学会了《九辩》与《九歌》。⑥⑥ 勤子：指夏启。死：通“屍(shī)”，尸体。此二句是关于启出生的神话传说。⑥⑦ 帝：天帝。降：降子。羿：可以理解为射日的后羿，亦可解释为夏代有穷国的君主羿。有穷国为东夷族，因此又称“夷羿”。此处“羿”当指有穷羿，而下句“射夫河伯”之人指射日人后羿。革：解除。孽：忧患。⑥⑧ 河伯：黄河的水神。妻：娶。雒(luò)：同“洛”。雒嫔(pín)：洛水的水神，为河伯之妻，称为“宓妃”。以上两句说：后羿为什么射瞎河伯，而且娶他的妻子洛神呢？⑥⑨ 冯：通“凭”，满，此指将弓拉满。珧(yáo)：蚌、蛤的甲壳，古代多用在刀、弓上做装饰物。《尔雅》言：“弓以蜃(shèn)者谓之珧。”此代指弓。决：扳指。多用玉石等制成，射箭时戴在右手大拇指上来钩弦。封：大。豨(xī)：野猪。封豨是射：即“射封豨”。⑦⓪ 蒸：即“烝”，冬祭。《尔雅》：“冬祭曰烝。”膏：肥肉。后帝：天帝。若：顺从。不若：不领情于羿的所为，对此不以为然。⑦① 浞(zhuó)：即寒浞。传说他为后羿的相，并与纯狐私通去谋害后羿。纯狐、眩妻：皆羿的妻子，即雒嫔。爰：通“援”，援助。⑦② 射革：射穿皮革。传说后羿能射穿七层皮革。揆(kuí)：吞(从姜亮夫说)。交吞揆：指浞与羿妻交相为用，而吞灭后羿。⑦③ 阻穷：禁绝(从钱澄之说)。西征：向西挺进，此指鲧事。鲧被尧放逐于羽山三年，因羽山在东裔，而西行地形险峻，所以被永远遏止在此，不容西行。岩：险阻。⑦④ 黄熊：鲧化为黄熊之事。《左传》记载：“昔尧殛鲧于羽山，其神化为黄熊，以入于羽渊。”一说黄熊为三足鳖。巫：巫师、巫祝。活：指鲧死而复生。⑮ 咸：全，都。指禹和鲧两人。秬(jù)黍：黑色的黍，黍有黏性。莆(pú)：通“蒲”，蒲草。雚(huán)：通“萑”，芦苇类植物。莆、雚：都为水草类植物，此喻为杂草。营：一说为“经营、耕种”之义，指此百姓在莆雚之地耕种黑黍，使得不毛之地变成良田。一说，通“耕”，指除草。两种解释皆可。莆雚是营：即“营是莆雚”。⑯ 何由并投：指为何用禹而弃鲧之功绩(从杨万里说)。投：摒弃。疾：恶名。修：长。盈：满。以上两句说：为什么鲧禹同是教民稼穑，反却褒扬禹而摒弃鲧的功绩？为什么使得鲧的恶名长久不衰？⑰ 蜺：通“霓”，月亮中的霓裳羽衣(从丁晏说)。婴：颈部的装饰物。茀(fú)：头部的装饰物。堂：指月宫。以上两句说：盛装华美的嫦娥，为什么在月宫？⑱ 良药：后羿所得的仙药。臧：通“藏”，保藏。⑲ 从：即“纵”。天式从横：指天道中经纬纵横，以阴阳相调而生长万物。爰：于是。⑳ 大鸟：日鸟，此指羿射十日之事。鸣：通“鸣”，“鸣”本作“雔”，指鸟的肥大。此处暗指阳盛非阳离之态。以上两句说：日鸟如何硕大，此阳盛之时，后羿为何能以一人之力而射九日？此句是屈原对有悖于天道之理的发问。㉑ 蓱(píng)：屏翳(yì)，神话中的兴雨之神。号：呼叫。㉒ 此句当从一本作“撰体胁鹿，何以膺之”，以便于与前两句句法上相互对应(从闻一多说)。撰：具备。《广雅》：“撰，具也。”胁：腋下，代指身体。鹿：代指风神，此言神话中风神飞廉，鹿身、雀头。以上两句说：雨师兴雨，风神为什么要跟着响应？㉓ 鳌(áo)：大海龟。戴：背负。山：蓬莱山。抃(biàn)：拍手，此指巨鳌在海中四足舞动。㉔ 释：放置。舟：船。陵：陆地，属于楚方言。迁：迁徙。以上两句说：巨龟能像船一样轻便地背着山游动，是因为其在水中。假使龟脱离海水而从陆地行走，怎样才能将山迁徙呢？㉕ 浇(ào)：是寒浞之子，曾经杀死夏相，后又被夏相之子少康所断头。户：门。嫂：浇的嫂子，即下文的“女歧(qí)”，嫂与浇淫乱。㉖ 逐：驱赶。颠：跌落。陨：坠落。首：头颅。㉗ 裳：下衣。馆：住宿。馆同：即“同馆”，指共同居住。爰：于。止：息。以上两句说：女歧与浇淫逸，并为他缝制衣裳，于是两人共同居住在一起。㉘ 易：换。厥首：女歧的脑袋。此指因夜里两人同睡难辨，在少康前往杀浇时，误取了女歧的头颅。亲：亲近。逢：碰到。殆：危险。㉙ 汤：疑当作“康”(从朱熹说)。旅：军队的编制单位，上古一般以五百人为一旅。厚：厚待。以上两句说：少康以一旅收夏国的民众，上天为什么唯独厚待他呢？⑨⓪ 覆：翻转过来。覆舟：打翻的船。斟寻：古国名。道：方法。取：获胜。以上两句说：斟寻被少康占领时，像打翻的船一样快速灭亡，（少康）是用什么方法取胜的呢？⑨① 桀：夏国的君主。蒙山：古国名。《竹书纪年》云：“后桀伐岷山，进女于桀二人，曰琬、曰琰。桀受二女，无子，刻其名于苕华之玉，苕是琬，华是琰。而弃其元妃于洛，曰末喜氏。末喜氏以与伊尹交，遂以间夏。”经闻一多考证《竹书纪年》为误说，而琬琰则是妹嬉。此说可通。以上两句说：桀伐蒙山得妹嬉，妹嬉却与伊尹串通而使得夏灭亡，对于桀来说因得女而亡夏，桀实则并没有得到什么。⑨② 肆：放纵，此指过分的行为。殛（jí）：诛杀。以上两句说：妹嬉与伊尹勾结实则对汤有益，那么妹嬉怎样放纵，商汤要把她杀掉？⑨③ 闵：忧愁。鳏（guān）：同“鳏”，无妻称鳏。《尚书》言：“有鳏在下，曰虞舜。”洪兴祖注此讲舜的孝顺。传说中记载舜父瞽叟偏爱继妻的小儿子象并害舜，舜到三十还未能结婚，但仍然很孝顺。以上两句说：舜在家中担忧，父亲怎么还未给他成家？⑨④ 姚：舜的姓，此指舜父。姚告：告姚。二女：尧的女儿，指蛾皇和女英。以上两句说：尧未将婚事说与舜父，蛾皇和女英怎样嫁给了舜？⑨⑤ 厥萌：指纣贪念的萌生。王逸注云：“言纣作象箸（zhù）而箕子叹，预知象箸必有玉杯，玉杯必盛熊蹯豹胎，如此，则必崇广宫室。”亿：通“臆”，预料，此指箕子对纣王贪欲的预料。⑨⑥ 璜台：用玉石砌成的高台。十成：十层。极：通“殛”，诛罚。以上两句说：商纣砌十层玉台，是谁要将他诛罚？⑨⑦ 帝：伏羲（从王逸说）。道：通“导”，引导。尚：推崇。以上两句说：伏羲登立为帝，是谁引导并推崇他呢？⑨⑧ 体：形体，此指女娲，人面蛇身，一日当中七十变化。制匠：制造。⑨⑨ 服：顺从。弟：指象。终为害：指象屡次想杀舜（从王夫之说）。⑩⓪ 豕：猪。厥身：指舜。以上两句说：为什么像猪狗一样放纵，而舜没有遭到危害？⑩① 吴获：吴太伯的名字。迄古：当作“去古”之误，指离开古公亶（dǎn）父，向南奔至吴地（从孙作云说）。古：指古公亶父，是周文王的祖父，周武王时追尊为太王。南岳：庐州霍山，霍山一名衡山，也称南岳（从蒋骥说）。南岳是止：此指古公亶父时，欲立其少子季历，因此长子太伯与次子虞仲逃奔荆楚，采药至南岳之地，后以此疆界建立吴国。止：止境。⑩② 期：预料。去斯：当作“夫斯”，指吴国建立的这种情况。两男子：指太伯和虞仲。两人为吴国两代开国贤君。⑩ 缘：因，凭借。鹄(hú)：天鹅。缘鹄饰玉：指借助着玉鼎中盛放的天鹅肉羹去进献商汤。《淮南子》云："伊尹忧天下之不治，调和五味，负鼎俎而行。"后帝：汤。飨(xiǎng)：享用。⑭ 承谋夏桀：指商汤承用伊尹的谋划去攻打夏桀。丧：灭亡。以上两句说：汤怎样承用了伊尹的计谋去伐桀，最终使得夏朝灭亡？⑮ 帝：商汤。降观：寻访，视察民情。伊挚(zhì)：指伊尹，伊尹名挚。⑯ 条：鸣条，古地名。《尚书》云："伊尹相汤伐桀，升自陑，遂与桀战于鸣条之野。"放：放逐，指将夏桀放逐于鸣条之野。致罚：惩罚。服：通"㲛"(从朱季海说)。黎服：即"黎㲛"，楚人言黎㲛同中国言黎民一样，指百姓。说：同"悦"，开心。⑰ 简狄：帝喾(kù)的次妃。传说有娀(sōng)氏的女儿，嫁于帝喾，生下商族的始祖契。台：九台，此指有娀氏为简狄造的九层之台。宜：通"仪"，匹配。以上两句说：简狄深居在九台之中，帝喾怎样知道她是自己心仪的配偶呢？⑱ 玄鸟：燕子。贻：赠送。此用作名词，赠送的礼物，此指卵。传说天帝命令玄鸟赠送卵，简狄吞卵而受孕生契。以上两句说：燕子来送鸟蛋，简狄为什么十分欢喜？⑲ 该：通"亥"，即王亥，商代的先祖。秉：遵循，继承。季：王亥的父亲。下文的"恒秉季德"中的"恒"指季恒，也是季的儿子。臧：善。以上两句说：王亥遵循父亲的贤良，继承父亲的善业。⑩ 胡：为什么。弊：通"毙"，死。有扈：当作"有易"，《竹书纪年》云："帝泄十二年，殷侯子亥宾于有易，有易杀而放之。"以上两句说：为什么亥死在有易，这个他放牧牛羊的地方呢？⑪ 干：盾。协：合。时：是。怀：思念，指"亥宾于有易，而淫焉"一事。以上两句说：王亥在有易舞盾，有易的女子为什么思念王亥呢？⑫ 胁：从腋下到肋骨尽处。平胁：指肋骨处肌肉丰满。肤：肌肉润滑。肥：通"妃"。匹：指男女配合(从何剑熏说)。以上两句说：王亥肌肤润滑，体态丰腴，是怎样与有易女相互淫乱？⑬ 有扈：有易之女。竖：奴仆。牧竖：指王亥。以上两句说：有易女与王亥怎么会相逢，淫乱在床呢？⑭ 击床：指有易君杀亥一事。先出：先动手。以上两句说：有易君先动手在床上杀死亥，王亥的性命怎能侥幸得以保全呢？⑮ 恒：王亥的弟弟王恒。朴：大。朴牛：大牛。以上两句说：王恒也遵循父亲的贤德，从哪里找到王亥的大牛？⑯ 营：谋求。班：通"颁"，颁发，颁布。禄：俸禄。还(huán)：返回。以上两句说：王恒继位后怎样谋求大国的公认，不但有易顺利返回，而且与其重修旧好(从林庚说)。⑰ 昏微：上甲微，亥之子(从王国维说)。遵迹：遵循祖辈事业。有狄：即“有易”。⑱ 繁鸟萃棘：同后文之“苍鸟群飞，孰使萃之”，都是比喻战场上勇士云集，耀武扬威。负子：指上甲微。肆情：纵兵作战(从林庚说)。⑲ 眩：当读为“舜”。眩弟：舜弟。并淫：即“朋淫”，指象与两位嫂子娥皇和女英淫乱而谋害舜(从何剑熏说)。⑳ 变化：指象数次阴谋害舜。后嗣：指象的子嗣。王逸注云：“舜为天子，封象于有庳，而后嗣子孙长为诸侯也。”逢：大。逢长：指子孙繁衍生息。㉑ 有莘(shēn)：古国名。《孟子》曰：“伊尹耕于有莘之野，而乐尧舜之道焉。”因而汤多次出使，聘伊尹到都城亳共谋大业。极：至。有莘爰极：即“爰极有莘”。指到达有莘这个地方。㉒ 小臣：伊尹，有莘国之臣。王国维云：“金器中亦多言小臣，盖皆属天子近幸之人，不尽为卑属也，故伊尹相成汤定社稷而有小臣之名。”于省吾称小臣的地位等于后世的大臣。吉妃：有莘氏之女。此言汤求伊尹而不得，后改求娶有莘国的女儿，有莘国君答应后便把伊尹作为媵臣送女陪嫁。㉓ 滨：水边。木：空桑之木。洪兴祖补注引：“《列子》曰：‘伊尹生乎空桑。’注云：伊尹母居伊水之上，既孕，梦有神告之曰：‘臼水出而东走，无顾。’明日，视臼水出，告其邻，东走十里，而顾视其邑，尽为水，身因化为空桑。有莘氏女子采桑，得婴儿于空桑之中，故命之曰伊尹，而献其身，令庖人养之，长而贤，为殷汤相。”㉔ 恶(wū)：厌恶。媵：古诸侯女出嫁时随嫁或者陪嫁的人。有莘之妇：指有莘国君的女儿。㉕ 重泉：古地名，指汤被桀囚禁之地。辠：古“罪”字。尤：过错。㉖ 不胜心：不用心，指汤并不怀怨恨之心去伐桀。使挑：驱使挑拨，此处暗指伊尹。㉗ 会：会合。朝：甲子日的早晨，指武王告诉纣的使者胶鬲以甲子日定为伐纣的日期，但在行军会师途中遇到大雨而难行，此时武王不肯驻兵休息为免胶鬲失信而死，终于在甲子日的早晨会师攻打纣。争盟：各诸侯争先恐后地与武王会盟伐纣。践：依循，遵守。践吾期：遵守期约。以上两句说：在甲子日的早晨武王在牧野会合诸侯讨伐纣王，诸侯们为什么都按时而来？㉘ 苍鸟：鸿雁，南楚谓鸿雁为苍鹅，即是苍鸟。萃：聚集。以上两句说：武王将帅同鸿雁群飞一样勇猛，是谁使武王聚集到他们的？㉙ 躬：自身，指纣的尸体。到击纣躬：一本作“列击纣躬”，指纣上吊而死，武王又在其尸体上连射三箭，用黄钺把纣的头斩下，悬挂在太白旗上。叔旦：即周公旦。嘉：赞许。以上两句说：武王猛射纣王的尸体，周公旦却不赞成。⑬⓪ 揆：推测揣度。发：武王名。定周之命：平定周的天下。咨嗟(zī jiē)：叹息。以上两句说：为什么周公旦能揣度出武王的本意，却在平定天下时发出感叹呢？⑬① 施：安置。以上两句说：天帝最初授命给殷人天下时，殷人是怎样安置王位的？⑬② 反：一本作"及"，等到。伊：句中语气词。以上两句说：待到殷朝建成又随即灭亡，它的罪过究竟出在哪里？⑬③ 争遣：争先调遣。伐器：当作"戎器"，兵器(从于省吾说)。以上两句说：争先调用各类兵器伐纣，行军的计划如何制定？⑬④ 并驱：齐头并进。将：统帅。以上两句说：武王军队齐头并进，奋击纣军的两翼部队，指挥作战的将领是谁呢？⑬⑤ 昭后：昭王。成游：南征之游。南土：指楚地。底：到达。⑬⑥ 利：利益。逢：迎取。白雉(zhì)：野鸡。古书记载，昭王当政时，楚地愿进献白色的野鸡，因此昭王相信并前往迎取，以至于南游途中遇害。以上两句说：究竟是什么样的好处，去索求白色的野鸡？⑬⑦ 巧：娴于辞令。梅：贪。《方言》云："梅：贪也。"此指穆王贪好征伐。古书中有记载，穆王向北征流沙，向西征昆仑，环履天下。周流：周游天下。⑬⑧ 环：周旋。理：通"履"，行。以上两句说：穆王环游天下，他还想贪求什么呢？⑬⑨ 妖夫：妖妇与妖夫。曳：相互牵引。衒(xuàn)：沿街叫卖。号：叫卖。⑭⓪ 谁诛：诛伐谁。褒姒：周幽王的爱妻。幽王为博得褒姒一笑而烽火戏诸侯，该故事也因此成为历来描述庸君的典故。⑭① 反侧：天道神明反复无常。佑：保护。⑭② 卒：最终。身杀：被人杀死。指齐桓公任用管仲之时，九次召集诸侯会盟。待管仲死，桓公任用易牙、堂巫、竖刁、开方等人使得齐国内乱，桓公死时在床六十七日而不能入殓下葬。⑭③ 乱惑：迷惑，暗指商纣王爱宠妲(dá)己。⑭④ 弼(bì)：辅佐。辅弼：指辅助纣王的贤臣。服：用。以上两句说：为什么厌恶贤臣而任用献谗言的小人呢？⑭⑤ 比干：商纣王的叔父。《韩诗外传》记载，纣王制定炮烙之刑，比干强力劝谏。纣王听说圣人的心有七窍便杀比干并剖开其心观看。沈：同"沉"。抑沈：即"沉抑"，指埋没压制。以上两句说：比干怎样触犯了纣王，纣王要剖他的心呢？⑭⑥ 雷开：佞臣，因阿谀奉承纣王而得金玉之赏。顺：依从，此指讨好。⑭⑦ 一德：共同的美德。卒：最终。异方：不同的方式，此指下文"梅伯受醢(hǎi),箕(jī)子详狂”之事。⑭⑧ 梅伯:鄂侯。醢:古代的酷刑,即把人剁成肉酱。梅伯受醢:《史记》云:“九侯有好女,入之纣。九侯女不喜淫,纣怒,杀之,而醢九侯。鄂侯争之强,辩之疾,并脯鄂侯。”箕(jī)子:殷商贵族,性耿直,屡谏纣而不听,于是披发装疯被纣囚禁。后来武王立周,箕子不愿作周民而隐。《史记》记载:“纣为象箸,箕子叹曰:彼为象箸,必为玉杯;为玉杯,则必思远方珍怪之物而御之。舆马宫室之渐自此始,不可振也。”被发:即披发。详:通“佯”,假装。佯狂:装疯。⑭⑨ 稷:帝喾之子,后稷,一名弃。元子:元妃姜嫄之子(从王夫之说)。姜嫄为帝喾的元妃,因踩到巨人的脚印而受孕生稷,喾以为是不祥之兆,便憎恶稷。竺:通“毒”,憎恶(从俞樾说)。⑮⓪ 投:抛弃。燠(yù):温暖。⑮① 冯:通“凭”,满。冯弓:把弓拉满。挟:拿着。矢:箭。殊能:特殊的才能。以上两句说:为什么后稷长大能玩弓射箭?为什么他有特殊的才干能统帅军队?⑮② 惊帝:惊动帝喾。切激:即“激切”,激烈。逢:通“丰”。逢长:兴盛而长久。以上两句说:后稷的出生既然惊动帝喾,喾为什么使稷兴盛而长久呢?⑮③ 伯昌:姬昌,即周文王。文王为雍州之伯,故又称西伯。号衰:在殷衰世之时发号征伐的施令。秉鞭:执鞭,指执掌政权。牧:官名,此指治理。以上两句说:文王在殷衰世之时发号征伐的施令,统帅和治理西方的军队。⑮④ 彻:拆除。社:土地神,此代指政权。金开诚《屈原集校注》注云:“岐,古地名,在陕西省岐山县东北,周人曾在此建国。社,古代祭祀土地之所,立于国都,是政权的象征。周逐步强大以后,迁都于丰(今陕西省长安县西北),所以毁弃原来的‘岐社’,而立社于丰”。以上两句说:文王为什么国力强盛而拆除岐社,奉天命的旨意取代殷国?⑮⑤ 迁藏就岐:百姓搬动自己的财产迁往岐都。依:仰仗。⑮⑥ 惑妇:指妲己。讥:讥刺,用旁敲侧击的话指责别人的过失。以上两句说:殷国已有一个惑妇妲己,还有什么可以再讥谏的?⑮⑦ 兹:此。兹醢:有两种解释:一指梅伯受醢的肉羹,一指文王的儿子伯邑在殷做人质时被纣所杀做成的肉羹。两者皆可通。上告:向天帝禀告。⑮⑧ 亲就:纣王自身受到惩罚。以:因此。以上两句说:纣王为什么自身受到天帝的惩罚,殷国的命运因此无可救药?⑮⑨ 师:太师,指周的太师。望:即吕望,姜太公。肆:作坊,店铺。传说姜太公在未入周之前曾在店铺做过屠夫。昌:姬昌,即周文王。识:了解。⑯⓪ 鼓:振动。鼓刀扬声:使刀发出声音。后:君主,指周文王。以上两句说:姜太公鼓动刀发出声音,文王听了为什么高兴?⑯¹ 武发:周武王,姬发。悒(yì):愤恨。以上两句说:姬发斩纣王的头颅,他心中有什么怨恨?⑯² 尸:神像。载尸集战:指武王载着文王的神像会战。以上两句说:他载着文王的神像作战,为什么如此着急呢?⑯³ 伯林雉经:按照旧说,此句的解释可分为三类:其一,王逸认为,伯林是指长君,即晋献公的太子申生,因后母骊姬想立其子奚齐为太子而谗言陷害申生,申生自缢于新城而死。雉经:指自缢而死。其二,清代的刘梦鹏认为,伯林即是纣王,此句讲纣王自缢之事。后来郭沫若进一步认为"伯林"当作"柏林",指纣死在松柏丛林的鹿台。其三,徐文靖认为此指管叔自缢于北林而死一事,伯林即是北林。《周本纪》云:"成王少,周初定天下,周公恐诸侯畔周,公乃摄政当国。管叔、蔡叔群弟疑周公,与武庚作乱,畔周。周公奉成王命,伐诛武庚、管叔,放蔡叔。"后废除三叔,管叔自缢于北林。以上三种注释仅供读者参考,待进一步考证。维其何故:究竟是出于什么原因。⑯⁴ 此二句依照"伯林雉经,维其何故"的三类旧说而有三种意义,分别如下:为什么申生的死能感天动地,又有谁对此畏惧?为什么纣王死时惊天动地,难道还有谁怕他?周公之德感动天地,为何心怀畏惧?⑯⁵ 集命:受命,降命。戒:谨慎。以上两句说:上天授天命于君王,为什么不对自己的行动谨慎?⑯⁶ 受礼:受天下王者之德。以上两句说:君主赐百姓恩德,又怎么致使异姓王取代他呢?⑯⁷ 挚:伊尹。承辅:承当辅助之臣。以上两句说:伊尹最初为汤的媵臣,后来又担当国相。⑯⁸ 卒:终。官汤:为商汤的官。尊食:庙食,指在汤庙用王者的礼乐来祭祀伊尹。绪:世系,即前人留下来的事业。宗绪:指宗族子孙。以上两句说:为什么伊尹最终为商汤的官员,并在汤庙与汤共享宗族子孙的祭祀呢?⑯⁹ 勋:功业,此用作形容词,指功业显赫。阖:吴王阖闾。梦:阖闾的祖父寿梦。生:子孙(从王夫之说)。离:通"罹",遭受。少离散亡:指寿梦死后,立太子诸樊,诸樊死,传帝位给弟弟余祭,余祭死后又传位于弟夷末,在夷末死时却传帝位给其子王僚。按次序本该由诸樊的长子阖闾继位,阖闾因得不到王位,而少时流亡在外。⑰⁰ 壮:大。武历:勇武猛厉。何壮武历:指勇武猛厉的阖闾派勇士刺杀王僚,阖闾代为吴王,以及任用伍子胥、孙武等将领破楚入郢之事。严:威严。以上两句说：阖闾为什么壮年后威武猛厉，能够成为威名显赫的国君？⑰ 彭铿：彭祖，能活到八百岁的仙人。斟：本义为“羹勺”，引申为调制之义。雉：野鸡做的羹。帝：尧。飨：享用祭食。以上两句说：彭祖献上亲自调制的野鸡汤，帝为何开心地享用？⑰ 永：长。长：本作“怅”，悔恨（从闻一多说）。以上两句说：上天给他的寿命如此长久，为什么还悔恨寿命太短呢？⑰ 中央：指中国九州。共牧：共同治理。后：指周厉王。以上两句说：诸侯共同治理九州，周厉王为什么要发怒？⑰ 蜂蛾：一本作“蜂蚁”，蜂蚁力量虽小但能团结一致不可低估。此用蜂蚁比喻百姓能够齐心协力将周厉王推翻。微命：微小而卑贱。以上两句说：百姓的力量是多么弱小，但团结的力量为什么这等坚固？⑰ 惊：警示（从毛奇龄说）。惊女：警示伯夷、叔齐之女。蒋骥引五臣注《文选》云：夷，齐采薇首阳，一女子见而讥之曰：“子义不食周粟，此亦周之毛也。”又“夷、齐饿于首阳，白鹿乳之”。薇：草名，又名“大巢菜”、“野豌豆”，花是紫红色，结扁荚，中有种子五六粒，可吃。祐：保护、帮助。⑰ 北至：指伯夷、叔齐从首阳山以南向北走到首阳山下。首阳山在今山西省永济县。回水：首阳山下的水（从丁晏说）。萃：聚集。以上两句说：伯夷、叔齐向北走到首阳山下的回水处，他们到底喜欢什么而隐居在山中？⑰ 兄：秦伯，即秦景公伯车。噬（shì）：咬。弟：指秦景公的弟弟针。⑰ 易：交换。两：通“辆”，车辆。无禄：失去爵禄，此指用百辆车去交换秦伯咬人的猛犬，秦伯不听，反让针丢失了爵禄并使他流亡在外。⑰ 薄暮：指傍晚黄昏之时。归：此指屈原自归。以上两句说：黄昏时雷鸣电闪，我不如归去，有什么好担忧的？⑱ 厥严：楚国的威严。奉：保持。帝：天帝。以上两句说：楚国的威严不保持，向天帝祈福又能怎样？⑱ 匿：隐藏。以上两句说：我蛰居洞穴之中，还有什么好说的？⑱ 荆勋作师：闻一多认为“勋”与“师”当互易，此言楚师立功。长：通“常”，此指从吴王寿梦十六年至王余祭十二年，这二十年间楚国屡次胜吴。⑱ 以上两句说：楚王能觉悟并改正过失，我又有什么好说的？⑱ 光：阖闾。吴光：指吴王阖闾。以上两句说：阖闾时，吴兵入郢都使昭王出奔，多次战胜楚国为吴国争光。⑱ 环：绕过。闾社：乡村。丘陵：为幽会的场所。此指子文的父亲斗伯比自幼随母在郧国长大，后与郧国国君的女儿私通于丘陵之地，而生子文。子文：楚国贤相令尹。子文因是私生子，被丢弃到云梦之地。传说有老虎喂乳给他，郧君得知此事并以为是神异之事而再次将子文抱回喂养。⑱⑥ 堵敖：即“杜敖”，楚文王之子，名熊䴚(jiān)，在位五年后被其弟熊恽(yùn)所杀。不长：统治不能长久。⑱⑦ 试：通“弑”，以下犯上。试上：指后来的成王熊恽杀死了文王熊䴚。弥：更。彰：明显。以上两句说：为什么熊恽弑上自立，而忠名却更加显著？

【品 评】

《天问》所问的第三类内容是“历史兴亡”，涉及夏、商、周三代王朝的兴亡，亦涉及齐、晋、吴、鲁、秦、楚等国的历史。每问一朝，往往是先问一朝一族的起源，然后问它取得统治的经过，再问它末世无道之事，最后则接问新王朝的兴亡。这跟《离骚》“引征古训”的内容是一致的。“上称帝喾，下道齐桓，中述汤武，以刺世事。明道德之广崇，治乱之条贯，靡不毕见。”(《史记·屈原列传》)用来评述《离骚》的话，也完全适合对《天问》的理解。

《天问》涉及商朝史事的共五处，谨举一例作些分析。

“桀伐蒙山，何所得焉？妹嬉何肆，汤何殛焉？”以上四句说：夏桀征伐蒙山，究竟得到什么东西？妹嬉为何那么放肆，商汤为何把她殛死？此问夏没商兴。妹嬉乃夏桀之妃。洪兴祖《楚辞补注》引《国语·晋语》云：“昔夏桀伐有施，有施人以末嬉女焉，末嬉有宠，于是乎与伊尹比而亡夏。”《古本竹书纪年》云：“后桀伐岷山，进女于桀二人，曰琬、曰琰。桀受二女，无子，刻其名于苕华之玉，苕是琬，华是琰。而弃其元妃于洛，曰末喜氏。末喜氏以与伊尹交，遂以间夏。”徐文靖《管城硕记》：“岷山即蒙山，其音同也。”台静农云：“桀伐蒙山得琬琰二女，遂弃其元妃妹嬉，妹嬉乃与伊尹以间夏，是问妹嬉有大功于商，汤何以殛之耶？”史建桥认为，妹嬉于夏亡有其罪，但对于汤亡夏立商来说，她与伊尹联合，提供重要情报，无论如何都是有功者。屈原的“妹嬉何肆，汤何殛焉”之问质疑了汤的背信弃义之举，这也是对汤所谓“仁义”形象的否定。从诗句中可以看到，诗人对女子在历史中的影响、她们所扮演的角色、她们的行为，比如宠幸、失意、受惩、婚嫁、易主，总是分外敏感，多给予记载和追问。

我们今天通过对商代史事的分析、研究，可以得到以下结论：

第一，《天问》结构严密。商代史事部分再次证明了郭世谦指出的“每一朝代都是先问始祖及先公先王，继问立朝之君，再问本朝兴衰大事，最后以亡国之君结尾的各朝代内部结构”。

第二，《天问》问商代历史部分，不是历史大事记，而是重在兴亡变迁，重在君王素质，重在用人之策（近贤臣，远佞臣），充满着屈原个人的人生感喟与政治观点，这一基调与《离骚》、《九章》是完全吻合的。

第三，《天问》体现了屈原朴素辩证法的思想。如对女性（妹嬉、妲己）在兴亡中的功过得失的评价，如对商代开国之君——成汤的批评（“妹嬉何肆，汤何殛焉”、“不胜心伐帝，夫谁使挑之”）。

第四，《天问》体现了很高的史料价值，可以补历史文献记载之缺。

九　章

【导读】

《九章》凡9篇，即《惜诵》、《涉江》、《哀郢》、《抽思》、《怀沙》、《思美人》、《惜往日》、《橘颂》、《悲回风》。朱熹《楚辞集注·九章序》："屈原既放，思君念国，随事感触，辄形于声。后人辑之，得其九章，合为一卷，非必出于一时之言也。"一般认为，《九章》9篇并非出于一时一地，而皆为"随事感触"、直抒胸臆之作。司马迁曾分别提到《哀郢》、《怀沙》两个单篇，至西汉末年刘向编成《楚辞》一书，辑9首诗为一组，并定名为《九章》。刘向《九叹·忧苦》云："叹《离骚》以扬意兮，犹未殚于《九章》。"清人戴名世《读扬雄传》亦提到："《离骚》、《九章》皆忠臣爱君拳拳之意。"说明《离骚》、《九章》属同一性质的作品，因而后人将《九章》称为"小《离骚》"。

很多《楚辞》选本、读本都把《九歌》排在《九章》之前。有人说《九章》是"小《离骚》"。《离骚》是屈原对前半生的描述，"小《离骚》"就是片断、零星的记载。读了《离骚》、《九章》以后，千万不要说自己已经把屈原的生平搞清楚了，那是不全面的；当然，也不能说这类作品里没有屈原生平的内容，还是有的。抒情主人公作为"我"，有屈原自己的一些经历在里面，很多事情都可以得到印证。比如《涉江》所讲的行程，从哪里走到哪里，有人一开始认为这可能不是真的。20世纪50年代，安徽出土了鄂君启节，就是今天的通行证。这是一种铜刻的通行证，是楚怀王的弟弟经商经由陆路和水路的通行证，上面写从水路如何走，从陆路如何走，跟《涉江》和《哀郢》讲的线路正好相反，但路线是对的。通过鄂君启节，能证明《涉江》和《哀郢》写的行走路线是真实的，当时楚国人就是这么走的。汉字发展到甲骨文之后是金文，鄂君启节上刻的就是金文，比甲骨文好辨认，比楚简也好辨别。屈原对自己的生平虽然写得不是很详细，但又不是没有一点根据。把《涉江》和《哀郢》理解为想象之作不对，理解成与屈原根本没有关系也不对，理解为完全真实也有问题。

关于《九章》各篇的作年，一般认为是屈原一生历程的写照。陈本礼《屈辞精义》云："《九章》则直赋其事，而凄音苦节，动天地而泣鬼神，岂寻常笔墨能测。"《橘颂》为屈原早年立志之作；《惜诵》、《抽思》、《思美人》三篇与《离骚》为同期作品；其余五篇作于被放江南之后，是顷襄王时期的作品。从内容上来看，《九章》中每一首诗都与屈原生活中的一两个经历有关，其感情基调和脉络与《离骚》互为呼应。

由于采取了"用赋体，无它寄托"（朱熹）的创作方法，《九章》如实描绘了楚国政治风云变幻莫测的历史背景，描绘了楚国由兴旺走向衰亡的过程，揭露了楚国宫廷群小蔽君误国的罪恶，以及他们尔虞我诈、相妒以功、排斥贤才的种种丑行。同时，也强烈地表现了诗人生不逢时，遭遇排斥打击使其伟大理想破灭的痛苦与不平，抒发了他热爱祖国、忠于楚王的情怀，表现了他坚持理想、保持廉正的美好品德，以及不随波逐流、秉德无私的高尚情操。此外，《九章》善于描绘楚地的自然风物，如《涉江》、《惜往日》、《悲回风》都有精彩的景色描写，楚地山川的灵秀在诗中得到充分展现，显示了屈原崇尚自然的审美倾向。

惜　诵

惜诵以致愍兮，发愤以杼情。①
所作忠而言之兮，指苍天以为正。②
令五帝以折中兮，戒六神与向服。③
俾山川以备御兮，命咎繇使听直。④
竭忠诚以事君兮，反离群而赘肬。⑤
忘儇媚以背众兮，待明君其知之。⑥
言与行其可迹兮，情与貌其不变。⑦
故相臣莫若君兮，所以证之不远。⑧
吾谊先君而后身兮，羌众人之所仇也。⑨
专惟君而无他兮，又众兆之所雠也。⑩
壹心而不豫兮，羌不可保也。⑪
疾亲君而无他兮，有招祸之道也。⑫

思君其莫我忠兮，忽忘身之贱贫。[13]
事君而不贰兮，迷不知宠之门。[14]
忠何罪以遇罚兮，亦非余心之所志。[15]
行不群以巅越兮，又众兆之所咍。[16]
纷逢尤以离谤兮，謇不可释也。[17]
情沉抑而不达兮，又蔽而莫之白也。[18]
心郁邑余侘傺兮，又莫察余之中情。[19]
固烦言不可结诒兮，愿陈志而无路。[20]
退静默而莫余知兮，进号呼又莫吾闻。[21]
申侘傺之烦惑兮，中闷瞀之忳忳。[22]
昔余梦登天兮，魂中道而无杭。[23]
吾使厉神占之兮，曰："有志极而无旁。"[24]
终危独以离异兮，曰："君可思而不可恃。"[25]
故众口其铄金兮，初若是而逢殆。[26]
惩於羹者而吹整兮，何不变此志也？[27]
欲释阶而登天兮，犹有曩之态也。[28]
众骇遽以离心兮，又何以为此伴也？[29]
同极而异路兮，又何以为此援也？[30]
晋申生之孝子兮，父信谗而不好。[31]
行婞直而不豫兮，鲧功用而不就。[32]
吾闻作忠以造怨兮，忽谓之过言。[33]
九折臂而成医兮，吾至今而知其信然。[34]
矰弋机而在上兮，罻罗张而在下。[35]
设张辟以娱君兮，愿侧身而无所。[36]
欲儃佪以干傺兮，恐重患而离尤。[37]
欲高飞而远集兮，君罔谓女何之？[38]
欲横奔而失路兮，盖坚志而不忍。[39]
背膺牉以交痛兮，心郁结而纡轸。[40]
梼木兰以矫蕙兮，糳申椒以为粮。[41]
播江离与滋菊兮，愿春日以为糗芳。[42]

恐情质之不信兮，故重著以自明。[43]
矫兹媚以私处兮，愿曾思而远身。[44]

【注 释】

① 惜：痛惜。诵：陈述。惜诵：即以痛惜的心情陈述往事。愍（mǐn）：痛心，忧患的事。致愍：表达心中的伤痛。愤：愤懑不平之气。发愤：此指发泄愤懑。杼：当为"抒"字之误，抒写。情：衷情。② 作：一本作"非"。所作忠：即所非忠，此指如果不是出于忠心。苍天：深青色的天。《尔雅》："春为苍天。"正：平正，此指用苍天来验证自己的心意。王逸注云："正，平也。设君谓己作言非邪，愿上指苍天，使正平之也。夫天明察，无所阿私，惟德是辅，惟恶是去，故指之以为誓也。"③ 五帝：五方之帝，指东方的太皞、南方的炎帝、西方的少昊、北方的颛顼、中央的黄帝。折中：公平分辨是非。戒：告诫。六神：一说指四时、寒暑、日、月、星、水旱。一说指星、辰、风伯、雨师、司中、司命。一说可指天宗三：日、月、星辰和地宗三：山、河、海。以上说法各不相同，待考证。与：一本作"以"，用来。服：服法、伏罪，此指罪行。向服：对证事实断定有无罪行。④ 俾：使。御：侍从。备御：此指作为陪审。咎：通"皋"。咎繇：即"皋陶（gāo yáo）"，舜之贤臣。与尧、舜、禹共奉为"上古四圣"，是舜时的士师即司法官。皋陶审理案件公正严明，传说他遇到疑难案件时便用独角神羊触有罪之人来断案。听：决断，审理。听直：审理案件断定是非曲直。⑤ 事：侍奉。群：众人。赘（zhuì）：多而无用的。肬（yóu）：同"疣"，皮肤上生的瘊子。赘肬：此处比喻多余的、无用的人。以上两句说：我竭尽忠心侍奉国君，反而将我孤立并当成无用的人。⑥ 忘：不知道。儇（xuān）：狡猾且轻薄。媚：阿谀献媚。背众：背离众人。以上两句说：不会狡猾办事、阿谀奉承而被隔离，只能等待明君了解我的衷心。⑦ 迹：本义为脚印，此指据实际考知。可迹：可以循迹印证。情、貌：心里的志愿与外在的表现，此指屈原表里如一。变：改变。⑧ 相：视察。相臣：考察臣子的忠心与谗佞。莫若君：没有谁像君主一样。证：验证。不远：此指君臣相聚用不了多长时间。⑨ 谊：同"义"，此指认为合宜的道德和行为。先君而后身：王逸注云："吾谊先君而后身兮，言我所以修执忠信仁义者，诚欲先安君父，然后乃及于身也。夫

君安则己安，君危则己危也。”羌：发语词，楚方言。众人：群小，乌合之众。以上两句说：我认为先君而后己的行为最适宜，却受到群小的仇恨。⑩ 专：一心。惟：思念。兆：众民，百姓。雠(chóu)：同“仇”，仇怨。⑪ 壹心：专心专意。豫：犹豫。不可保：不可保全。朱熹注云：“言君若不察，则必为众人所害也。”⑫ 疾：极力，快速。亲君：亲近君主。无他：同“无它”，没有别的。有：通“又”，又是。⑬ 贱贫：卑贱贫困，此指屈原虽出身王族但属于远支，并且此时已经家道中落。忽：忘(从闻一多说)。以上两句说：没有谁能比我思念君主更显忠心，忘记了自己出身的低贱。⑭ 不贰：从属二主，指有二心，背叛。迷：迷惑。门：门道，方法。以上两句说：侍奉君主没有二心，但因不知道如何获得宠爱之方而感到迷惑。⑮ 亦：也是。此是上承“迷不知宠之门”而进一步说明自己的困惑。志：同“识”，认识、知道。以上两句说：献忠心而何罪要受到惩罚，这也是我心中没有认识清楚的。⑯ 行：忠正的行为。不群：不合于群小。巅：通“颠”，陨落。越：坠落。巅越：陨落，此指无端获罪。众兆：众人。咍(hāi)：笑。⑰ 纷：众多纷乱的样子。尤：过错。离：通“罹”，遭受。谤：恶意地攻击诋毁。謇：发语词，楚方言。释：解释。此指遇到的指责和罪过众多因而难以辩解。⑱ 情：衷情。沉抑：沉闷压抑。蔽：此指君主被众人所蒙蔽。白：明辨，辩白。以上两句说：我的衷情被压抑着而不能表达，君主被蒙蔽而无法为自己辨明清白。⑲ 郁邑：即“郁悒”，忧愁、苦闷。侘傺(chā chì)：神情恍惚，失意的样子。莫：没有谁。察：体察，了解。⑳ 烦言：语言烦多。结诒：言语表达。以上两句说：本来言语烦多无法全部表述清楚，想要陈述志向却无路可走。㉑ 静默：静默不语。以上两句说：退避而静默不语地去隐居，恐怕没人明白我的心意，进朝去申辩又有谁愿意听？㉒ 申：反复。烦惑：烦忧惑乱。中：心中。瞀(mào)：心绪紊乱。闷瞀：指心烦意乱。忳忳(tún)：忧愁的样子。㉓ 中道：中途。杭：通“航”，航船。以上两句说：从前我梦见去登天，魂到中途失掉了航船。㉔ 厉神：大神，指附在占梦的巫师身上的大神。曰：厉神所言。极：至，达到目的。旁：辅佐、帮助。㉕ 危独：危难、孤独。离异：与君王离异。君：君王。恃：依仗、依靠。㉖ 铄(shuò)：销熔、熔化。殆：灾害。以上两句说：谗言太多，要让黄钟毁弃，你开始就是这样才遇危险。㉗ 惩：戒。羹：热的菜汤。齑(jī)：切细的腌菜或酱菜，是冷菜。以上两句说：被热汤烫过的人冷菜也吹，为何不把你的态度改变？㉘ 阶：梯子。曩(nǎng)：从前，此指初谏怀王时。以上两句说：想丢掉梯子而去登天，这种为人态度还像从前。㉙ 众：众人，即指群小。骇遽：惊骇遑遽。伴：与下文之“援”字，是叠韵联绵字，分在两句。伴援：指倔强傲岸。以上两句说：大家都惊异着不表同情，你又为什么要这样倔强？㉚ 同极：同一个目的。以上两句说：同事一君而走不同的道路，你又为什么要这样？㉛ 申生：晋献公之子。以上两句说：晋国太子申生是个孝子，父亲听信谗言，让他死了。㉜ 婞(xìng)直：刚直。不豫：不宽和。鲧(gǔn)：夏禹的父亲，曾治九州之水，没有成功，被舜幽禁于羽山而死。以上两句说：鲧的行为耿直而不随和，他的治水功业就成功不了。㉝ 作忠：指忠直事君爱国之类的事。忽：忽略，轻视。以上两句说：曾听说“忠诚可以遭怨”，我认为是胡言，满不在意。㉞ 九：代称多数。信：确实。以上两句说：要九折肱才能成为良医，到今天我才知这是真理。㉟ 矰(zēng)：拴着丝绳用来射鸟的短箭。弋(yì)：用带绳子的箭射。机(jī)：当作“機”，古代“机”与“機”是两个不同的字。機的本义是弓弩上的发射机关。《说文解字》：“主发谓之機。”此指安装并待发。罻(wèi)：捕鸟或鱼的小网。罗：捕鸟的网。张：张开，陈设。㊱ 设：设置。张：本义为把弦安在弓上，此指矰弋。辟(pì)：即“闢”，打开、开启。此指罻罗。娱君：取悦于君主。侧身：转身躲避。无所：没有地方。㊲ 儃(chán)佪：徘徊，迟迟留恋的样子。干：求取。傺(chì)：住，逗留。重患：重得祸患。离尤：遭受罪过。㊳ 远集：此指不仕于朝向远处止息。君：国君，指楚怀王。罔：无，没有。此处表示揣测的语气，当译为得无，该不会。女：同“汝”，你。之：到，往。㊴ 横奔：狂奔乱跑。失路：不沿正道。坚志：志向坚定。不忍：不忍心背离。㊵ 背：脊背。膺(yīng)：胸。牉(pàn)：分为两半，此指分裂。交痛：指心中交结而隐痛。郁结：忧思纠结而不解的样子。纡轸(yū zhěn)：抑郁悲痛。㊶ 梼：一本作“捣(dǎo)”，捣碎。木兰、蕙、申椒：都为香草名。矫：通“敲”，击（从闻一多说）。糳(zuò)：舂。粮：粮食。㊷ 播：播种。江离：香草名，又称“蘼芜”。滋：栽种。糗(qiǔ)：干粮。以上两句说：播种江离栽种菊花，希望到春天有芳香的干粮。㊸ 重著：反复地申述。以上两句说：担心真挚的感情和志向不被信任，因此反复地申述来表明心意。㊹ 矫:高举。娟:美好。私处:独自居处。曾:通“增”。曾思:此指反复思考。以上两句说:带上这些美好的事物独自隐居,我反复思考将远离尘世来保洁自身。

【品 评】

姜亮夫曾说过:“总起来看是巫与史合流的人,所以屈子行事,也颇与巫史有关。”屈原忠而见疏,遭谗被贬,当时他被放任外所,来到汉北。他渐渐熟悉、了解汉北丹阳(西周末期楚都,今河南省西南部丹水北面、丹淅二水之间)一带先王之庙及公卿祠堂的祭神活动;而民间的淫祀之风、俗人的祭祀之礼、歌舞之乐,也使屈原的宗教情绪产生共鸣与触发,故往往托问卜以号之,故有《惜诵》假托厉神占梦、《卜居》虚拟詹尹占卜和《离骚》幻设灵氛占卜、巫咸降神。

从我国古代巫术宗教的特点来看,主要在于降神、卜筮之风的盛行。巫师降神占卜,往往先由卜主提示所需询问的内容。而卜辞大部分是记录占卜时所贞问的占辞,即贞辞,而记录占卜结果的卦辞(答辞)较少,更少记录验证其是否灵验的验辞,所以卜辞多是“一问到底”的问句。目前所见殷商甲骨刻辞,颇多此类连问句式。毫无疑义,这种占术的贞问句式,不仅为甲骨文所记,而且也在民间代代绵延,至楚则尤甚。屈原生活在这种大背景、小环境中,客观的文化氛围与主观的自觉,使他自然地采用这种句式。具体来说,既有以问为主、一问到底的《天问》、《卜居》,又有以答为主、以问领起的《惜诵》。本篇与《离骚》前半部分描写有重叠之处,可以看出,《离骚》是在《惜诵》基础上发展、成熟的。此篇开头介绍创作动机“惜诵以致愍兮,发愤以抒情”,这是文学创作具有自觉意识的表现。

“惜”指痛惜,“诵”指陈述,“惜诵”即以痛惜的心情陈述往事,抒发郁邑烦乱、侘傺失意的忧愤之情,以表达忧愍忠忱之意,其遭谗畏罪、作忠造怨之愁之恨,率意倾吐,呼天抢地,并使山川备御(充当陪审),咎繇(皋陶,古代司法之祖)听直断案,指九天以为明证,请灵巫占卜质诸神明。全文可分为三部分:从“惜诵以致愍兮”到“中闷瞀之忳忳”为第一部分,是屈原抒写因忠正而无端受难的不平之气。从“昔余梦登天兮”到“吾至今而知其信然”为第二部分。诗人告诉灵巫,从前自己曾梦见凌空登天,但灵魂到了中途却没有飘渡云汉的航船。此可谓日有所思，夜有所梦，梦境正是陈志无路、难达天庭的曲折反映。厉神因而占之："你有志达到目的，却无人辅助支持。"诗人又问："难道我终究要受此危难，孤独而被离异？"于是，神巫撇开了占卜的神秘程式，十分"世俗"地对屈原作了一番开导。

首先，厉神告诫他："你对君王可以眷恋，却不可完全凭依。"我们知道，这里的厉神占卜与《离骚》女媭詈予、灵氛占卜、巫咸降神一样，都是诗人的设想之人、设想之辞，体现了绝对世俗化的倾向，实际上这是屈原思想矛盾的激烈反映，是屈原对社会、对人生、对前路的一种反思。对于一个专注、热忱的人来说，突如其来的打击可以使之神志迷乱，也可以使之清醒、冷静。《惜诵》一诗中屈原的直接抒发，则是烦乱迷狂，甚至找不到取得宠幸的门径。而借厉神之口说出的，则是绝对冷静、公允、客观的事理分析。因而此处"君可思而不可恃"，也应作如是观，这是屈原思想发展线索中的重要一环，没有这里的怀疑、思考，就不可能有后来的与"壅君"决裂。

其次，厉神告诉他"众口铄金"。众人之口连坚如金钿的东西都可以熔化，血肉之躯何以抵得住呢？众口铄金，谗言杀人，这是防不胜防的，况且乌云蔽日，自己遭受的是"隔席审判"，无以当庭辩明。一方面可见屈原与小人之间矛盾的尖锐程度，另一方面可见屈原当时处境之险。故厉神劝他"何不变此志"，并举了"惩于羹者而吹齑兮"的例子来说明——有人喝热汤烫了嘴，看到凉菜也心怀戒心，要把它吹一吹，你屈原因忠言直谏而逢罪尤，也应改变这忠直之节，保持缄默以保全自己。实际上这也是屈原本人此时此刻的思想斗争，目前虽见疏间隔，但补牢未晚，何不改弦易辙，随和而处，洁身自全？可贵的是屈原不掩饰这方面的激烈斗争，而是反复权衡，最终"道胜无戚颜"，更坚初志。

最后，厉神忠告诗人："你与跋扈恣肆的小人同处朝廷，根本无法施展自己的本领，更谈不上有所作为。"如果这样坚持下去，则难免杀身之祸。如晋献公的太子申生，贤孝无伦，但他的父亲却听信后妻的谗言而失去慈爱，逼得他自杀；鲧性行刚直而不宽和，所以治水之功未成就被害死。这是屈原从历史上得出的结论，也是对今后前途的考虑。

"吾闻作忠以造怨兮"四句，写厉神占卜开导后，诗人顿时豁然开朗，对社会的认识产生了一个飞跃，以前对“作忠造怨”这种说法大惑不解，以为不可能，这样说未免夸大失实。如今经过亲身体验、反复思考，终于有所领悟，原来这竟是复杂社会生活中不可避免、客观存在的一种事实。“九折臂而成医”是一句古语，《左传》有“三折肱知为良医”，如今尚有“久病成半医”之谚。这个比喻本身就包含了认识、再认识的复杂过程，用来比喻自己迭经忧患、招妒遭谗、遇罚受毁，深为精当贴切。

“矰弋机而在上兮”至篇末为第三部分，正因为有了第二部分比较明晰的认识，诗人对今后生活的考虑，就变得更加从容、理智、坚定了，他先后否定了三种考虑：一是“以干傺兮”，伺机求仕；二是“高飞而远集”，离楚他适；三是“横奔而失路”，变节易操。诗人决定，要将内在的美德继续发扬，洁身自好，超然高飞，自远一方。

涉　江

余幼好此奇服兮，年既老而不衰。①
带长铗之陆离兮，冠切云之崔嵬，被明月兮珮宝璐。②
世溷浊而莫余知兮，吾方高驰而不顾。③
驾青虬兮骖白螭，吾与重华游兮瑶之圃。④
登昆仑兮食玉英，与天地兮同寿，与日月兮齐光。⑤
哀南夷之莫吾知兮，旦余将济乎江、湘。⑥
乘鄂渚而反顾兮，欸秋冬之绪风。⑦
步余马兮山皋，邸余车兮方林。⑧
乘舲船余上沅兮，齐吴榜以击汰。⑨
船容与而不进兮，淹回水而凝滞。⑩
朝发枉陼兮，夕宿辰阳。⑪
苟余心其端直兮，虽僻远之何伤！⑫
入溆浦余儃佪兮，迷不知吾所如。⑬
深林杳以冥冥兮，乃猿狖之所居。⑭
山峻高以蔽日兮，下幽晦以多雨。⑮
霰雪纷其无垠兮，云霏霏而承宇。⑯

哀吾生之无乐兮，幽独处乎山中。[17]
吾不能变心而从俗兮，固将愁苦而终穷。[18]
接舆髡首兮，桑扈臝行。[19]
忠不必用兮，贤不必以。[20]
伍子逢殃兮，比干菹醢。[21]
与前世而皆然兮，吾又何怨乎今之人！[22]
余将董道而不豫兮，固将重昏而终身。[23]
乱曰：鸾鸟凤皇，日以远兮。[24]
燕雀乌鹊，巢堂坛兮。[25]
露申辛夷，死林薄兮。[26]
腥臊并御，芳不得薄兮。[27]
阴阳易位，时不当兮。[28]
怀信侘傺，忽乎吾将行兮。[29]

【注释】

① 幼：小时候。服：有三层意思。第一就是服饰、服装、穿戴。他从小的穿着就与众不同。第二是指佩饰，他不仅佩了玉，还佩了香草，可能还佩了别的东西。这说明他的装扮、风格、气质与众不同。第三层意思是用服饰、佩戴、穿着来表达自己的人生选择、人生追求，这是他的一个隐喻。通过服饰、穿着、装扮来写他对人生的选择、人生的追求，表明他从小的追求与众不同、层次高雅、高人一筹。老：古代称五十将衰、始衰，六十将老，七十曰老。中国古代人表述年龄的顺序分四段：第一段是幼，第二段是少，第三段是壮，最后是老。古代没有"青年"这一分段。此处"老"是虚拟的意思，不是说他真的已经老了。衰：衰减、衰退、改变。以上两句说：我这个人从很小的时候就有与众不同的穿着、风格、追求，有自己人生的选择，有自己的价值取向，一直到年纪大了还没有任何衰减和改变，没有任何的后悔之意。② 铗：剑把、剑柄。长铗：长剑。代表侠义的身份，是一种正义的象征。陆离：长长的样子。切云：是帽子的名字。崔嵬：高大。被：通"披"。明月：明月珠，是一种珠宝、珍珠。宝璐：玉名。以上三句说：我佩带着长长的宝剑，头戴着的青云冠高高巍巍。我身上披戴着明

月珠，腰间缀着美玉。③ 世：指世俗。世溷浊：意指整个社会都很浑浊，黑白颠倒、是非不分。莫余知：即“莫知余”，指没有一个人理解我，没有一个知音，孤独到了极点，要是能找到一个人安慰我也是好的。这就是一种精神活动。不顾：不眷恋。以上两句说：但举世不能了解我，都很混浊，我正自用力向前奔跑，一点不回顾。④ 虬：两只角的龙。螭：一只角的龙。重华：即“舜”。舜是屈原精神的寄托，在苦闷不得宣泄时，屈原只愿意向舜倾诉衷肠，“济沅、湘以南征兮，就重华而陈词”，在自己不为世俗所容时，他高驰不顾，唯与舜“游兮瑶之圃”，甚至在临近自沉时，屈原还这样哀叹，“重华不可遻兮，孰知余之从容”（《怀沙》）。屈原推崇的古人很多，并不只是重华，但重华在屈原心目中的地位显然是其他人所不能比拟的。故而“就重华而陈词”、“吾与重华游兮瑶之圃”皆不为无故。以上两句说：驾辕的是青虬龙马，拉套的是白螭，我同舜帝重华去游群瑶之圃。⑤ 昆仑：神话中的一座山，直通天庭。它的原型是以祁连山脉为背景的。登昆仑兮：此指飞到了天上。食玉英：指吃着天庭里玉树上的花。与天地兮同寿、与日月兮齐光：指吃了天庭里的玉树琼花，他就与天地同寿，与日月齐光。尽管屈原在生活中饱经忧患，受到重大挫折，遇到很多不幸，但他仍然认为他的精神是不会枯竭的，是永存的，与天地同在，与日月同辉。这就是屈原的精神追求。以上三句说：我登上昆仑山，吃的是白玉之英，我要与天地同寿，我要与日月同光。⑥ 哀南夷：此指我哀叹南方的少数民族没有一个人了解我。旦余：明天早上。江、湘：指长江、湘江这一带。以上两句说：我哀痛那边的南夷，无人知我，天亮后，我将渡过长江湘水西去。⑦ 鄂（è）渚：相传在湖北武昌黄鹤山上游三百步长江中。隋置鄂州，即因渚得名。世称鄂州为鄂渚。反顾：回头看。欸（āi）：叹气声。绪：残余。以上两句说：我登上了鄂渚，回头看看来路，我慨叹秋冬余风的凄楚。⑧ 皋：水边的高地。邸（dǐ）：止，到。以上两句说：我放马在山皋上小跑，到了方林我把车马停住。⑨ 舲（líng）：有窗户的小船。吴榜：大棹，划船工具，即船棹。汰（tài）：波涛。《广雅》云：“汰，波也。”以上两句说：我乘着有窗户的船，上溯沅水，船夫把大桨一齐举起，向水波划击。⑩ 容与：缓慢难以前行的样子。淹：浸没。以上两句说：但是船慢吞吞地不肯前进，在逆流中回旋停滞。⑪ 枉陼：即“枉渚”，地名，在今湖南常德南。

辰阳：地名，在今湖南辰溪县西。以上两句说：早上从枉渚出发，晚间止宿在辰阳。⑫ 端直：正直。以上两句说：只要我的心是端正忠直的，再幽僻、辽远又有什么损伤？⑬ 溆(xù)浦：水名，在今湖南常德一带，流入沅江。常德一带至今还有屈原的很多遗迹和关于屈原的很多传说。儃(chán)佪：徘徊貌。如：到，往。以上两句说：进入溆浦我踌躇了，心里迷乱，我不知往哪儿去。⑭ 杳：指太阳落山。冥冥：昏暗而始终没有一点阳光。狖(yòu)：古书上一种尾巴很长的猴。猿狖：猿猴和长尾猿。猿猴出没的地方，不是人所生活的地方。以上两句说：深深的森林幽远而且冥暗，乃是猿猴与长尾猿居息之地。⑮ 晦(huì)：昏暗不明。以上两句说：高高的山把太阳也遮蔽了，山下幽暗而又多雨。⑯ 霰(xiàn)雪：雪珠和雪花。纷：纷飞。垠：边际。霏霏：雨雪纷飞的样子。以上两句说：雪花纷飞无边，一堵堵的云弥漫天际。⑰ 以上两句说：哀痛我这一生无一点乐趣，幽暗地独自一个人躲在山中。⑱ 从俗：就是随波逐流。固：本来。以上两句说：我不能改变心愿去跟随世俗，所以要愁苦穷困到底。⑲ 接舆：春秋时期楚国隐士，佯狂不仕。髡(kūn)：古代剃去男子头发的一种刑罚，此用作动词剃去。髡首：剃去头发。桑扈：即桑伯子，是古代鲁国的隐士。臝(luǒ)：同"裸"。以上两句说：接舆自个儿剃去了头发，桑扈脱去衣冠赤身裸行。⑳ 以：用。以上两句说：忠者不一定为世所用，贤者也不是世上所需。㉑ 逢：遭遇。以上两句说：所以伍子胥忠而遭逢祸殃，比干贤却被剁成肉酱。㉒ 与：带有"举"的意思。以上两句说：历数前世也都是这么样啊，我又何必怨恨现今的人！㉓ 董：正。董道：守正道。豫：迟疑。以上两句说：我将依着正道而不犹疑啊，必然是重重暗昧，终不复见光明。㉔ 乱：在《楚辞》中，"乱"有两层意思：从内容上来说，它是一篇的总结；从音乐的角度来说，它是全篇的高潮。八音繁会，各种乐器开始演奏，然后达到了非常高的境界，推向高潮。此"乱"指音乐上全篇的高潮。鸾鸟：是凤的一种，传说中的神鸟、瑞鸟。以上两句说：乱曰，俊鸟与凤凰，一天天地远去了。㉕ 坛：用土堆成的平台。一说，楚人称中庭为坛。以上两句说：燕雀与乌鹊，已在堂坛上筑了巢。㉖ 露申：即申椒，香草名。辛夷：香树、香木名。花初出枝头而尖锐如笔头，俗称木笔，又称为玉兰。林薄：丛林和杂草。以上两句说：露申与辛夷这样的香草，在丛林杂草中死亡。

㉗ 腥臊：腥臭的气味。薄：接近。以上两句说：腥臭的都上台了，芳香的反而不得靠近。㉘ 以上两句说：阴与阳已经颠倒了位次，只恨我生不当时。㉙ 侘傺(chà chì)：失意而神情恍惚的样子。忽：匆匆忙忙地。乎：形容词词尾，做状语。以上两句说：我满怀忠信，只有失意惆怅，我只好飘忽地远行他方。

【品 评】

《涉江》的写作时间在顷襄王时期。根据史料记载，屈原在两代楚王时期的遭遇是不同的。在怀王时代，他只是见疏，进而被贬至外所汉北，仍任三闾大夫，还曾受命出使齐国，所以屈原对怀王的感情很复杂，主要是"怨"，怨其是非不分，头脑糊涂，但对怀王仍寄予很大的希望，反复致志表白，求其醒悟，重新任用自己，《惜诵》也说"待明君其知之"。到了顷襄王时代，情况就不一样了，顷襄王是一位十足的昏君、"壅君"，"专淫逸侈靡，不顾国政"(《战国策·楚策》)。面对这位"壅君"，屈原自然成为被"斥疏"的"良臣"之一。据《史记·屈原贾生列传》，令尹子兰"使上官大夫短屈原于顷襄王，顷襄王怒而迁之"。

关于诗人流放江南的行程，有作品本身内证：1. "旦余将济乎江湘"；2. "乘鄂渚而反顾兮，欸秋冬之绪风。步余马兮山皋，邸余车兮方林。乘舲船余上沅兮"；3. "朝发枉渚兮，夕宿辰阳"；4. "入溆浦余儃佪兮，迷不知吾所如"。其行程即济江湘，乘鄂渚，上沅江，发枉渚，宿辰阳，最后进入流放地——溆浦。

《涉江》记述了流放地的环境、氛围："深林杳以冥冥兮，乃猿狖之所居。山峻高以蔽日兮，下幽晦以多雨。霰雪纷其无垠兮，云霏霏而承宇。哀吾生之无乐兮，幽独处乎山中。"山林幽深、猿狖出没、山高蔽日、谷幽多雨，而且气候恶劣，忽而霰雪纷飞，忽而云霭承宇，可谓凄迷多变，渺无人烟。屈原身处其地，产生了僻远、迷茫、无乐、幽独的愁苦。

这段景物描写虽然不长，但向来为人们所称赞，烘托心情，情景交融，使人联想到《九歌·山鬼》中雨景的描写：其一云，"余处幽篁兮终不见天，路险难兮独后来"；其二云，"杳冥冥兮羌昼晦，东风飘兮神灵雨"；其三云，"雷填填兮雨冥冥，猨啾啾兮狖夜鸣"。显然，这样的描写，有屈原自身在放逐地的生活环境的痕迹与特殊心态的流露。

《涉江》中有关“江南”环境的记载，陈子展复引《楚辞章句》称“江南，在湘鄂之间”，以为这里的“江南”是指楚国狭义的“江南”，其地在荆州以南至今湖南的常德、辰州及湘阴、长沙、岳州一带。“这就是为什么这一带地方至今相传有许多关于屈原的古迹，而其他地方志书上特别多有关屈原传说的记载，尤其是集中在古武陵，今常德的一个地方。”楚之江南，开发较晚，是楚国的边远地区，历来为楚放逐罪犯之所。

综合各种史料，笔者初步确定《涉江》为顷襄王初年流放江南之作。

《涉江》共60句，分为四段：

第一段从开头至“欸秋冬之绪风”，共14句，写自己的高洁志行同浊世的矛盾，说明渡江流亡的原因。也是写他当时的心情，写他这一次流放生涯的一个精神起点：“我虽然被流放，但还保持精神上很高的境界。”这是屈原在发生重大挫折时候的人生宣言书。之前他很顺利，年纪轻轻就做了官，但是，现在他被流放到了边远之地。面对这样一种流放的境地，他的选择是什么？是他从小就选定了、到现在也不改变的志向。所以，一上来喷涌而出的只有一句话：“我决不改变我自己，我就是我！”多少内涵，尽在其中。有前半生的回顾，有遭遇挫折时的种种苦恼，有对今后人生的一种坚持。正因为这样，他才有了较高的人生追求，所以“余幼好此奇服兮，年既老而不衰”。“带长铗之陆离兮，冠切云之崔嵬，被明月兮珮宝璐”，屈原这三句对自身形象的描述，成了后代人们对屈原怀念、绘画的主要题材来源。短短三句，勾画了一个与众不同、慷慨悲壮、气质高雅的爱国志士的形象。后人就是根据这三句描写勾勒屈原形象的，如明代陈洪绶绘《屈子行吟图》。

第一段写到现实生活的只有三句，即“世溷浊而莫余知兮”、“哀南夷之莫吾知兮”以及“旦余济乎江、湘”。“莫余知”，没有一个人理解我，所以孤独到极点。屈原在楚国都城，在楚国的政治氛围中没有人理解他，他到流放的地方依然难觅知音。屈原本来就与众不同，跟中原人不同，跟少数民族也不同，所以他找不到知音。无论是在都城，还是到了边远地区，他始终是极端的孤独，没有一个人能理解他。他把这种生活中的劫难、生活中极大的挫折和不幸，提炼到很高的精神境界：“吾方高驰而不顾”——我正要高高地翱翔，不再回头。这句话对后人影响极大，司马迁读了《离骚》、《哀郢》、《招魂》、《天问》，悲其志，说："推此志也，虽与日月争光可也。"感慨屈原这种精神的光辉烛照大地，即使和太阳、和月亮去争光也是可以的。

《涉江》第一段，真正写自己流放行程的就四句："世溷浊而莫余知兮，吾方高驰而不顾"、"哀南夷之莫吾知兮，旦余济乎江、湘"。这种描写，在艺术上达到了非常高的境界。在人生历程中遇到挫折，他首先讲自己的人生信念，从自己的服饰、穿着表明自己的人生追求、个性、风格。高昂着头，义无反顾地走出都城。尽管心里充满种种眷念，他还是走了，走向自己的精神家园，要和虞舜一起在长满玉树琼花的园圃中遨游。最后写他登上了昆仑山，吃的是玉树琼花，跟天地同寿，与日月同辉。在这样的精神支撑之下，尽管他要去的地方没有一个知音，但他还是迈步走向被流放的地方。《涉江》的第一段，表达了屈原执著、坚强的人生选择、人生取向。

综上所述，《涉江》之"涉"，不仅仅是指被放逐的行程、路线、地点的旅途记录，更着重于诗人一生所涉的人生道路与追求。屈原面对忠而见放的不幸、幽独愁苦的环境，没有变心从俗，更没有消极隐世，而是公开声称：即使是偏僻遥远，即使是世无知音，即使是愁苦终穷，即使是重昏终身，也董道不豫，决不妥协！诗人还从现在联系到过去、未来，对自己一生作出的政治抉择，进行瞻前顾后的思考，千回百转、喷涌而出的，竟是开首两句形成的人生态度宣言书："余幼好此奇服兮，年既老而不衰。"至此，方知《涉江》开头两句，饱含着他的愤懑、他的苦闷、他的冷峻、他的执著，是他对前半生的总结，也是他对被放江南所作出的反应。

《涉江》第二段，从"步余马兮山皋"至"固将愁苦而终穷"，共 24 句，分为两节。第一节 12 句，叙述他流放的艰难行程：先走陆路，"步余马兮山皋，邸余车兮方林"；接着是转水路，"乘舲船余上沅兮"，到了沅水。这里"齐吴榜以击汰"，说明船比较难划。"船容与而不进兮，淹回水而凝滞"，这是一种"移情"的手法，就是他自己眷恋都城，不舍得离开都城，又不是直接说自己不舍得，而是说船走不起来，往前走走不了。接着，屈原采用了"朝"和"夕"的时间方位写法，表现了快速的时间推进、极大的空间转换。这一节的最后两句是对自己心态的描述，一种自我的心态平衡，"苟余心其端直兮”——只要我内心确实正直、美好，“虽僻远之何伤”——即使偏僻遥远，这对我又有什么伤害呢？这是一种自我安慰、自我支撑的表达。

第二小节写流放地溆浦的环境。“乃猨狖之所居”，“入溆浦余儃佪兮，迷不知吾所如”——进入溆浦以后，我不知道我的路往哪里走才好。这儿有“双关”。第一，“我”在流放的路途中经过树林，来到这个幽晦、险暗的环境中，又加上狂风大作、猿狖哀鸣，“我”不知道往哪里走，写的是路之“迷”。第二，是写心情、情绪上的迷惘。“山峻高以蔽日兮”——山实在太高了，把太阳都遮起来了；“下幽晦以多雨”——由于树多山高，深山老林里一会儿出太阳，一会儿下雨。“霰雪纷其无垠兮”，秋末冬初，北风吹来以后，一串一串的雪珠飘下来，无边无际；“云霏霏而承宇”，云层一堆一堆的，塞满了整个天空。这四句一下子就把深山里的景象描写出来了。是中国古代纪行诗最早的表现。

屈原通过环境描写，写出了自己愁苦的心态和精神力量的支撑，以及自己精神境界的一种升华。杨胤宗《屈赋新笺》对第二节评云：“溆浦处重山深林之中，云岚雨雪，瘴疠雾毒，非人所宜居处，而原贬此，深山茅屋，载离寒暑，日处于阴惨岑寂之中，度其非社会之人生。天高地迥，郁荒独哭，其与朝廷恶势力斗争，已至援绝而矢穷，然终不肯降服也。”

第三段，从“接舆髡首兮”到“固将重昏而终身”，共10句。从现实的环境、自然意象进入到社会意象。大自然尚且如此，社会又是怎么样？屈原写了四个人：接舆、桑扈、伍子胥、比干。伍子胥由于忠于吴国，最后被害死了；比干，据说是商纣王的叔叔，由于劝说纣王而被纣王剖心。《天问》里写到，纣王把他的心剖出来。屈原在这里，是要强调过于忠直、过分耿直，结果伍子胥被害死，比干被剁成肉酱，都没有什么好结果。

孔子到处找官做，曾经碰到过接舆。接舆当着他弟子的面把孔子骂了一顿，所以他被称为“楚狂接舆”，实际上是一个隐者。接舆一开始是披头散发，后来干脆剃个光头，表示和统治者不合作。桑扈裸行，不穿衣服，到处奔走，屈原想表达的是：我不愿意像接舆和桑扈那样放荡不羁，自己埋没自己。我自己还是“带长铗之陆离兮，冠切云之崔嵬，被明月兮佩宝璐”，保持自己“英雄”的正面的伟岸形象，走我自己的路吧！接着是“余将董道而不豫兮”。“董道”就是守道，坚持正道；“不豫”，不再犹豫。“固将重昏而终身”——我就在重重的蒙昧之中，度过我的漫漫人生啊！这种带有一种伟人孤独感的描述，反映了屈原是用提升自己的精神层次来平衡自己的。两次出现的“固”、“终”，都说明屈原的孤独、寂寞、穷困，也正是他清醒、高洁、伟大、崇高的集中表现。褚斌杰《楚辞选评》评云：“屈原失去家国、戴罪远行，虽在这无情的打击面前，却始终眷恋祖国、坚持理想，自觉地承担了悲剧性的命运。他的遭际是凄苦的，但他的感情却是崇高悲壮的。”

第四段从“乱曰”至结尾，共12句，是乱语。表达屈原对人生的感慨。“乱”是音乐名词，相当于今天的音乐过门，每一段唱过以后要唱这一小节。假设唱《涉江》，第一段唱完以后，就要唱“鸾鸟凤皇……”；然后第二段唱了以后，再唱“鸾鸟凤皇……”，如此反复。

“鸾鸟凤皇，日以远兮”。“鸾鸟凤皇”，用来比喻高贵。这两句是说，最优秀的人啊，离朝廷越来越远了。“露申辛夷，死林薄兮”。“露申”和“辛夷”是两种植物，一种是香草，一种是香树、香木，都很香。“死林薄兮”，在杂草丛生中被淹没。古人认为，凡是散发出清香、幽香的花都会被杂草的味道杀死，所以杂草丛生，就造成了香草香木的凋谢。“腥臊并御，芳不得薄兮”。“芳”，最早是指一般的香草。“芳”是一个象形字，上面是开的花，下面是一个根，所以“芳不得薄兮”就是指香草不能靠近。“腥臊并御”，指各种不好的东西都一起往前去了。屈原在这里讲的是两种人，一种人是坏人，一种是平庸的人。

第四段开头是两组动物意象。第一组是“鸾鸟凤皇”。《庄子·秋水》言鸾鸟凤凰“非梧桐不止，非练实不食，非澧泉不饮”，哪怕饿得面黄肌瘦，它也不下来随便吃。可以说，“鸾鸟凤皇”，是楚国文学、楚文化当中的最高境界。跟凤凰相比，其他的鸟就很一般了，它们居然就在这儿做窝了。屈原认为“燕雀乌鹊”是平庸之辈。这些平庸之辈，在普通人看来还是优秀的，屈原之所以将他们视为平庸之辈，是因为他觉得自己太优秀了，或者说自视甚高，一枝独秀，居高临下，将所有的人均视为平庸。因为最伟大的人是“鸾鸟凤凰”。最伟大、最孤独、最坚强、层次最高的人，是有选择的，不是什么都能接受的；第二等的是一般的人，就像庄子在《庄子·逍遥游》里描写的大鹏，虽然那么伟岸，但在庄子看来还是“有所待”，有所凭借，没有海运、海啸，没有潮水、狂飙，它就飞不起来。在庄子眼中，伟岸的大鹏也是渺小的；在屈原眼中，富有灵性的“燕雀乌鹊”也是平庸的。

“露申辛夷，死林薄兮。腥臊并御，芳不得薄兮”。钱澄之《屈诂》云：“死林薄者，恶木之荫蔽之也。”黄凤显曰：“香木死于丛林，比喻贤俊之士困死山野。”这些小人如果得势的话，那么香草就不能靠上去，这反映了“阴阳易位，时不当兮”。屈原在写《九章》、《离骚》的时候，对自己的处境有非常清醒的认识。这清醒的认识就是“阴阳易位，时不当兮”，即正直的、贤明的人和谄佞的、奸邪的人处位不当，忠奸易位、正邪颠倒、黑白不分。“阴阳易位”讲的是人才问题，忠贤和谗佞易位，他们之间不能够很好地构成一种制约关系；“时不当兮”讲的是屈原自己生不逢时，没有碰到尧、舜这种英明的君王。屈原描写的是一种三角关系——我（屈原）和我的同僚之间的争论，没有一个人来帮我评判，“荃不察余之中情兮，反信谗而齌怒”，君王不能理解我的内心，反而听信谗言，对我发火。所以《离骚》还写到了“揽茹蕙以掩涕兮”，拿着茹蕙来擦眼泪，“哀朕时之不当”，哀叹自己生不逢时，没有遇上好的君王，所以“时不当兮”是《涉江》整首诗里最清醒的地方。

最后两句“怀信侘傺，忽乎吾将行兮”。“怀信”指怀着满腔的忠诚。屈原之所以能够打动后人，除了他的伟岸、孤独、执著、坚强，要完成自己的使命之外，就是他对楚国过于忠诚。屈原出于童真般的忠诚，出于私人情感的忠诚，对国家、对君王极度忠诚，所以，他“怀信”——怀着满腔的忠信之情，“侘傺”——悲伤到了极点。“忽乎吾将行兮”——突然感觉清醒了，还是要匆匆忙忙地继续我的行程。他已经决定要继续往前走了，但是这个时候他比一开始要清醒多了。一开始是“迷不知吾所如”——我困惑到了极点，不知道我人生的路在何方。现在他终于想清楚了，“与前世而皆然兮，吾又何怨乎今之人”，然后再感慨“阴阳易位”，自己生不逢时，没有碰上好的君王。最后他怀着满腔的忠诚，悲伤到了极点，匆匆忙忙地继续他的征程，继续寻找他的理想，继续他的人生苦难历程。这就是《涉江》最后要表达的一种感情、一种境界。

《涉江》记载了屈原的流放行程、流放环境以及对待流放的态度。《涉江》作于屈原被流放初期，既有离开郢都前的倾诉与思考，又有具体行程的记述，还有险恶环境的描写，体现了诗人一生的不懈追求。《涉江》是一首以抒情述志为主体的政治抒情诗，以“述志”为主，“纪行”为辅。《涉江》也是屈原人格魅力的宣言书，是一篇线索分明、水陆并行的游记，也是一篇悲愤凄怆、见景生情、跨越时空的苦难历程记，更是一篇诗人一生“上下求索”、宁折不弯的行记。

《涉江》描写的行程有虚有实，虚实相间，一切为了“述志”的需要，重点不在“记叙”。研究《楚辞》的学者都试图从《哀郢》、《涉江》两篇中发掘屈原的流放路线，蒋骥、姜亮夫、张叶芦、潘啸龙，包括笔者都作了不懈的努力。但总有一些说不通的地方：两篇所述行程颠颠倒倒，有的重复交叉，有的又没有交代，很难依据作品画出严谨全面、有说服力的“流放图”。比如离开“郢都”时的路线，《涉江》、《哀郢》两篇都写到了，但既不完整，又有所交叉。这一矛盾只能说明：第一，《涉江》、《哀郢》都是以抒情述志为主体的政治抒情诗，纪行是为了抒情述志，不可能也没有必要准确详细记载。第二，《涉江》、《哀郢》不是姊妹篇，不能组装起来寻找“情节”与“路线”。这是两篇题材相近、主题相近的各自独立的作品，用比较相近的题材内容，表达屈原对都城的眷恋、对君王的埋怨、对小人的谴责、对自身的调节，可以看作同一主题的双重变奏，但两篇之间没有前后顺序与逻辑联系。第三，《涉江》、《哀郢》有屈原流放行程、路线的内证，但只能整体上把握，所谓大致可信，具体路线应该是模糊的，不必一一求证，一一落实。

《涉江》的语言是很有个性、很有特点，很有艺术魅力的，很多研究者都给予了很高的评价。

哀　郢

皇天之不纯命兮，何百姓之震愆？[①]
民离散而相失兮，方仲春而东迁。[②]
去故乡而就远兮，遵江夏以流亡。[③]
出国门而轸怀兮，甲之鼂吾以行。[④]
发郢都而去闾兮，怊荒忽其焉极。[⑤]

楫齐扬以容与兮，哀见君而不再得。[6]

望长楸而太息兮，涕淫淫其若霰。[7]

过夏首而西浮兮，顾龙门而不见。[8]

心婵媛而伤怀兮，眇不知其所蹠。[9]

顺风波以从流兮，焉洋洋而为客。[10]

陵阳侯之泛滥兮，忽翱翔之焉薄？[11]

心絓结而不解兮，思蹇产而不释。[12]

将运舟而下浮兮，上洞庭而下江。[13]

去终古之所居兮，今逍遥而来东。[14]

羌灵魂之欲归兮，何须臾而忘反。[15]

背夏浦而西思兮，哀故都之日远。[16]

登大坟以远望兮，聊以舒吾忧心。[17]

哀州土之平乐兮，悲江介之遗风。[18]

当陵阳之焉至兮，淼南渡之焉如。[19]

曾不知夏之为丘兮，孰两东门之可芜！[20]

心不怡之长久兮，忧与愁其相接。[21]

惟郢路之辽远兮，江与夏之不可涉。[22]

忽若不信兮，至今九年而不复。[23]

惨郁郁而不通兮，蹇侘傺而含慼。[24]

外承欢之汋约兮，谌荏弱而难持。[25]

忠湛湛而愿进兮，妒被离而鄣之。[26]

尧舜之抗行兮，瞭杳杳而薄天。[27]

众谗人之嫉妒兮，被以不慈之伪名。[28]

憎愠惀之修美兮，好夫人之忼慨。[29]

众踥蹀而日进兮，美超远而逾迈。[30]

乱曰：

曼余目以流观兮，冀一反之何时？[31]

鸟飞反故乡兮，狐死必首丘。[32]

信非吾罪而弃逐兮，何日夜而忘之。[33]

【注释】

① 不纯命：天命失常。震愆（qiān）：震动与罪过。以上两句说：老天爷为何这样变化无常，百姓哪，何其震惊、凄惶！② 相失：互相失离。仲春：夏历二月。迁：流放。以上两句说：我与君王分离、家人散失，正当仲春二月，被远徙东方。③ 江夏：长江与夏水。夏水在今湖北境内。以上两句说：离别了故乡乘舟远去，将顺着长江、夏水颠簸、流亡。④ 轸（zhěn）怀：悲痛地怀念。甲：甲日这一天。鼂：同"朝（zhāo）"，早晨。以上两句说：刚出城门就心中伤痛，我启程的那天，正是甲日早上。⑤ 闾（lǘ）：里门、居住的地方。怊（chāo）：悲伤。荒忽：即"恍惚"，神思不定之貌。焉极：哪里是尽头。以上两句说：离开故乡，从郢都出发，我神思恍惚，去向何方？⑥ 容与：缓慢行进。以上两句说：齐举的船桨，请慢慢地划，我伤心从今之后再也见不到君王。⑦ 楸（qiū）：树名。太息：叹息。涕：泪。霰（xiàn）：雪珠。以上两句说：我遥望高高的长楸叹息，热泪像冰珠不断地流淌。⑧ 夏首：夏水口。西浮：乘船向西而行。顾：回头看。龙门：郢都的东门。以上两句说：过了夏口，我沿江西浮，回头看龙门已一片迷茫！⑨ 婵媛（chán yuán）：情思缠绵的样子。眇：通"渺"，辽远。蹠（zhí）：践、落脚。以上两句说：心头隐痛啊好不悲怆，哪里是我立脚的地方？⑩ 洋洋：漂泊无依的样子。以上两句说：我顺着河的湍流急波，寄寓天地间到处飘荡！⑪ 陵：同"凌"，登，乘。阳侯：传说中的波神，这里指波涛。忽：飘忽。薄：到、止。以上两句说：冒着洪波啊迎着大浪，像鸟儿不知向何处飞翔？⑫ 絓（guà）结：心有牵挂而忧思郁结。蹇（jiǎn）产：曲折、不顺畅。以上两句说：解不开心头的忧思如结，散不开郁沉沉的九曲愁肠。⑬ 以上两句说：且让船儿随波而下，上溯洞庭，下入长江。⑭ 终古：长久。以上两句说：离开祖祖辈辈居住的地方，只身一人来到东方。⑮ 以上两句说：梦萦魂牵，眷念故里，哪一刻忘记过返回故乡。⑯ 夏浦：夏水之滨，指夏口。以上两句说：我背对着夏浦神思西驰，故都日远怎不令我哀伤！⑰ 坟：水边高地。以上两句说：登上高堤四处眺望，姑且借以抒散心中的忧伤。⑱ 州土：乡邑。平：土地平坦。江介：长江两岸。遗风：指古代楚国遗留下来的淳朴风俗。以上两句说：我哀叹州土本是那样地富饶宽广，安居乐业，我悲悼大江两岸一去不返的古朴风尚！⑲ 陵阳：

即“陵阳侯”，指波涛。淼(miǎo)：大水茫茫的样子。以上两句说：洪波拂扬，我要走到何方？渡过淼淼大江南行，我孤独地又将何往？⑳ 曾不知：不曾料到。夏：通“厦”。丘：废墟。东门：两座东面的城门。以上两句说：为何没料到大厦会变成一片废墟？岂可让两座东门荒芜凄凉？㉑ 以上两句说：我心绪烦闷时间绵长，新愁连接着心头的旧伤。㉒ 以上两句说：回郢的道路多么辽远，更难渡长江、夏水的滔滔波浪。㉓ 忽：形容时光过得很快。以上两句说：时间飞逝真难以相信，在外边竟过了九个年头。㉔ 蹇侘傺(chā chì)：困顿失意的样子。慼：同“戚”，忧伤。以上两句说：我胸中悲愤郁塞不通，失意伤心的人啊，眉头常皱。㉕ 外：外表。承欢：讨好。汋(zhuò)：同“绰”。汋约：绰约。谌(chén)：诚然。荏(rěn)弱：软弱。以上两句说：阿谀的小人外表柔美，内心软弱却毫无操守。㉖ 湛湛：深厚的样子。被离：通“披离”，纷乱的样子。鄣：同“障”，阻挡。以上两句说：忠贞之士愿进身报国，群小阻挡，总嫉之如仇。㉗ 抗行：高尚的行为。瞭杳杳：高远的样子。薄：迫近。以上两句说：唐尧虞舜的高尚德行，光耀万丈上薄九霄。㉘ 被：加在身上。不慈：对子女不慈爱。伪名：捏造的罪名。以上两句说：心怀嫉妒的众多谗人，却诬以“不慈”，横加嘲笑。㉙ 愠惀(wěn lǔn)：忠诚的样子。忼慨：同“慷慨”，激进的样子。以上两句说：忠贞的直言遭到厌恶，慷慨高调被特别爱好。㉚ 踥蹀(qiè dié)：小步行走的样子。美：指贤人。超：远。逾迈：远行。以上两句说：小人奔走天天被进用，贤人却被逐之千里之遥。㉛ 曼：引，伸展。流观：四下观望。以上两句说：乱曰，我张开眼四处眺望，盼望着何日是归去的时光。㉜ 首丘：传说狐死时把头朝向生它的小山丘。以上两句说：鸟飞再远也要回到故乡，狐狸死了还要面对山冈。㉝ 信：确实。以上两句说：我实在是无罪遭到放逐的啊，哪一天、哪一夜能把故都遗忘！

【品 评】

在《离骚》末段，屈原曾表现了行而复止的恋楚情结，那仅仅是艺术虚构与模式调试，在被放江南九年之后，眼看国事日非，归郢无望，那种思乡恋阙的情绪就表现得更为直接、具体、实在、感人，《哀郢》就是这种思想感情的载体。

司马迁读《哀郢》，曾经“悲其志”；当代台湾学者杨胤宗也说：“泛澜掩卷，犹可想见红叶秋红之畔，有白发诗人，策杖行吟于苍烟暮霭中也。”(《屈赋新笺》)说明名作不朽，古今同慨。全诗首忆当年离郢时的眷恋之意、痛苦之状，真是一步一回头，不忍往前走；次言离郢九年，“何须臾而忘反”，无时无刻不在思念郢都，但故都日远，郢路辽远，且召书不见，归郢无期；复言楚国社会忠谗易位，小人日进而国势日危，以不能归郢报国、效君、去佞为哀、为憾；结陈炽烈的不可压抑的念乡之情，“中心藏之，何日忘之”，这种感情强烈到如此的程度，季节的变换、日月的更替、环境的迁移，不仅不能迁逝、淡退它的一丝一毫。相反若醇酒历时，时间愈长、空间愈远，愈显得浓郁、深沉、急切。当年被迫离开郢都时，他瞻顾、太息、婵媛、绁结、蹇产、伤怀，竟至于“涕淫淫其若霰”；如今九年之后，沦落蛮荒，不无危苦之辞，但其“忧心”仍在郢都，所以不怡、惨郁、侘傺、含戚！

需要特别说明的是，《哀郢》表达的思想不仅是恋阙思君，而且是思乡恋阙并举。汉代东方朔《七谏》云“平生国兮，长于原野”，“国”即都城。这说明屈原出生于楚国都城郢，而在秭归一带长大。所以郢都是他双重情感的寄托。诗中写去郢时，一则说“出国门”、“发郢都”，一则说“去故乡”、“去闾”、“去终古之所居”。流放中的思念亦分为两组，一则说“故都”、“郢路”，一则说“故乡”、“首丘”。乡情，是离家之人对家乡、故土的一种特殊的眷恋之情。屈原以古代成语出之：“鸟飞反故乡兮，狐死必首丘。”王逸注云：“思故巢也，念旧居也。”《淮南子》云：“鸟飞反乡，狐死首丘，各哀其所生。”“首丘”，即以头枕丘而死，不忘其所自生也。东方朔《七谏·自悲》对此点颇有领悟：“悲不反余之所居兮，恨离予之故乡。鸟兽惊而失群兮，犹高飞而哀鸣。狐死必首丘兮，夫人孰能不反 其真情?”王逸解释说：“真情本心也。言狐狸之死犹向丘穴，人年老将死，谁有不思故乡乎? 言己尤甚也。”由此可见，屈原《哀郢》之所以不说“思郢”而以“哀郢”命题，旨意甚丰，除了思乡念家之哀者，哀郢之将亡而已不得返也。全诗凄婉动人，如泣如诉，是思乡又是恋阙，是怨君又是忧国。家、国、君，使“郢”成了诗人的聚焦点。

《哀郢》语言鲜明，词语深切，否定副词“不”多次出现，表现出不同的内涵，去郢时明知“不纯命”，而“不再得”、“不见”，仍然结“不解”，蹇产“不释”，知其不能，却又不能自释。九年后，明知“不可涉”、“不复”，仍然“不怡”、“不信”、郁愁不通，甚至仍牵挂着郢都的存亡，“曾不知夏之为丘兮”，可谓知其不可，却又欲罢不能。这些矛盾，正显出他的痛苦之深、煎熬之烈，也体现出他的操守、品格与个性。这积蓄长久的愤切之情，最宜以反诘句出之，以问始，亦以问终，问中有答，问而坚志，问而达情，问而倾怨，这气势，这气氛，这气度，“任凭是铁石人，读了怕都不能不感动哩”（梁启超《屈原研究》）。

抽　思

心郁郁之忧思兮，独永叹乎增伤。[1]
思蹇产之不释兮，曼遭夜之方长。[2]
悲秋风之动容兮，何回极之浮浮！[3]
数惟荪之多怒兮，伤余心之懮懮。[4]
愿摇起而横奔兮，览民尤以自镇。[5]
结微情以陈辞兮，矫以遗夫美人。[6]
昔君与我诚言兮，曰：“黄昏以为期。”[7]
羌中道而回畔兮，反既有此他志。[8]
憍吾以其美好兮，览余以其修姱。[9]
与余言而不信兮，盖为余而造怒。[10]
愿承闲而自察兮，心震悼而不敢。[11]
悲夷犹而冀进兮，心怛伤之憺憺。[12]
兹历情以陈辞兮，荪详聋而不闻。[13]
固切人之不媚兮，众果以我为患。[14]
初吾所陈之耿著兮，岂至今其庸亡？[15]
何独乐斯之謇謇兮？原荪美之可完。[16]
望三五以为像兮，指彭咸以为仪。[17]
夫何极而不至兮，故远闻而难亏。[18]
善不由外来兮，名不可以虚作。[19]
孰无施而有报兮，孰不实而有穫？[20]
少歌曰：与美人抽怨兮，并日夜而无正[21]。

憍吾以其美好兮，敖朕辞而不听。㉒
倡曰：有鸟自南兮，来集汉北。㉓
好姱佳丽兮，牉独处此异域。㉔
既惸独而不群兮，又无良媒在其侧。㉕
道卓远而日忘兮，愿自申而不得。㉖
望北山而流涕兮，临流水而太息。㉗
望孟夏之短夜兮，何晦明之若岁！㉘
惟郢路之辽远兮，魂一夕而九逝。㉙
曾不知路之曲直兮，南指月与列星。㉚
愿径逝而未得兮，魂识路之营营。㉛
何灵魂之信直兮，人之心不与吾心同！㉜
理弱而媒不通兮，尚不知余之从容。㉝
乱曰：长濑湍流，泝江潭兮。㉞
狂顾南行，聊以娱心兮。㉟
轸石崴嵬，蹇吾愿兮。㊱
超回志度，行隐进兮。㊲
低佪夷犹，宿北姑兮。㊳
烦冤瞀容，实沛徂兮。㊴
愁叹苦神，灵遥思兮。㊵
路远处幽，又无行媒兮。㊶
道思作颂，聊以自救兮。㊷
忧心不遂，斯言谁告兮！㊸

【注释】

① 郁郁：忧闷愁苦的样子。永叹：长叹。增：增加。② 蹇产：曲折，不顺畅。释：排解，释然。曼：长。此指忧不能寐，遇夜漫长。③ 动容：指秋风吹动使草木摇落、容貌变衰，呈现出萧瑟的景象。回：回风，旋风。极：高，盛。浮浮：本指水或雨雪盛貌，此指旋风极盛、极强的样子。汪瑗注云："言秋风之浮浮然回旋飘转，极盛而不止，故其气之惨凄凛冽，足以伤怀而损容也。"④ 数(shuò)：屡次。数惟：多次想到。荪(sūn)：香草名，

也称“荃”,指楚怀王。慢慢(yōu):愁苦、伤痛的样子。⑤ 摇:疾速、迅速。《广雅》:“摇,疾也。”横:通“狂”(从何剑熏说)。横奔:狂奔乱走。览:观看。尤:过失、罪过。此指无端而受罚。镇:安定。⑥ 结:聚集。微:微小且隐秘的。微情:此指内心的感情。陈辞:述说衷情。矫:高举,此指上书进言。遗(wèi):给予。美人:指怀王。⑦ 昔:从前。君:指怀王。诚言:一本作“成言”,指有了约定。黄昏:汪瑗云:“黄昏者,一日之终也,喻一身之终也。言楚王昔日与己相约以成言,曾以终身为期,而毋许变异也。”《楚辞》中多汇集浩大多元的黄昏意象,这正与屈原敏感多愁、长夜难眠的心理特征有关。此外,楚民族和屈原对太阳的崇拜、对太阳神话系统的熟悉、坚信,则成为《楚辞》“黄昏意象”的“原型”。期:期限。⑧ 羌:发语词,楚方言。中道:在半路上。回:返回,指走回头路。畔:通“叛”,违背、背离。既:已经。他志:别的打算。⑨ 憍(jiāo):同“骄”,骄矜,夸耀。览余:给我展示。修姱:修炼美好。⑩ 信:不欺诈、诚实。盖:通“盍”,何故。造怒:造成怒气。此指无端发火。⑪ 闲:闲暇。承闲:指趁君之闲暇。察:明显。自察:自明。此指自我解说。震:惊恐。悼(dào):恐惧。⑫ 悲:悲叹。夷犹:亦作“夷由”,犹豫,迟疑不前。冀进:希望进见。怛(dá):忧伤,悲苦。憺憺(dàn):畏惧的样子。⑬ 兹:这。历:逐一地列举。详:一本作“佯”,假装。聋:指充耳不闻。⑭ 切人:指忠实诚恳之人,此屈原自喻。媚:阿谀献媚。众:谗人。患:祸害。⑮ 初:此指昔君与我成言之时。耿:光明,明亮。耿著:同义复合词连用,指光明显著。庸:需要,用。闻一多注云:“庸,犹遽也。”亡:通“忘”,遗忘。以上两句说:当初我的陈词那样的光明显著,你岂能现在就遗忘?⑯ 独乐:唯独喜欢。謇謇:忠直的样子。美:指美德。完:完备。一说“完”作“光”,指光明显耀,亦可解。⑰ 望:仰慕。三五:指三皇五帝或三王五伯。三皇指伏羲、女娲、神农;五帝指黄帝、颛顼、帝喾、帝尧、帝舜;三王指夏禹、商汤、周文王;五伯即是五霸,指齐桓公、晋文公、秦穆公、宋襄公、楚庄王。像:榜样。彭咸:殷代的贤人,为正直而死。仪:法度,标准。⑱ 极:终极、高远的目标。远闻:声誉远扬。亏:亏损,缺少。以上两句说:任何高远的目标没有达不到的,因此声誉远扬而不会有亏损。⑲ 善:指德行美好。名:声闻。虚作:用虚假而成名。以上两句说:美好的品行是由内在决定的,声誉不可用虚假造就。⑳ 实：果实，此用作动词，指结出果实。穫(huò)：同“获”，收获。以上两句说：谁能不施行恩德而蒙福呢，谁能不结果实就去收获呢？㉑ 少歌：小歌，是诗歌中一部分内容结束后的小结。洪兴祖补注云：“《荀子》曰：‘其小歌也。’注云：此下一章即其反辞，总论前意，反复说之也。此章有少歌，有倡，有乱。少歌之不足，则又发其意为倡。独倡而无与和也，则总理一赋之终，以为乱词云尔。”此说甚详，可参考。美人：指楚怀王。抽：抒写。怨：一本作“思”，思绪。抽怨：指把蕴藏在内心深处的无限思绪抒写出来。并：合。并日夜：指日夜不分地抒写。无正：是非无法扭转并订正。㉒ 敖(áo)：同“傲”，倨傲。朕辞：我的言辞。㉓ 倡：同“唱”，又唱。此指另唱一段抒写未尽之义。鸟：屈原以鸟自比。写其被怀王疏远，以至从南方滞留汉北之地的孤独情怀。汉北：汉水的北面。㉔ 好姱佳丽：此为同义词连用，美好。牉(pàn)：本指将某物一分为二，此指分离、离散。异域：他乡。㉕ 惸(qióng)：同“茕”，孤独。惸独：伶仃孤苦。良媒：指替屈原说情的贤良。其侧：此指侍奉君主左右。㉖ 卓：超。卓远：遥远。自申：自我辩护。以上两句说：离郢都的道路遥远，而君主一天天把我遗忘，想自我申辩都没有机会。㉗ 望：眺望。北山：指郢都北面的纪山，又称北山。临：从高处往下看。流水：汉水。㉘ 望：责怪。孟夏：指农历四月的初夏。该篇作于秋季无疑，此处是屈原追溯孟夏时节初来汉北的心情。短夜：指夏季昼长夜短。晦明：从夜间到白天。岁：年。以上两句说：初夏的短夜，为什么从黑夜到白天的时间像一年那么长久而不明。㉙ 惟：思考，想。辽：远。魂：指梦里的魂魄。一夕：一夜。九：虚数，表明次数之多。逝：往，去。㉚ 曾(zēng)：竟。曲直：指去郢都的道路曲直，实难明晰。列星：群星。南指月与列星：指着南方的月亮和群星来寻找回郢都的方向。㉛ 径逝：径直前往。识路：辨识道路。营营：往来不绝、劳而不知休息的样子。㉜ 信直：笃志不屈。㉝ 理：使者，此指媒人。古代行理指使者。尚不知：即“曾不知”。从容：安闲镇定的样子。㉞ 乱：理，是一篇之总结。“乱曰”是在篇章既成之后“发理词旨，总撮其要”(从王逸说)。此外，从音乐角度讲，以曲终为乱，即尾声，结束时齐奏合唱，“繁言促节，交错纷乱”(从蒋骥说)，是一篇之高潮处。濑(lài)：从沙石上流过的急水。湍流：急流。泝(sù)：同“溯”，逆流而上。㉟ 狂顾：遑急顾盼。以上两句说：遑急顾盼向南行走，即使不能回到郢都，也能暂且自慰思乡之情。㊱ 轸（zhěn）：古代指车厢底部四周的横木。借指车，此引申为方形。轸石：方石。崴嵬（wēi wéi）：山势高峻的样子。蹇：本指行走困难，此译为阻碍。㊲ 超回志度：汤炳正说："超回，或即'迟回'。志度，或即'踟蹰（chì duó）'，犹'踯躅（zhí zhú）'，彷徨不进。"隐：微。隐进：进度微缓。㊳ 低徊：徘徊。夷犹：犹豫不前。宿：住在。北姑：一说汉中的地名，具体地点不详。㊴ 烦冤：烦躁愤懑。瞀（mào）：心绪紊乱。容：容貌。瞀容：心神昏乱不安。沛（pèi）：本为水势湍急的样子，此指行动迅疾。徂（cú）：往。㊵ 苦神：伤神，劳神。灵遥思：指灵魂在远处思念遥远的故乡。㊶ 幽：幽静僻远的地方。行媒：前往楚怀王处为我说情的人。㊷ 道思：边走边思念。朱熹注云："且行且思。"颂：通"诵"，诗歌，指此篇陈词。自救：自解。㊸ 遂：达成，实现。以上两句说：忧思难以实现，我向谁诉说心曲呢？

【品评】

"抽思"一词，朱熹注云："以篇内少歌首句二字为名。"所以"抽思"源于少歌中"与美人抽怨兮"一句，"抽怨"一本作"抽思"。一些学者认为此篇作于楚顷襄王时期，汪瑗云："作于是年之秋，则序当在《怀沙》之后矣。是顷襄王时所作。王逸以为指怀王，非是也。"笔者认为该篇应是屈原流放汉北而作，诗中有云："有鸟自南兮，来集汉北。"但对于具体的创作年代已无从考知。还需说明，屈原此时是被疏远于汉北，还有希望重理国政，并没有像顷襄王时期被放逐于江南而永无回朝的机会。汤漳平云："对君主的称呼，在怀王时期的作品中还是比较客气的，大都用美称'荃'、'荪'、'美人'、'灵修'等。至顷襄王时期的作品，仅用'君'一类的中性词语，后来干脆直斥为'壅君'（《惜往日》）了。"所以，从此言亦可推知《抽思》的创作时期。

"抽"指抒写，"思"指思绪，"抽思"就是把蕴藏在内心深处的无限思绪抒写出来。此诗先后出现了"少歌"、"倡"、"乱辞"等乐歌结构上的形式，并以"少歌"为界，前半追述往昔，后半叙述滞留汉北之地的孤独情怀。在前半部分中又可分为三节，从"心郁郁之忧思兮"到"娇以遗夫美人"为第一节，是屈原自述内心抑郁不解而在漫漫长夜独受忧伤，多次想到怀王大怒，但此时更愿聚集内心的感情向怀王述说。从“昔君与我诚言兮”到“荪详聋而不闻”为第二节，叙写屈原因自己本与怀王有先前的约定，但怀王却突然忘记而有其他的想法，反而因我而无端的多次生气。本想向怀王自我申辩，可惊恐时时袭来。虽逐一陈述以上的冤情，怀王只是充耳不闻。从“固切人之不媚兮”到“孰不实而有穫”为第三节，是屈原再次申明自己不会谄媚而成为众人的祸患。只是一心期望怀王能施德于百姓，使君主的盛名能远扬千古堪比圣贤，可没有想到屈原自己的所作所为竟然会引来如此后果。黄文焕的《楚辞听直》云：“题是抽思，前半专说陈词：结微情以陈，历情以陈，分作两样。多怒、造怒，情不敢尽言陈，故曰结微也。既怒之后又冀进焉，情愈郁而愈多矣。始避怒而不敢尽陈，兹求解怒而不得不罄陈矣，故曰历陈也。初吾所陈，追溯结陈历陈之举而无益，而又谆谆于可完难兮，善名施实之说，致其三陈焉。”可作为前半部分内容的理解。此处追述往昔的“三陈”正与《史记》中所言：“屈原虽然放流，睠顾楚国，系心怀王，不忘欲反，……一篇之中，三致志焉。”中的“三致”相一致。因此“少歌”以下便始言抽思，欲把内心深处的无限思绪日夜不分地抒写出来。首先，用“少歌”对诗歌中前一部分内容进行小结。其次，用“倡”字另起一段以抒写未尽之义。此处的“倡”引出了屈原的另一叙述视角，描写了自己被疏远在外离群索居，孤独无依的凄惨境地。“望孟夏之短夜兮，何晦明之若岁”一句把屈原在盛夏深夜难以入眠的焦灼心情表现得淋漓尽致，读到此处无不令人怜惜。此刻，屈原在深思郢都时，灵魂与身体分离，忘记了路途的险阻这一不可改变的现实，竟然“一夕而九逝”地奔向楚国。此处以梦境为虚境的描写来反衬现实的真情，比脱离于梦而直接写屈原在现实中返回郢都更为真切感人。褚斌杰引贺贻孙评云：“郢路辽远，魂一夕九逝，不知路之曲直，悲哉！及睹月星而识路，而孤魂复营营，无侣犹为凄绝。老杜云：‘梦中不知路，何以慰相思。’止得屈子前一半意耳。”而郑光祖《倩女离魂》的创作原型仿佛也可追溯于此。最后，用“乱辞”来总结整篇诗文。洪兴祖补注云：“此章有少歌，有倡，有乱。少歌之不足，则又发其意为倡。独倡而无与和也，则总理一赋之终，以为乱词云尔。”此时屈原在陈说与抽思中仍然志向坚定，虽然忧思难以实现而无处诉说，但对能得到怀王的理解始终抱有希望，所以向南行走到离郢都较近的地方，即便不能返回楚国，也能暂且自慰思乡念主之情。

较于《楚辞》的其他作品而言，《抽思》是唯一一篇先后出现了"少歌"、"倡"、"乱辞"等乐歌中的结构形式，使得整篇诗文节奏上错落有致，前后承接顺畅而自然。而"悲秋风之动容兮，何回极之浮浮"则是在宋玉《九辩》之前首写悲秋的诗句。

怀　沙

滔滔孟夏兮，草木莽莽。①
伤怀永哀兮，汩徂南土。②
眴兮杳杳，孔静幽默；③
郁结纡轸兮，离慜而长鞠。④
抚情效志兮，冤屈而自抑。⑤
刓方以为圜兮，常度未替；⑥
易初本迪兮，君子所鄙。⑦
章画志墨兮，前图未改；⑧
内厚质正兮，大人所盛。
巧倕不斫兮，孰察其拨正？⑨
玄文处幽兮，矇瞍谓之不章。⑩
离娄微睇兮，瞽以为无明。⑪
变白以为黑兮，倒上以为下；
凤皇在笯兮，鸡鹜翔舞。⑫
同糅玉石兮，一概而相量。⑬
夫惟党人鄙固兮，羌不知余之所臧。⑭
任重载盛兮，陷滞而不济。⑮
怀瑾握瑜兮，穷不知所示，
邑犬群吠兮，吠所怪也；⑯
非俊疑杰兮，固庸态也。
文质疏内兮，众不知余之异采；⑰

材朴委积兮，莫知余之所有。[18]
重仁袭义兮，谨厚以为丰。[19]
重华不可遌兮，孰知余之从容？[20]
古固有不并兮，岂知其何故？[21]
汤禹久远兮，邈而不可慕！
惩违改忿兮，抑心而自强。[22]
离愍而不迁兮，愿志之有像。[23]
进路北次兮，日昧昧其将暮；[24]
舒忧娱哀兮，限之以大故。[25]
乱曰：
浩浩沅湘，分流汩兮；
修路幽蔽，道远忽兮。
怀质抱情，独无匹兮。[26]
伯乐既没，骥焉程兮。[27]
万民之生，各有所错兮。[28]
定心广志，余何畏惧兮。[29]
曾伤爰哀，永叹喟兮。[30]
世溷浊莫吾知，人心不可谓兮。[31]
知死不可让，愿勿爱兮。
明告君子，吾将以为类兮。

【注释】

① 滔滔：和暖。孟夏：阴历四月。莽莽：草木茂盛。② 汩（yù）：疾、速。徂（cú）：往、到。③ 眴（shùn）：即“瞬”，看。孔：很。幽、默：静寂无声。④ 纡（yū）：委屈。轸（zhěn）：悲痛。离：通“罹”，遭遇。愍（mǐn）：同“愍”，忧患。鞠：窘困。⑤ 抚：依循、检查。效：考核。⑥ 刓（wán）：削。圜（yuán）：即“圆”。⑦ 易初：改变初态。迪：正道。⑧ 章：明确。画：规划。墨：绳墨，喻法度。前图：初志。⑨ 倕（chuí）：传说尧时的巧匠。斫（zhuó）：砍。拨正：使弯曲的东西成为直的。⑩ 玄：黑色。文：同“纹”。矇瞍（méng sǒu）：瞎子。章：文采。⑪ 离娄：人名，古代目力最好的人。

微睇(dì):眼睛眯起来看。瞽(gǔ):瞎子。⑫ 笯(nú):竹笼。鹜(wù):鸭。⑬ 概:平斗斛的横木,引申为标准。⑭ 鄙固:鄙陋、顽固。羌:语首助词。臧(zāng):善。⑮ 陷:陷没。滞:沉滞。⑯ 穷:尽,全。示:显示。⑰ 文:外表。质:内里。疏:朴素。内:同“讷”,木讷,不善辞令。⑱ 材:有用的木料。朴:未加工的木料。委积:堆积。⑲ 重、袭:积累。厚、丰:充实。⑳ 遌(è):同“迕”,遇。㉑ 古固有:自古就有。不并:不能同时并生。㉒ 惩:戒。违:同“愇”,恨。㉓ 离慜(mǐn):遭遇忧患。㉔ 次:停息。㉕ 限:限制。大故:死亡。㉖ 怀质抱情:怀抱正直、感情真诚。匹:伴侣。㉗ 程:衡量。㉘ 错:同“措”,安排。㉙ 广:放宽。㉚ 曾:通“增”,多次。爰哀:无休止的悲哀。㉛ 溷浊:混浊黑暗。

【品 评】

屈原在流放地苦苦期待,但郢路辽远,归郢无望,所以最后选择了悲愤沉江的道路。在其沉江前,他创作了《怀沙》、《悲回风》、《惜往日》等“临绝之音”(朱熹)。《悲回风》、《惜往日》的作者仍有争议,而《怀沙》为司马迁《屈原贾生列传》全文收录。

本篇题为“怀沙”,王夫之《楚辞通释》解为“自述其沈(沉)湘而陈尸于沙碛之怀”。胡念贻解释得更直接:“怀,即归、依。沙,指水中。怀沙即沉江。”《怀沙》为屈原自沉汨罗江前的最后一篇作品,后人谓之“绝笔”或“绝命诗”。那时,虽糊涂却任用过屈原的怀王已客死秦国多年,顷襄王日趋昏庸,国家处于风雨飘摇之中,屈原身为贵戚大臣,却远谪南土,一去不返,报国无门,不忍见宗国覆亡、社稷倾危、无复为生。临终前回顾一生行志遭际,自写情思,成了他一生追求的总结与升华。

诗人首先叙述自己到放逐地的环境与心情。屈原被放逐的最后地点在汨罗玉笥山一带,屈原于四月艳阳、生机畅茂之时来到“南土”水乡泽国,自有一番情趣,但受到创伤的心灵又带着长久的悲哀,黯然神伤,见日月皆若无光,顾山河尽成冥迷,省情验志,听响增哀,追思往日之冤屈,复伤今日之离慜,一腔血泪,势在必发,难以自抑。

接着,诗人由眼前的“举目荒寂”想起一生受挫受害的楚国社会环境,那里是“变白以为黑兮,倒上以为下”,凤凰在笯,忠贤钳口;鸡鹜翔舞，坏人得志。自己的“内厚质正”，为大人所盛，前圣所厚；而易初本迪，改变初衷，则是君子所鄙。但这内蕴之美，不为人知，因而不试之于行事，则不能辨邪正，亦如工倕之能，不令其斫，则无从断其巧拙。既无一试，则如苏轼诗所云：“浮云世事改，孤月此心明。”

然后，诗人就自己的“内蕴之美”再作阐发，自己怀瑾握瑜、秉受美质；任重道远，可堪重任；重仁袭义，材朴委积。但遗憾的是，这些美质、才能不能发挥作用，不能为众人所了解。所以他的感情变得起伏、激烈，斥责小人是“吠所怪”的邑犬、“非俊疑杰”的庸人。他慨叹生不逢时，没有遇到虞舜、夏禹、商汤那样的明君，所以导致了自己一生的不幸，古圣不遇，“壅君”不识，对最高统治者与整个统治集团完全失望了。以往，他对统治集团不满，认为是群小把持，摧折忠贤，但对最高统治者还抱有希望，且不说《惜诵》所表现的近于愚忠的情感，即《离骚》也只是略有微词，是一种恨铁不成钢的感情，至《涉江》、《哀郢》又有深化，发展至此，则完成了对阶级局限的超越与独立人格的自塑，放射出崇高、伟岸的悲剧光芒。而他对自身的认识也进了一层，不仅不易初衷，九死未悔，而且离愍不迁，受难不改，当世无人赏爱，当于异代觅求知音，故一篇之中，言“知”者八，而“不知”、“莫知”、“孰知”、“岂知”、“莫吾知”等竟达其七。诗人临终前的孤独、处幽，可得而知之矣！他“舒忧娱哀”，使忧愁舒缓，使悲哀之心欢娱，可见忧愁之深、哀怨之苦。至此我们更深层地感受到：屈原的孤独是清醒的表现，是独立不迁的伟大人格的外在特征。

最后，诗人再次从悠久的历史、曲折的一生回到眼前的沅湘分流之地，山林幽蔼、篁条森森、乡路遥遥、缥缈难度。进而又想到了一生志行，美质忠情，不遇明君；伯乐已死，骏马难程，时君世主，终不能知，生而何益？洪兴祖说：“非死为难，处死为难。”舍生就死，乃一生大事，有重于泰山者，有轻于鸿毛者，屈原于此筹思再三，反复抉择，层层推阐，于《离骚》、《涉江》、《哀郢》、《惜往日》、《悲回风》诸篇，思想脉络，历历可见，说明屈原以身殉志，并非出于一时之心血来潮，亦非匹夫匹妇因闾里纠纷而自经于沟壑也。而是长期思考、万无所望的结果，正是其心不惩、九死未悔的允诺。所以，一般地说，鸟之将死，其鸣也哀；人之将死，其言也善。而原之将死，其声也烈，其志也坚，其心也平。他虽有唯心的解释——“万民之生，各有所错兮”，万民之生死，上天都已各有安排，但马上又讲到，“定心广志”，心意坚定，志气恢弘，无所畏惧，则又是唯物、积极的态度。朱熹《楚辞集注》云：“君子之处患难，必定其心而不使为外物所动摇，必广其志而不使为细故所狭隘，则无所畏惧而安于所遇矣。”这种态度，是屈原在实际的政治斗争中产生的，同时又是其一生世界观的概括与写照，于死亦然。“知死不可让”四句是他真正的绝命词，自知死不可辞，也就没有什么可爱惜的——我将明白地告诉古贤前修，我将以之为法，舍生取义！卓行伟辞，辉耀千古，读其辞焉能不悲其志，崇其行？“屈原虽死犹不死也”，洪兴祖的理解、预料，至今仍能激起我们的共鸣：屈原不朽，灵均永生！

清代林云铭《楚辞灯》评价此诗说：“此灵均绝笔之文，最为郁勃，亦最哀惨。”的确，这首诗通篇抒情，尖锐、激烈，无所雕饰，文意质直，繁音促节。诗人心境既激扬又从容，既凄恻又超然，率然而成章，纯为血泪凝成。千古之下，谁能不忘风见义、洒泪景行？

于是，透过屈原人生追求的悲剧过程，我们不仅见到了懿言伟行、悲剧人生，也学到了战胜曲折 、对待挫折的态度与方法，汲取到无穷无尽的力量。

思　美　人

思美人兮，擥涕而伫眙。①
媒绝路阻兮，言不可结而诒。②
蹇蹇之烦冤兮，陷滞而不发。③
申旦以舒中情兮，志沉菀而莫达。④
愿寄言於浮云兮，遇丰隆而不将。⑤
因归鸟而致辞兮，羌迅高而难当。⑥
高辛之灵盛兮，遭玄鸟而致诒。⑦
欲变节以从俗兮，媿易初而屈志。⑧
独历年而离愍兮，羌冯心犹未化。⑨
宁隐闵而寿考兮，何变易之可为。⑩
知前辙之不遂兮，未改此度。⑪

车既覆而马颠兮，蹇独怀此异路。⑫
勒骐骥而更驾兮，造父为我操之。⑬
迁逡次而勿驱兮，聊假日以须时。⑭
指嶓冢之西隈兮，与纁黄以为期。⑮
开春发岁兮，白日出之悠悠。⑯
吾将荡志而愉乐兮，遵江、夏以娱忧。⑰
揽大薄之芳茝兮，搴长洲之宿莽。⑱
惜吾不及古人兮，吾谁与玩此芳草。⑲
解萹薄与杂菜兮，备以为交佩。⑳
佩缤纷以缭转兮，遂萎绝而离异。㉑
吾且儃佪以娱忧兮，观南人之变态。㉒
窃快在其中心兮，扬厥凭而不竢。㉓
芳与泽其杂糅兮，羌芳华自中出。㉔
纷郁郁其远蒸兮，满内而外扬。㉕
情与质信可保兮，羌居蔽而闻章。㉖
令薜荔以为理兮，惮举趾而缘木。㉗
因芙蓉而为媒兮，惮褰裳而濡足。㉘
登高吾不说兮，入下吾不能。㉙
固朕形之不服兮，然容与而狐疑。㉚
广遂前画兮，未改此度也。㉛
命则处幽吾将罢兮，愿及白日之未暮也。㉜
独茕茕而南行兮，思彭咸之故也。㉝

【注释】

① 美人：指楚怀王。擥（lǎn）：同“揽”，挥而拭干。伫（zhù）：长时间地站立。眙（chì）：直视。② 媒：指介绍人。结：约结，缔结。此指言语不能与君王结合，使君王听到。诒（yí）：传给。③ 蹇蹇：困苦，不顺利。此指进言的道路拥塞难行。烦：通“繁”，繁多。陷滞：沉滞郁结的样子。发：指表达。④ 申旦：从早到晚。舒：舒展。中情：内心的感情。菀（yùn）：通“蕴”，郁结，郁积。达：通。此指上通于君。⑤ 寄：寄托。丰隆：传说中的

云师。将：持，此指听从、采纳。⑥ 归鸟：鸿雁。王逸注云："思附鸿雁，达中情也。"致辞：寄语、带信。迅高：高飞而又急速。当：对等，相当。难当：难以赶上。⑦ 高辛：帝喾(kù)，姓姬，为黄帝的曾孙。十五岁时，因辅佐颛顼帝有功，被封于高辛。有四妻，其中娵訾(jū zī)氏女常仪生挚，陈锋氏女庆都生尧，有邰(tái)氏女姜嫄生弃，有娀氏女简狄生契。灵盛：德行盛茂。玄鸟：燕子。致：送给。诒：赠与，此处用作名词，表示赠送的礼物，指卵，卵即蛋。传说中天帝命玄鸟遗卵，简狄吞卵而受孕生契。《诗经》云："天命玄鸟，降而生商。"此句与《天问》篇中："简狄在台，喾何宜？玄鸟至贻，女何嘉？"所指相同。⑧ 变节：改变操守。媿(kuì)：同"愧"，惭愧。易初：改变自己的初衷。屈：弯曲，不直。此指曲意迁就。⑨ 历年：经历多年。离：遭受。愍(mǐn)：同"悯"，忧患。冯：愤懑。未化：指即使愤懑郁结在心中也不变本性。⑩ 闵：同"悯"，忧患。隐闵：隐忍忧痛。寿：寿命。考：老。寿考：指终老。⑪ 辙(zhé)：车轮压过的痕迹。前辙：前面所走的轨迹，即"初志"。遂：成功，实现。度：指处事之道。⑫ 覆：翻转过来。颠：倒下。蹇：发语词。怀：思念，归向。异路：不同于众人的政治主张与忠君之路。⑬ 勒(lè)：收紧缰绳，此指控制并驾驭。骐骥：骏马。更：改，指改驾于骐骥。造父：周缪王时著名的善御者，缪王使造父御良马，向西巡狩。操：执辔。⑭ 迁：前行。逡(qūn)次：逡巡，徘徊慢行的样子。勿驱：不要驱驰。假：借。须：等待。须时：等待时机(从马茂元说)。⑮ 嶓冢(bō zhǒng)：山名，在甘肃省天水市和礼县之间，一些学者误以为是汉水的发源地，实为漾水之源。蒋骥云："原居汉北，举汉水所出以立言也。"隈(wēi)：山弯曲的地方。纁(xūn)：通"曛"，日光的淡色，指黄昏时的天色。纁黄：黄昏。期：时限。⑯ 开春发岁：春天来到，又是一年的岁始。白日出：太阳升起。悠悠：蒋骥注云："犹言春日迟迟也。"此指阳光温暖、光线充足的样子。《诗·豳风·七月》："春日迟迟，采蘩祁祁。"朱熹注："迟迟，日长而暄也。"⑰ 荡志：此指恣逞情怀，涤净忧愁。愉乐：欢乐。遵：沿着。江夏：长江、夏水。二水在汉北以南，离郢都近。娱忧：排解忧思。⑱ 揽：手持。薄：草木丛生的地方。茝(chǎi)：香草名，即"白芷"。搴：摘取。长洲：水中长形陆地。宿莽：香草名，一种冬生的草，经冬不死。⑲ 惜：一本作"然"。古人：古代的圣贤。玩：把玩，欣赏。⑳ 解：折取。

萹(biān):萹蓄,亦称"萹竹"。叶长似竹,初夏开淡红或白色小花,多生长在郊野道旁。萹薄:丛生的萹蓄。杂菜:杂香之菜(从王逸说)。此与萹蓄都非香草名。备:备置。交佩:指糅合而一起佩戴。㉑ 缤纷:指萹蓄与杂菜色彩繁盛众多的样子。缭转:缭乱,凌乱(从何剑熏说)。一说"缠绕"之义,皆可参考。萎绝:枯槁凋谢。离异:指散落。㉒ 儃(chán)佪:徘徊悠游。南人:此指郢都以南的人。金开诚云:"按屈原去汉北,先要循夏水向南走段,所以能接触到'南人'。"变态:指此地民风的变化。㉓ 窃:私下里。快:欣喜。扬:扬弃。凭:愤懑。竢:同"俟",等待。㉔ 芳:最香的芳草。泽:脏的东西,可指身上的汗臭、污垢。糅:混杂。芳华:指芳草的香气。㉕ 纷郁郁:香气浓厚。远蒸:向远处蒸腾飘散。满内:指花香内在充溢。外扬:外飘扬。此处用花自香而外扬来形容屈原的人品。㉖ 情:表现在外的感情。质:内在的本质。此指内外一致,无表里之分。信:确实。自保:自保长久,与萹蓄和杂菜的萎绝而离异不同。居蔽:身居幽蔽之处。闻:声誉。章:同"彰",明显。㉗ 薜(bì)荔:香草名,又称"木莲",常绿灌木。理:媒人。古代行理指使者。惮:害怕。趾(zhǐ):脚。缘:攀援。木:树。㉘ 因:凭借。芙蓉:荷花。褰(qiān):撩起。裳:下衣,是古人遮蔽下体的衣裙,男女都穿。濡:沾湿。㉙ 说:同"悦",高兴。王逸注云:"事上得位,我不好也。随俗荣显,非所乐也。"㉚ 固:本来。朕:我。形:形体,指本身。不服:不屈服。容与:缓慢难以前行的样子。狐疑:怀疑,指内心矛盾。㉛ 遂:成功、实现。广遂:全面实现。前画:最初的智谋,指初志。此度:指前画。㉜ 命:命运。处幽:身居幽暗之处,指被疏远。罢:休止。及:趁着。未暮:指天还未黑之前。㉝ 茕茕(qióng):孤零零的样子。南行:指沿着夏水和江水向东南行走。彭咸:殷代的贤人,为正直而死。

【品评】

《思美人》、《惜往日》、《悲回风》的作者是否是屈原,历来备受学者争议。闻一多《论九章》云:"先秦著述初本无篇名,有之亦大都只两字。汉人所撰纬书始皆三字名篇。"又"《九章》中的《思美人》、《惜往日》、《悲回风》三篇,疑至汉初始编入《楚辞》。其篇名与《招隐士》、《哀时命》诸汉人作品之题名同风，盖亦汉人所沾。”同时，多数学者依据此三篇在形式上没有乱辞来断定非屈原所作。但从《思美人》全篇的内容来看，此篇不可能是唐勒、景差之辈的伪作。此外，诗文中“媒绝路阻兮，言不可结而诒”与“申旦以舒中情兮，志沉菀而莫达”等句表现出无媒路险的境地，与《抽思》似乎是一脉相承的续写。文中将“萹薄与杂菜”、“薜荔”、“芙蓉”及“芳与泽”等香草与污秽之物并举，最终表现出“芳华自中出”的高洁品质，此正与《离骚》中“芳与泽其杂糅兮，唯昭质其犹未亏”相一致。所以，《抽思》、《思美人》与《离骚》为同期作品，是屈原在楚怀王晚期被疏于汉北所作。而题目“思美人”取自于句首“思美人兮，擥涕而伫眙”，美人当指楚怀王。文中没有体现出更多的淡定从容，无冀无求，反而仍是“聊假日以须时”，“与纁黄以为期”。虽然观“南人”而暂且“娱忧”、“窃快”，但还抱着楚怀王能醒悟的决心而南行至离郢都较近的地方。再则，《思美人》中“江夏”与《哀郢》“江夏”所流亡行进的路线是不同的。正如金开诚所说：“《哀郢》中的‘遵江夏’，‘东迁’，是指自郢都出发，沿长江夏水到流放地陵阳；《思美人》中的‘遵江夏’，是屈原去汉北，先要沿着长江夏水向东南方走一段路，屈原的谪居之地是汉北，从郢都到汉北，必然溯汉水北上，在从郢都进入汉水之前，先要沿着夏水走一段路。”

全文以“与纁黄以为期”为界，大致分为前后两部分。前半部分主要描写了屈原愿从早到晚抒写内心的衷情，可是不能上通于君主。后“寄浮云”、“因归鸟”却未遂。但其始终忠贞不渝，不改行事之道，并且“指嶓冢”、“期纁黄”，在造父为屈原慢慢持驾的车上等待君命。第二部分为屈原幻想如果君王未能如约而召，他便在开春时节，恣逞情怀，怀着香草向南远游。用香草与污秽相并，来说明自己的情质始终表里如一。即使不被楚王召回而深处幽暗之地，其初志弥坚，并渴望随彭咸之举以死相谏。蒋骥《山带阁注楚辞》云：“此篇大旨承《抽思》立说，然《抽思》始欲‘陈词美人’，终曰‘斯言谁告’。此篇始言‘舒情莫达’，终欲以死谏君。夫乍困者气雄而渐沮，久淹者心郁而逾激，势固然也。两篇皆作于怀王时，与《骚》经皆以彭咸自命。”但屈原在怀王时期的作品不像顷襄王时期的更多地倾向于走向死亡。姜亮夫在《楚辞今绎讲录》中言：“此篇文章思想倾向并不是消沉想死，而是奋发向上的。”

惜 往 日

惜往日之曾信兮，受命诏以昭诗。[1]
奉先功以照下兮，明法度之嫌疑。[2]
国富强而法立兮，属贞臣而日娭。[3]
秘密事之载心兮，虽过失犹弗治。[4]
心纯庬而不泄兮，遭谗人而嫉之。[5]
君含怒而待臣兮，不清澈其然否。[6]
蔽晦君之聪明兮，虚惑误又以欺。[7]
弗参验以考实兮，远迁臣而弗思。[8]
信谗谀之溷浊兮，盛气志而过之。[9]
何贞臣之无罪兮，被离谤而见尤！[10]
惭光景之诚信兮，身幽隐而备之。[11]
临沅、湘之玄渊兮，遂自忍而沈流。[12]
卒没身而绝名兮，惜壅君之不昭。[13]
君无度而弗察兮，使芳草为薮幽。[14]
焉舒情而抽信兮，恬死亡而不聊。[15]
独鄣壅而蔽隐兮，使贞臣为无由。[16]
闻百里之为虏兮，伊尹烹於庖厨。[17]
吕望屠於朝歌兮，甯戚歌而饭牛。[18]
不逢汤、武与桓、缪兮，世孰云而知之。[19]
吴信谗而弗味兮，子胥死而后忧。[20]
介子忠而立枯兮，文君寤而追求；[21]
封介山而为之禁兮，报大德之优游。[22]
思久故之亲身兮，因缟素而哭之。[23]
或忠信而死节兮，或訑谩而不疑。[24]
弗省察而按实兮，听谗人之虚辞。[25]
芳与泽其杂糅兮，孰申旦而别之？[26]
何芳草之早殀兮，微霜降而下戒。[27]

谅聪不明而蔽壅兮，使谗谀而日得。[28]
自前世之嫉贤兮，谓蕙若其不可佩。[29]
妒佳冶之芬芳兮，嫫母姣而自好。[30]
虽有西施之美容兮，谗妒入以自代。[31]
愿陈情以白行兮，得罪过之不意。[32]
情冤见之日明兮，如列宿之错置。[33]
乘骐骥而驰骋兮，无辔衔而自载。[34]
乘氾泭以下流兮，无舟楫而自备。[35]
背法度而心治兮，辟与此其无异。[36]
宁溘死而流亡兮，恐祸殃之有再。[37]
不毕辞而赴渊兮，惜壅君之不识。[38]

【注 释】

① 惜：叹惜。往日：昔日。命：《史记·秦始皇本纪》："上尊号王为秦皇。命为制，令为诏。"命即"制"，指颁布涉及制度的政令。诏(zhào)：诏告臣民的一般命令，此处"命诏"代指楚怀王的君命。昭：明。诗：一本作"时"，时政，此指君王的法度。受命诏以昭诗：受君命昭明楚先王的法度。王逸注云："君告屈原，明典文也。"② 奉：遵守继承。先功：祖上的法度和功绩。照：通"昭"，昭示。下：臣子与百姓。明：辨明。法度之嫌疑：判明法度中是非模糊的地方。③ 属(zhǔ)：同"嘱"，嘱托。贞：忠。日：每天。娭(xī)：同"嬉"，嬉戏，玩乐。此指君可高枕无忧、天下皆太平。④ 秘：隐藏。密事：国家要事。载心：铭记于心，放在心上。过失：指臣有差错。犹：尚且。弗治：不治罪。⑤ 庬：一本作"厖(máng)"，丰厚，此指敦厚、厚道。泄：漏。嫉：妒忌。⑥ 清澈：一本作"清澂(chéng)"，审查澄清。澂：同"澄"。然否：是非虚实。⑦ 蔽晦：蒙蔽而使君昏暗不明。聪明：耳聪目明，指视听。虚：伪诈。惑：迷惑。误：使受损害。虚惑误：为近义字叠用。⑧ 参验：考察检验。迁：疏远，盖指屈原被楚怀王放逐于汉北之地。⑨ 信：听信。溷(hùn)：肮脏，污浊。溷浊：同"混浊"。盛气：满是怒气。气志：指怒气。胡念贻注云："战国时'气志'常连用。如《孟子·公孙丑》'志至焉，气次焉'，'志一则动气，气一则动志'。"⑩ 被离：即"披离"，遭

受。尤：罪过，过错。⑪ 惭：愧对。景：同“影”。光景：太阳的光与影。备：提防谨慎。以上两句说：愧对我昭如光辉的忠诚啊，处于幽暗中不得申明，反而还需提防小心。⑫ 临：面对着。沅、湘：水名，沅水和湘水最终都流入洞庭湖。玄：幽深。渊：深水。沈：同“沉”。⑬ 卒：终。没身、绝名：指身死而功名不立。廱(yōng)君：被壅蔽之君，指顷襄王。⑭ 度：标准。无度：指心中没有衡量标准。薮(sǒu)：生长着很多草的大泽。薮幽：草泽深处。⑮ 抽：抒发。抽信：表明诚信。恬：安静。聊：苟且。闻一多注“聊通憀”，“《文选·七发》‘聊兮慄兮’注曰‘聊慄，恐惧之貌’，字作聊。恬死亡而不聊，安死亡不惧也。”⑯ 鄣廱：阻碍遮蔽。无由：无所凭借，此指无路可走。⑰ 百里：百里奚。洪兴祖补注云：“晋献公虏虞君与其大夫百里奚，以百里奚为秦穆公夫人媵。百里奚亡秦走宛，楚鄙人执之。缪公闻百里奚贤，以五羖羊皮赎之，释其囚，与语国事。缪公大说，授之国政，号曰五羖大夫。”伊尹：名挚，原为有莘国之臣，曾做过厨师。后辅助商汤伐夏桀，战于鸣条之野。庖(páo)：厨房。⑱ 吕望：即姜太公，传说姜太公在未入周之前曾在朝歌的店铺里做屠夫，后归文王，跟从武王伐商。甯(níng)戚：同“宁戚”，春秋卫人。宁戚获知齐桓公重视人才便到临淄，通过击牛角高歌自我推荐。后被重用为齐国大司田，是齐桓公主要辅佐者之一。饭牛：喂牛。⑲ 逢：遇到。孰云：谁会说起。⑳ 吴：指吴王夫差。信谗：听信太宰伯嚭(pǐ)的谗言。味：参验善恶。汪瑗注云：“盖言事必参验，而后知其虚实，譬之食物，必细咀嚼，而后审其美恶。”子胥：伍子胥。他曾助吴王夫差打败楚国和越国，后劝谏吴王灭越后伐齐，夫差不听反信太宰伯嚭(pǐ)的谗言，将子胥赐死。等到越灭吴后，夫差后悔不听子胥的谏言，自刭而死。㉑ 介子：介子推，春秋时期晋国人。曾经陪同晋公子重耳出奔齐楚流亡十九年，路途中缺乏粮食，割掉股肉给重耳吃。等到文公回国即位，奖赏随从者却未推及介子推，后介子推背着母亲隐居在绵山(山西省介休市)而不复出。文公于是三次火烧绵山逼介子推出山，介子推不出山而抱树被火烧死。立枯：指抱树而焚死。文君：晋文公。寤：觉悟。追求：追寻访求。㉒ 介山：绵山，介子推死，文公封此山为介山。禁：指禁止采樵。大德：指随重耳出逃之功。优游：此处形容介子推的德行宽广。㉓ 久故：即“旧故”，此指往昔介子推刲骨之事。亲身：亲近己身的人，指介子推在重耳出逃时不离左右。缟(gǎo)：古代的白绢。素：白色。缟素：此指白色的丧服。因缟素而哭：因此穿着丧衣为介子推吊丧。㉔ 或：有的人。忠信、死节：指为保忠信而守死节。訑谩(dàn mán)：欺骗、蒙蔽。㉕ 省(xǐng)察：反省考察。按实：按照事实。虚辞：虚夸不实的言辞。㉖ 芳：最香的芳草。泽：脏的东西，可指身上的汗臭、污垢。糅：混杂。申旦：从早到晚，指天天重复地加以辨别。㉗ 芳草：此屈原以香草自拟。殀(yāo)：同"夭"，死。微霜降：轻微的霜降。此比喻小人的谗言。下戒：一本作"不戒"，不加警惕。㉘ 谅：确实。聪不明：一本作"不聪明"，不辨别视听。日得：日渐得志。㉙ 前世：从古至今。谓：认为。蕙若：蕙兰与杜若，皆香草。㉚ 冶：艳丽。佳冶：指美丽的女子，此屈原自喻。芬(fēn)：花草的香气。嫫(mó)母：传说中的丑女。为黄帝的妃子，生子仓林。妶：美好。妶而自好：自以为长得很漂亮。㉛ 西施：原名为施夷光，春秋末期越国的美女。越王被吴王所俘，越王勾践便卧薪尝胆，以求复国。在国难当头之际，西施忍辱与郑旦一起献给吴王夫差，成为夫差最宠爱的嫔妃。吴王因西施而无心国事，后被勾践所灭。谗妒：谗佞之人，此指嫫母。自代：以自己来取代西施。㉜ 陈情：表述忠心。白：表白。行(xíng)：作为。不意：没有料想到。㉝ 情冤：真情与冤枉。见(xiàn)：显现。日明：一天天明了。列宿：群星。错：通"措"，措置。此指如群星在空中安放排列的那样明显。㉞ 衔(xián)：勒马的嚼子。载：驾。㉟ 氾(fàn)：同"泛"，漂浮。泭(fú)：同"桴"，竹筏。楫(jí)：短的船桨。㊱ 辟：一本作"譬"，犹如。以上两句说：背离法则而依个人心意和喜好治事，如同无辔自载、无舟楫自备一样徒劳无功。㊲ 溘(kè)：突然。流亡：随着水流而死去。殃：祸害。㊳ 毕：完结。不毕辞：言语未说完。赴渊：指自投于江。识：知道，能辨别。

【品评】

《惜往日》与《思美人》相同，对作者是否是屈原的问题仍有争论。但《楚辞》众多篇目中唯此一篇明确提到了"命诏以昭诗"、"明法度"、"法立"等屈原在楚怀王时期受命而制定法令的事情。此等"密事"正与司马迁《史记·屈原列传》所写的屈原"博文强志，明于治乱，娴于辞令。入则与王图议国事，以出号令；出则接遇宾客，应对诸侯。王甚任之”及“怀王使屈原造为宪令，屈平属草未定”相互印证。所以该篇有重要的史料价值。据此，认为此篇非屈原所写还需要进一步考证。

此篇当是屈原晚期被流放于江南的作品。而与《怀沙》和《悲回风》相比，究竟哪篇更接近于绝笔之词，有多种看法。蒋骥《山带阁注楚辞》云：“《九章》惟此篇词最浅易，非徒垂死之言，不暇雕饰，亦欲庸君入目而易晓也。”蒋骥因本篇为临终直言浅显直白而认为《惜往日》是沉江前的最后一篇；而林云铭《楚辞灯》评《怀沙》言：“此灵均绝笔之文，最为郁勃，亦最哀惨。”但因《悲回风》、《惜往日》的作者仍时有争议，而《怀沙》又被司马迁《史记·屈原贾生列传》所收录，所以，此处暂从林云铭所说。

本文分为四段，从“惜往日之曾信兮”到“远迁臣而弗思”是屈原回想在楚怀王时期因制定法令而受小人陷害，致使君主被蒙蔽而不察是非，反将屈原疏远于汉北之地。《史记·屈原贾生列传》亦云，屈原因造国家宪章而深得怀王信任，此时与屈原同朝的上官大夫为争得君主的宠幸，而加害于屈原。在屈原草创宪令之际，上官大夫向君主进谗言说屈原在公示每一条法令时，都夸耀他自己的功绩，认为天下之事非屈原自己莫属。所以，君主满含怨言将屈原疏远。此处需要补充说明一点，第一段中提及的“奉先功”盖指楚悼王任用吴起在楚国实行变法之事。《史记·范睢蔡泽列传》记载：“吴起为楚悼王立法，卑减大臣之威重，罢无能，废无用，损不急之官，塞私门之请，一楚国之俗，禁游客之民，精耕战之士，南收杨越，北并陈、蔡，破横散从，使驰说之士无所开其口，禁朋党以励百姓，定楚国之政，兵震天下，威服诸侯。”此变法使得楚国短暂兴盛，后吴起被害而楚悼王早死，致使变法中断。从“信谗谀之溷浊”到“使贞臣为无由”为第二段。屈原自怨君主的昏庸，不识忠臣，愿“舒情”、“抽信”却无路可以申明，因此在楚顷襄王时期，屈原被令尹子兰和上官大夫陷害，被一迁再迁。此时与怀王时期相比，屈原已无回国的机会，所以屈原在文中两次痛斥“廱君”而表示自己已经绝望，只愿以死来表明不悔的初志。从“闻百里之为虏兮”到“如列宿之错置”为第三段。屈原借古讽今，以正反两面例证来说明自己的冤情如群星在空中排列那样明显可见。从“乘骐骥而驰骋兮”到“惜廱君之不识”为第四段。屈原重申施行法度的重要性。如背离法则而依个人心意治事，同无辔自载、无舟楫自备一样徒劳无功。此刻屈原更愿自投于大江随着水流死去，但即便是一死也无法改变顷襄王执迷不悟、陷国于危难的境地。钱澄之《屈诂》云："《惜往日》者，思往日王之见任而使造为宪令也。始曰'明法度之嫌疑'，终曰'背法度而心治'，原一生学术在此矣。楚能卒用之，必且大治。而为上官所谗，中废其事，为可惜也。原之可惜，非惜己身不见用，惜己功之不成也。"

林云铭言："此以明法度起头，以背法度结尾，中间以无度二字作前后针线。"此说颇有见地，道出了文章的脉络，也可以帮助我们准确理解全篇。同时，我们也能从此处看出本文结构的清晰与完整。

橘　颂

后皇嘉树，橘徕服兮。[①]
受命不迁，生南国兮。[②]
深固难徙，更壹志兮。[③]
绿叶素荣，纷其可喜兮。[④]
曾枝剡棘，圆果抟兮。[⑤]
青黄杂糅，文章烂兮。[⑥]
精色内白，类可任兮。[⑦]
纷缊宜修，姱而不丑兮。[⑧]
嗟尔幼志，有以异兮。[⑨]
独立不迁，岂不可喜兮。
深固难徙，廓其无求兮。[⑩]
苏世独立，横而不流兮。[⑪]
闭心自慎，终不失过兮。[⑫]
秉德无私，参天地兮。[⑬]
愿岁并谢，与长友兮。[⑭]
淑离不淫，梗其有理兮。[⑮]
年岁虽少，可师长兮。[⑯]
行比伯夷，置以为像。[⑰]

【注 释】

① 后：后土，对地的尊称。皇：皇天，对天的尊称。徕：同“来”。服：习，适应。以上两句说：橘啊，你这天地间的嘉树，生下来就适应当地的水土。② 受命：受天地之命，天生。不迁：不能移植。以上两句说：你秉性坚贞，生于南方，不肯迁移。③ 深固：根深蒂固。难徙：难以迁移。壹志：专一的意志。以上两句说：你根深蒂固，扎根南方，意志专一。④ 素荣：白花。橘树初夏时开五瓣的白色小花。纷：缤纷，指枝叶繁茂。胡文英云：“橘花小而白，与叶偕繁，故曰纷其可喜。”以上两句说：绿叶呀，映衬着白花，枝叶繁茂，惹人欢喜。⑤ 曾：同“层”。剡(yǎn)：尖利。棘：刺。抟(tuán)：圆圆的。以上两句说：圆满的果实啊，还有那枝儿层层，刺儿锋利。⑥ 青黄杂糅：橘子将熟时由青变黄的皮色。糅：错杂。文章：纹理色彩，指橘子的皮色。烂：很有光彩的样子。以上两句说：青中闪黄，黄里带青，色彩多么的绚丽！⑦ 精色：鲜明光亮的皮色，乃橘子全熟色。内：内瓤。类：似。以上两句说：外观精美，内心洁净，像那可负重任的贤者，表里如一。⑧ 纷缊(yūn)：香气浓郁。王夫之注云：“剖之而香雾霏微也。”缊：通“氲”，即氤氲，指香气。姱：美好。不丑：出类拔萃。丑：类。以上两句说：香气浓郁啊，修饰得体，美得出类拔萃，无与伦比！⑨ 尔：你，指橘。以上两句说：啊，你幼年的志向，就与众不同。⑩ 廓：空阔广大，指心胸宽广。无求：没有庸俗的追求。以上两句说：橘呵，你植根深固，胸怀宽广，无所贪求。⑪ 苏：醒。苏世独立：清醒地独立于世。横：横渡。横而不流：以行船比喻人的性格坚定，敢于冲风横渡，不随波逐流。以上两句说：你独立于世，敢于横渡而不随波逐流。⑫ 闭心：把事情藏在心中。自慎：自知谨慎。失过：有过失，犯错误。以上两句说：你谨慎自守，始终没有过失。⑬ 秉：执持。参：合。参天地：精神上与天地相合。古人认为天地是无私的。以上两句说：你秉德无私，真可与天地相比。⑭ 岁：岁暮。并谢：永谢，凋零。屈复云：“橘不彫，故愿于岁寒并谢之时而长与为友。”以上两句说：愿在那万物凋零的季节，与你结为终身的知己。⑮ 淑：善，指品质。离：通“丽”，美丽，指外貌。梗：耿直、正直。理：橘树的纹理，比喻道理之理。以上两句说：你内善外美，而不娇艳作态；耿直坚强，而又通达于理。⑯ 年岁虽少：橘树是常绿灌木或小乔木，生长的时间不如松柏等

乔木长，所以说它年少。师、长(zhǎng)：用作动词，即可以为师，可以为长。以上两句说：可作一切乔木的良师啊，虽然你还是小小的年纪。⑰ 行(xìng)：德行。比：类比，相类。伯夷：古人心目中的义士。胡文英云："伯夷特立独行，橘亦能苏世独立，岂非行足以比伯夷乎。吾不得见伯夷，则见橘如见伯夷矣。故愿置以为像。"置：设、立。像：榜样。以上两句说：应该把你作为楷模，因为你的品行比得上古贤伯夷。

【品 评】

《橘颂》是《九章》中写作年代最早的一篇，屈原以南方楚国特有的橘树为象征物，咏物言志，借橘明理。"颂"，称颂、赞美。"橘颂"，就是对橘的礼赞。

橘，自古以来就是荆楚有名的土特产，具有经济价值。《战国策·赵策(二)》记苏秦从燕往赵，始以合纵说赵王道："大王诚能听臣，燕必致毡裘狗马之地，齐必致海隅鱼盐之地，楚必致橘柚云梦之地，韩魏皆可致封地汤沐之邑。"又，《水经注》记宜都郡故城，北有湖里渊，"渊上橘柚蔽野"。王夫之《楚辞通释》云："橘者，南方之嘉木也。古产于楚湘，今盛于闽粤。按李衡言，江陵有千头木奴，则楚之宜橘旧矣。"橘树的栽种，在楚国不仅有悠久的历史，而且橘树具有"受命不迁"、"深固难徙"的特性，特别引人注目。《晏子春秋·内篇(杂下)》云："橘生淮南则为橘，生于淮北则为枳，叶徒相似，其实味不同。所以然者何？水土异也。"王逸《楚辞章句》云："橘受天命生于江南，不可移徙，种于北地，则化而为枳也。"年轻的屈原才华出众，又深得楚怀王信任，很想有一番作为，成为一个有抱负、有节操的人。当他看到江陵千树橘时，心有所感，"比物类志为之颂，以自旌焉"(从王夫之说)。

全诗分为两部分。首先介绍非常熟悉而有感情的橘树，贴切细致地描绘出它的外表姿态和内在品质。开头四句，总述橘树天生南国、禀赋不移的本性，为全篇定下基调，使人想到亭亭嘉树植根于天地间的耿介拔俗的形象。自第五句起，逐层展开，仿佛以电影的中、近景推出特写镜头。根：根深蒂固，更显出它的专一不移！花：绿叶素荣，其姿态是何等的纷繁可喜！结果：层层交盖的带刺的枝叶旁，挂满了圆圆的果实。果实渐熟：

青黄杂糅，或青或黄，色彩是那么斑斓绚丽！成熟之果：外表赤黄，内瓤洁白，表里无亏，真好像可委托重任的志士仁人。不同的侧面使读者具体感受到橘树在不同时间的不同形象以及在不同时间的不同色彩。而颜色的变换，既是随着季节的推移、生长的过程，又是在“绿叶”这“大背景”下进行的，所以整个画面色泽变幻多端，又浓淡相宜。末二句则揭示橘树形象美、气质品性美的原因——“纷媪宜修”，所以才美而不丑，无与伦比。

第二部分则借对橘树的进一步礼赞，来抒发自己的情操与志向。如果说第一部分主要是描写橘树外表、形象的话，第二部分则大力礼赞橘树的精神世界。这个独立于天地间的清醒形象是那么的伟大！他不迁而难徙，秉德而无求，敢于横渡而不随波逐流，参配天地，清贞正直。屈原推崇伯夷，是受到忠君思想的制约，但更主要的是推崇其宁死不食周粟的深固难徙、独立不迁的志节。

林云铭《楚辞灯》云：“看来两段中，句句是颂橘，句句不是颂橘，但见原与橘分不得是一是二，彼此互映，有镜花水月之妙。”屈原咏物，正是托物寄情，借物喻志。说橘时，则把橘人格化，颂橘即以自比；说志时，则把橘人物化，自颂而借之于颂橘。表层与深层，喻体与喻意，浑然一体。

根据《橘颂》所写内容单一、格调明快、篇幅短小、以四言为主等因素来看，此诗是屈原的早年之作，是屈原登上政治舞台的第一次人格“亮相”。最令人感动的是那深固难徙的乡国之情、汲汲自修的自励美质、独立不迁的人格保持。这些都一直“定格”到屈原的晚年，并贯穿始终——《涉江》云：“余幼好此奇服兮，年既老而不衰。”

《橘颂》所表现的是一种性格、一种气质、一种纯洁的向往、一种清醒的信念、一种人生的宣言。而屈原一生的悲剧，正源于对楚国的过分爱恋与对人格美的全力保持——《橘颂》从此揭开了屈原漫长而艰难的人生序幕。

悲回风

悲回风之摇蕙兮，心冤结而内伤。[①]

物有微而陨性兮，声有隐而先倡。[②]

夫何彭咸之造思兮，暨志介而不忘！[3]
万变其情岂可盖兮，孰虚伪之可长！[4]
鸟兽鸣以号群兮，草苴比而不芳。[5]
鱼葺鳞以自别兮，蛟龙隐其文章。[6]
故荼荠不同亩兮，兰茝幽而独芳。[7]
惟佳人之永都兮，更统世而自贶。[8]
眇远志之所及兮，怜浮云之相羊。[9]
介眇志之所惑兮，窃赋诗之所明。[10]
惟佳人之独怀兮，折若椒以自处。[11]
曾歔欷之嗟嗟兮，独隐伏而思虑。[12]
涕泣交而凄凄兮，思不眠以至曙。[13]
终长夜之曼曼兮，掩此哀而不去。[14]
寤从容以周流兮，聊逍遥以自恃。[15]
伤太息之愍怜兮，气于邑而不可止。[16]
糺思心以为纕兮，编愁苦以为膺。[17]
折若木以蔽光兮，随飘风之所仍。[18]
存仿佛而不见兮，心踊跃其若汤。[19]
抚佩衽以案志兮，超惘惘而遂行。[20]
岁曶曶其若颓兮，时亦冉冉而将至。[21]
薠蘅槁而节离兮，芳以歇而不比。[22]
怜思心之不可惩兮，证此言之不可聊。[23]
宁溘死而流亡兮，不忍此心之常愁。[24]
孤子唫而抆泪兮，放子出而不还。[25]
孰能思而不隐兮，照彭咸之所闻。[26]
登石峦以远望兮，路眇眇之默默。[27]
入景响之无应兮，闻省想而不可得。[28]
愁郁郁之无快兮，居戚戚而不可解。[29]
心鞿羁而不开兮，气缭转而自缔。[30]
穆眇眇之无垠兮，莽芒芒之无仪。[31]
声有隐而相感兮，物有纯而不可为。[32]

邈蔓蔓之不可量兮，缥绵绵之不可纡。[33]
愁悄悄之常悲兮，翩冥冥之不可娱。[34]
凌大波而流风兮，讬彭咸之所居。[35]
上高岩之峭岸兮，处雌蜺之标颠。[36]
据青冥而攄虹兮，遂儵忽而扪天。[37]
吸湛露之浮凉兮，漱凝霜之雰雰。[38]
依风穴以自息兮，忽倾寤以婵媛。[39]
冯昆仑以瞰雾兮，隐岷山以清江。[40]
惮涌湍之礚礚兮，听波声之汹汹。[41]
纷容容之无经兮，罔芒芒之无纪。[42]
轧洋洋之无从兮，驰委移之焉止。[43]
漂翻翻其上下兮，翼遥遥其左右。[44]
氾潏潏其前后兮，伴张弛之信期。[45]
观炎气之相仍兮，窥烟液之所积。[46]
悲霜雪之俱下兮，听潮水之相击。[47]
借光景以往来兮，施黄棘之枉策。[48]
求介子之所存兮，见伯夷之放迹。[49]
心调度而弗去兮，刻著志之无适。[50]
曰：吾怨往昔之所冀兮，悼来者之悐悐[51]
浮江、淮而入海兮，从子胥而自适。[52]
望大河之洲渚兮，悲申徒之抗迹。[53]
骤谏君而不听兮，重任石之何益！[54]
心絓结而不解兮，思蹇产而不释。[55]

【注释】

① 回风：旋风。此比喻谗人。摇：摇落。蕙：香草名，蕙兰。冤结：郁结冤情。内伤：内心伤痛。② 物：指蕙草。微：通“媺(měi)”，媺同“美”(从姜亮夫说)。陨性：指生命陨落。声：旋风的声音。隐：隐微，指声音本无形。倡：发动。先倡：汪瑗注云：“言风虽无形，而实能先为之倡，以挠(náo)万物，故回风起而蕙遂摇落也。谗人之踪迹诡秘，中伤君子，犹风

无形而能殒物也。”③ 彭咸：殷代的贤人，为正直而死。造思：追思怀念。暨(jì)：与，和。介：耿直。以上两句说：为什么怀念彭咸呢？愿与彭咸一样志向耿介而坚定。④ 万变：指谗人变化多端，反复无常。情：指狡诈虚伪之情。盖：掩藏。虚伪：不真诚。长：长久。⑤ 号群：呼唤同类聚集成群。闻一多释其寓意为“鸟兽各以类聚，麟凤不与鸟兽为群也”。苴(chá)：浮草，枯草。比：并合，聚集。⑥ 鱼：比喻小人。葺(qì)：整治，修饰。蛟龙：古代传说中深居于潭中，可兴风作浪，能发洪水的龙。此屈原自喻。隐：隐匿。文：指龙身上的花纹。章：同“彰”，明显。⑦ 荼荠：皆菜名，荼味苦，荠味甘，此来比喻小人与君子之别。亩：秦制为田，二百四十步为一亩，六尺为一步。兰：香草名，兰草。茝(chǎi)：香草名，白芷。幽：深居。⑧ 佳人：美好的人，指志向高洁之人。都：美丽。更：经历。统世：万世。贶(kuàng)：赐予。自贶：指自我充实。⑨ 眇(miǎo)：高远。远志：远大的报复。所及：志向所到达的地方。怜：哀怜。相羊：亦作“相徉”，徘徊无所凭依的样子。⑩ 介：耿介。惑：此指因无法实现远志而迷惑不解。窃：私下里。赋：创作诗歌，此处一说译为“吟诵”也可通。所明：彰明志向。⑪ 惟：惟独，只有。若椒：杜若和花椒，皆为香草。处：居。自处：自居。此指自我修饰，自我欣赏。⑫ 曾：通“层”，一次次。歔欷(xū xī)：抽噎叹息。嗟嗟(jiē)：叹词，表示忧伤感慨。独：独自。隐伏：隐藏埋没。思虑：此指思虑君王，忧国忧民。⑬ 涕：眼泪。泣：无声或低声地哭。涕泣交：低声地哭泣，伴着眼泪一同流下。凄凄：凄凉悲伤的样子。思：愁思。眠：合眼睡觉。曙(shǔ)：天刚亮。⑭ 终长夜：整个长夜。曼曼：漫长、延长。掩：遮盖，此指欲排解哀愁。不去：指不可遏止。⑮ 寤：睡醒，指起床后。从容：悠闲安逸的样子。流：通“游”。周流：四处游行。聊：姑且。逍遥：悠然自在的样子。自恃：自娱(从王逸说)。⑯ 伤太息：伤心叹气。愍(mǐn)：同“悯”。愍怜：即“怜悯”，哀怜。于邑(wū yì)：同“呜唈”，呜咽。此指因低声哭泣时间长而喘气不舒畅的样子。⑰ 糺：同“纠”，缠绕。纕(xiāng)：腰间的佩带。编：编结。膺：胸，指心衣。⑱ 若木：传说中的神木，生长在日落的地方。蔽光：遮蔽阳光。飘风：旋风。仍：因袭，此指随着群小而融入世俗。⑲ 存：存在的客观事物，此指现实。踊跃：跳跃高涨的样子。汤(tāng)：沸热之水。⑳ 抚：抚摸。佩(pèi)：同“珮”，古代系在衣带上的玉饰。衽(rèn):衣襟。案:通“按”,抑制。超:怅惘的样子。惘惘:惆怅失意的样子。遂:通“邃”,深远。㉑ 曶曶(hū):疾速、快速的样子。颓:衰败,此指衰老。时:指衰老的时日。冉冉:渐渐地。㉒ 薠(fán):香草名,白薠,似莎而比莎大的草,为水生植物。蘅(héng):香草名,杜衡。槁:干枯。节离:草枯而节处断落(从朱熹说)。歇:停止。不比:不比往日。㉓ 怜:哀怜。思心:思君念国之心。惩:因受挫而知警戒。聊:苟且。㉔ 溘(kè):突然。流亡:随着水流而死去。忍:忍耐。常愁:无休止的忧愁。㉕ 孤子:孤儿,此屈原自哀孤独。唫(yín):同“吟”,呻吟。抆(wěn):擦。放子:指被弃逐之臣。此为屈原自喻。㉖ 思:指想到孤子、放子的境遇。隐:隐忧,悲愁。照:一本作“昭”,明亮。照彭咸之所闻:此指我所听到的彭咸之事,昭然显现于眼前。㉗ 石峦:小而尖的石山。眇眇:幽远的样子。默默:幽寂无声。㉘ 入:指进入此幽境中。景:为古“影”字,影子。响:回音。无应:没有回应。省(xǐng):省察。闻省想:指听到的、看到的、想到的。㉙ 郁郁:郁结不通的样子。快:欢喜。居:平时。戚戚:忧伤的样子。解:排解,释然。㉚ 鞿羁(jī jī):本义为马嚼子与马笼头,此引申为束缚。气:指郁结之气。缭转:缱绻(qiǎn quǎn)、缠绕。缔:结在一起。㉛ 穆眇眇:穆静而遥远的样子。垠:边际。莽:丛生的草。芒芒:辽阔的样子。仪:通“倪”,端、边际。㉜ 声有隐:旋风的声音虽隐微无形。相感:指草木无不与其相互感应。物:指香草。纯:美好纯洁。不可为:此指无能为力。㉝ 邈:距离遥远。蔓蔓:延展的样子。缥:若有若无、隐约的样子。绵绵:延续不断,此指思绪绵绵。纡(yū):系结,此指不便于求索或不可度量。㉞ 悄悄(qiǎo):忧愁的样子。翩:疾飞的样子。冥冥:渺茫、高远的样子。不可娱:无从快乐。以上两句说:常常悲叹啊深深的忧愁,我即使疾飞高驰也无从欢乐。㉟ 凌:乘着。流风:随着风漂流。讬(tuō):同“托”,寄托。所居:所居住的地方。㊱ 岩:高峻的山崖。峭(qiào):陡直。岸:崖岸。蜺:同“霓”,彩虹。彩虹有二环时,内环色彩鲜盛为雄虹,外环色彩暗淡为雌蜺,也称副虹。标:树梢。颠:本义为头顶,此处标颠连用,表示顶端。㊲ 据:凭借。青冥:青色的天空。摅(shū):舒展,舒散。摅虹:舒散气体而发气成虹。儵(shū):同“倏”。儵忽:迅速的样子。扪(mén):摸。㊳ 湛:清澈透明。浮凉:汪瑗注云:“谓露之清激，其光若浮而味凉也。”漱：漱口。凝霜：厚霜。雰雰（fēn）：雰同“氛”，形容霜雪纷纷降下的样子。㊴ 风穴：传说中北方寒风从地出之处。穴：洞穴。息：休息。倾寤：翻身醒来。婵媛：心思牵萦缠绕。㊵ 冯（píng）：通“凭”，依靠。瞰（kàn）：俯视。隐：遮蔽，此指云雾将其遮盖。岷山：位于四川北部，向北延入甘肃境内，为岷江的发源地。以：与、和。清江：清澄的江水。㊶ 惮：害怕、畏惧。涌湍：奔腾的急流。礚礚（kē）：同“磕磕”，象声词，指急水汹涌奔流撞击石岸的声音。㊷ 容容：指水盛时纷乱摇荡的样子。经：常道。芒芒：同“茫茫”。罔芒芒：广远无边的样子。无纪：无绪。㊸ 轧：排挤、压倒，此指波涛相互推压的样子。洋洋：形容水势盛大。从：始（从闻一多说）。委移：又写作委蛇、逶迤等，迂曲辽远之貌。止：终止。㊹ 漂：指波浪浮动。翻翻：翻腾的样子。翼：两翼。遥遥：遥远。㊺ 氾：同“泛”，大水漫流、随意流淌。潏潏（yù）：激流涌出的样子。伴：伴随。张弛：此指潮汐涨落。信期：固定的时日。钱澄之注云：“潮涨汐落一长一落，皆有信期，伴张弛之信期，言随潮汐往来也。”㊻ 炎气：南方的火气。王逸注云：“火气烟上为云，云出凑液而为雨也。”仍：依从。相仍：指炎气相继蒸腾。烟：云烟。液：指云烟所凝结成的水滴。积：聚集。㊼ 霜雪：指露结而为霜，雨冻而为雪，此指冬季。俱下：一起降下（从汪瑗说）。㊽ 光景：时光、岁月。往来：此指神游往来于天地之间。施：施用。黄棘：多刺而成丛莽的灌木。枉：弯曲的。策：马鞭。此处以黄棘为策。㊾ 介子：介子推，春秋时期晋国人。所存：所居住归隐之处。伯夷：商末贤士，商末避乱处孤竹后奔西伯养老。因拒受武王爵禄，以周之绍殷为“以乱易暴”，避而饿死在首阳。伯夷的操守、气节、人品、美质受屈原所尊崇。放迹：放逐的行迹。㊿ 心：用心。调度：考虑斟酌。弗去：不能放弃（从汤炳正说）。刻：铭刻。著：显明。刻著志：铭刻于心并表明志向。无适：别无他从。51 曰：乱词，用“曰”引领的文字来终结整篇之义。冀：希望。所冀：指所希望的在楚国实现的理想。悼：感伤。来者：今后的事。愁（tì）：同“惕”。愁愁：忧惧貌。52 浮：顺流漂浮。江、淮：长江和淮河。入海：汇入东海。子胥：伍子胥。自适：自得安适。53 洲：水中的陆地。渚（zhǔ）：水中的小块陆地。申徒：申徒狄，殷末纣王的贤臣，屡次进谏，王不听后负石而死。《汉书》云：“申徒狄蹈雍之河，徐衍负石入海。不容于世，义不苟取比周于朝以移主上之心。”抗：通“亢”，高尚的。抗迹：高尚的行为。㊿④ 骤：屡次。任：抱着。重任石：一本作“任重石”。何益：指君王终不醒悟又有何等益处？㊿⑤ 絓(guà)结：心有牵挂而忧思郁结。蹇产：曲折，不顺畅。释：排解，释然。

【品评】

前文已经论述《怀沙》是屈原的“绝笔书”，此篇当为《怀沙》、《惜往日》同期之作，是屈原晚年流放于江南的作品。回风即是旋风的意思，此处用“回风之摇蕙”比喻谗佞之人对屈原的迫害。因此，由秋天外物的感发，产生了全篇的抒情。可以说，本篇是屈原所有作品中叙事成分最少而抒情较多的作品。

读此篇不难发现，文中三次提到彭咸，而《抽思》、《思美人》只提到一次，《离骚》提到两次，表明该篇是以彭咸为核心来表明志向。林云铭在《楚辞灯》中言：“开手提出造思、志介，则篇中许多思字、许多介字，俱本于此生出来。”此说颇含新意。我们由此沿着与彭咸有关的“造思”与“志介”来串联本诗篇的线索。“许多思”涵盖了对“惟佳人之永都”、“惟佳人之独怀兮”的思考，虽愁苦不解、叹气自悼、辗转反侧，亦怀着与圣人一起“统世而自贶”的志向去流死流亡。屈原的“许多介”在“折若椒”、“兰茝幽”、“心调度而弗去兮，刻著志之无适”中表现出来。屈原在“思”与“介”中独自孤独抆泪，用登山处幽却无应和作为比喻，来说明唯有乘着波涛，寻找彭咸的居所才是自救的途径。既而在梦里登上高崖抚摸青天，餐露漱霜，依风穴而休息。此等丰富的想象及极富浪漫气息的描写，使我们不由地联想到李白的《梦游天姥吟留别》。但屈原翻身醒来才知是梦，于是屈原便依昆仑山俯瞰清江被云雾所遮蔽，听波涛之汹涌奔流而不知所从。在此等心情和境遇下，屈原愿多借时光往来神游天地，得圣贤所居而不改变铭刻于心的志向和理想。最终用乱辞来总结全篇，表明自己依圣贤而借死明志的决心。但仍担忧顷襄王这位壅君将长久被蒙蔽终使楚国沦丧，即便此刻一死却也无用，故始终忧闷不解。

《悲回风》在写作上最明显的艺术特点是联绵词和叠字的运用，如“仿佛”、“相羊”以及“超惘惘”、“穆眇眇”、“邈蔓蔓”、“缥绵绵”、“愁悄悄”等。

吴广平在《楚辞全解》中引钱锺书《管锥编》云:“此篇和《涉江》、《湘夫人》‘皆开后世诗文写景之法门,先秦绝无仅有’。”其次,本篇从不同的视角来刻画屈原自身的矛盾心理,抒写感情。姜亮夫在《屈原赋校注》中言:“诗文描绘心思,出入内外远近不同之情,上下左右前后之态。而仍不知所止,悲感与思理相挟持,而遂思入眇茫,从彭咸之所居。既至天上,忽又感烟雨之终不可永久浮游上天,遂思追踪介子伯夷。既睹申徒之死无益,又自回惑不解!”此说颇为精准恰当。

远　游

悲时俗之迫阨兮，愿轻举而远游。[①]
质非薄而无因兮，焉讬乘而上浮？[②]
遭沉浊而汙秽兮，独郁结其谁语！[③]
夜耿耿而不寐兮，魂营营而至曙。[④]
惟天地之无穷兮，哀人生之长勤。[⑤]
往者余弗及兮，来者吾不闻。[⑥]
步徙倚而遥思兮，怊惝怳而乖怀。[⑦]
意荒忽而流荡兮，心愁悽而增悲。[⑧]
神儵忽而不反兮，形枯槁而独留。[⑨]
内惟省以端操兮，求正气之所由。[⑩]
漠虚静以恬愉兮，澹无为而自得。[⑪]
闻赤松之清尘兮，愿承风乎遗则。[⑫]
贵真人之休德兮，美往世之登仙。[⑬]
与化去而不见兮，名声著而日延。[⑭]
奇傅说之讬辰星兮，羡韩众之得一。[⑮]
形穆穆以浸远兮，离人群而遁逸。[⑯]
因气变而遂曾举兮，忽神奔而鬼怪。[⑰]
时仿佛以遥见兮，精皎皎以往来。[⑱]
绝氛埃而淑尤兮，终不反其故都。[⑲]
免众患而不惧兮，世莫知其所如。[⑳]
恐天时之代序兮，耀灵晔而西征。[㉑]
微霜降而下沦兮，悼芳草之先零。[㉒]
聊仿佯而逍遥兮，永历年而无成！[㉓]
谁可与玩斯遗芳兮？晨向风而舒情。[㉔]
高阳邈以远兮，余将焉所程？[㉕]
重曰：春秋忽其不淹兮，奚久留此故居？[㉖]

轩辕不可攀援兮，吾将从王乔而娱戏！[27]
餐六气而饮沆瀣兮，漱正阳而含朝霞。[28]
保神明之清澄兮，精气入而粗秽除。[29]
顺凯风以从游兮，至南巢而壹息。[30]
见王子而宿之兮，审壹气之和德。[31]
曰："道可受兮不可传；[32]
其小无内兮，其大无垠；[33]
无滑而魂兮，彼将自然；[34]
壹气孔神兮，於中夜存；[35]
虚以待之兮，无为之先；[36]
庶类以成兮，此德之门。"[37]
闻至贵而遂徂兮，忽乎吾将行。[38]
仍羽人於丹丘兮，留不死之旧乡。[39]
朝濯发於汤谷兮，夕晞余身兮九阳。[40]
吸飞泉之微液兮，怀琬琰之华英。[41]
玉色頩以脕颜兮，精醇粹而始壮。[42]
质销铄以汋约兮，神要眇以淫放。[43]
嘉南州之炎德兮，丽桂树之冬荣。[44]
山萧条而无兽兮，野寂漠而无人。[45]
载营魄而登霞兮，掩浮云而上征。[46]
命天阍其开关兮，排阊阖而望予。[47]
召丰隆使先导兮，问大微之所居。[48]
集重阳入帝宫兮，造旬始而观清都。[49]
朝发轫於太仪兮，夕始临乎於微闾。[50]
屯余车之万乘兮，纷溶与而并驰。[51]
驾八龙之婉婉兮，载云旗之逶蛇。[52]
建雄虹之采旄兮，五色杂而炫耀。[53]
服偃蹇以低昂兮，骖连蜷以骄骜。[54]
骑胶葛以杂乱兮，斑漫衍而方行；[55]
撰余辔而正策兮，吾将过乎句芒。[56]

历太皓以右转兮，前飞廉以启路。[57]
阳杲杲其未光兮，凌天地以径度。[58]
风伯为余先驱兮，氛埃辟而清凉。[59]
凤凰翼其承旂兮，遇蓐收乎西皇。[60]
擥彗星以为旍兮，举斗柄以为麾。[61]
判陆离其上下兮，游惊雾之流波。[62]
时暧曃其曭莽兮，召玄武而奔属。[63]
后文昌使掌行兮，选署众神以並毂。[64]
路曼曼其修远兮，徐弭节而高厉。[65]
左雨师使径侍兮，右雷公以为卫。[66]
欲度世以忘归兮，意恣睢以担挢。[67]
内欣欣而自美兮，聊媮娱以自乐。[68]
涉青云以汎濫游兮，忽临睨夫旧乡。[69]
仆夫怀余心悲兮，边马顾而不行。[70]
思旧故以想象兮，长太息而掩涕。[71]
汜容与而遐举兮，聊抑志而自弭。[72]
指炎神而直驰兮，吾将往乎南疑。[73]
览方外之荒忽兮，沛罔象而自浮。[74]
祝融戒而还衡兮，腾告鸾鸟迎宓妃。[75]
张咸池奏承云兮，二女御九韶歌。[76]
使湘灵鼓瑟兮，令海若舞冯夷。[77]
玄螭虫象並出进兮，形蟉虬而逶蛇。[78]
雌蜺便娟以增挠兮，鸾鸟轩翥而翔飞。[79]
音乐博衍无终极兮，焉乃逝以徘徊。[80]
舒并节以驰骛兮，逴绝垠乎寒门。[81]
轶迅风於清源兮，从颛顼乎增冰。[82]
历玄冥以邪径兮，乘间维以反顾。[83]
召黔嬴而见之兮，为余先乎平路。[84]
经营四荒兮，周流六漠。[85]
上至列缺兮，降望大壑。[86]

下峥嵘而无地兮，上寥廓而无天。[87]

视儵忽而无见兮，听惝恍而无闻。[88]

超无为以至清兮，与泰初而为邻。[89]

【注 释】

① 时俗：当世的习俗，即社会风气。迫：胁迫，逼迫。阨(è)：困厄。一本作"隘"。迫阨：指受到楚国朝廷嫉妒贤能风气的胁迫与困厄。轻举：轻身飞举。远游：王夫之说："远尘而游于旷杳。"② 质：性质，资质。菲薄：浅薄。此指屈原欲效仿神仙真人，轻身飞举，云游四方，但为俗骨凡胎不能遂愿。因：一本作"由"，凭靠。讬：依托。乘：本指车乘，此指神仙真人上浮所凭之工具。③ 沈浊、汙秽：王逸注云："逢遇闇主，触谗佞也。"认为"沈浊"指君主的昏闇不明，"汙秽"指谗言佞语。姜亮夫言："沈浊指放斥，汙秽指被谗。"亦通。郁：忧郁，烦闷。结：积聚、累积。语：告诉。谁语：即"语谁"。④ 耿耿：心中不安的样子。不寐：不能入睡。营营：王逸注云："精魂怔忪不寐，故至曙也。"即惶恐不安之义。⑤ 惟：思。勤：劳苦。⑥ 往者：指前世圣贤。王逸注云："三皇五帝，不可逮也。"来者：后世的圣哲。王逸曰："后虽有圣，我身不见也。"胡文英说："往不及，来不闻，即陈子昂'前不见古人，后不见来者'之意。"⑦ 徙倚：流连徘徊的样子。遥思：思绪悠远。怊(chāo)：怅恨，悲伤。惝怳(chǎng huǎng)：心神不安的样子。乖：错乱，悖逆。乖怀：姜亮夫云"与素怀相乖"之义。⑧ 意：思绪。荒忽：通"恍惚"，思绪不定。流荡：流动不定。愁悽：忧愁，凄苦。⑨ 神：精神。儵(shū)忽：极快的样子。反：返回。形：形貌，身体。枯槁(gǎo)：干枯。⑩ 内：内心。端操：端正节操。正气：正大、正直之气。⑪ 漠：漠然。虚静：与下句"无为"一样，本道家名词，是道家追求的理想境界。恬愉：恬静、愉乐。澹(dàn)：同"淡"，恬淡，无所争求。自得：自得其乐。⑫ 赤松：神话传说中的古仙人。洪兴祖注云："《列仙传》：赤松子，神农时为雨师，服水玉，教神农，能入火自烧。至昆仑山上，常止西王母石室，随风雨上下。炎帝少女追之，亦得仙俱去。张良欲从赤松子游，即此也。"清尘：指清静无为的事迹。承：秉承，继承。风：教化。承风：秉承教化。遗则：遗留下来的法则。⑬ 贵：以……为贵，指珍视。真人：修炼得

道者谓之真人。是道家名词，有多义，多指得道之人。休：美。美：以……为美，引申为赞美、羡慕。往世：过去的真人、仙人。登仙：升仙。⑭ 与：俱。化去：指形体隐藏而不可见。王逸注云："变易形容，远藏匿也。"朱熹云："身隐而不可见，独有名字可闻耳。"著：昭著。日：每日，日日。延：绵延不绝。⑮ 奇：以……为奇，指惊奇、赞叹。傅说(yuè)：殷高宗武丁时的贤相。传说傅说死后，其精神化为星辰。《庄子·大宗师》："傅说得之，以相武丁，奄有天下，乘东维，骑其尾，而比于列星。"羡：羡慕。韩众：传说中的古代仙人。《列仙传》："齐人韩终(众一本作终)为王采药，王不肯服，终自服之，遂得仙也。"得一：得宁静专一之道。⑯ 形：形体。穆穆：沉静安详的样子。《诗经》有"穆穆文王"。浸远：渐渐远去。遁逸：隐遁，隐逸。⑰ 因：凭借。气变：神仙真气的变化。王逸认为"气变"是指乘风蹈雾。曾(zēng)：通"增"。洪兴祖曰："曾，音增，高举也。"曾举即高飞。忽：倏忽，迅速。神奔而鬼怪：形容仙人倏忽往来，变幻怪异，如神鬼出没。林云铭云："忽如神鬼出没，其变幻不可端倪。"⑱ 时：有时。遥见：远远地看见。精：神灵。皎皎：同"皎皎"，明亮的样子。⑲ 绝：超越。氛埃：指世俗的浊气和尘埃。洪兴祖注曰："氛，妖氛。"淑：善，美好。尤：当作"邮"。"邮"作名词为传舍，作动词为经过，引申为旅游、行游。绝氛埃而淑尤，即超越浊气尘埃而作美好的行游之意(从金开诚说)。故都：旧居。⑳ 免：避免，免除。众患：各种忧患、陷害。惧(jù)：害怕，畏惧。所如：所之，所去的地方。㉑ 恐：害怕。天时：日月年岁的运转。代序：时序更相替换。耀灵：指太阳。洪兴祖注云："《博雅》云：'朱明、耀灵、东君，日也。'潘安仁云：'曜灵晔而遄迈。'皆用此语。"晔(yè)：闪光的样子。西征：日西行。㉒ 沦：降落。㉓ 聊：姑且、暂且。仿佯(páng yáng)：徘徊、游荡。逍遥：优游自得的样子。永：久长。永历年：经过了许多年，年复一年。成：成就。㉔ 玩：玩赏，欣赏。遗芳：遗留的芳草。蒋骥云："芳草遗芳，屈原自指。"晨：当从一本作"长"，形近而误。晨向风：当为"向长风"。舒情：舒缓情怀。㉕ 高阳：颛顼之号，屈原的始祖，详见《离骚》注释。邈(miǎo)：远。程：法，取法。㉖ 重曰：王逸注云："愤懑未尽，复陈辞也。"指一再陈辞。春秋：指岁月，时间。忽：急速的样子。淹：滞留，久留。奚：为什么。故居：旧居。㉗ 轩辕：黄帝。《史记·五帝本纪》："黄帝者，少典之子，姓公孙，名轩辕。”援：牵引，攀附。王乔：即王子乔，神话中的古仙人。娱戏：娱乐，游戏。㉘ 餐：吞食。六气：王逸注引《陵阳子明经》，以天地四时为六气。沆瀣（hàng xiè）：北方夜半之气，即清露。漱（shù）：漱口。正阳：南方日中气。㉙ 保：保持。神明：指人的精神。清澄：清净澄澈。精气：六气。㉚ 凯风：南风。《尔雅·释天》：“南风谓之凯风。”南巢：南方凤鸟栖居的地方。壹息：稍微休息。㉛ 王子：王子乔。宿：住宿。审：探求。壹气：精纯不杂之气。和德：正气中和。㉜ 曰：指王子乔说。道：修仙养气之道。指修心养气之道可以心领神会，而不可以言传。㉝ 其：指道。小无内：小到极点，在其范围内不能再分剖出更小的东西。大无垠：大到极点，没有边际。㉞ 无：不要，别。滑（gǔ）：乱。而：尔。魂：人的精神。彼：指魂。㉟ 壹气：与上文“审壹气之和德”的“壹气”同，指精纯不杂之气。孔：甚，很。孔神：甚为神妙。中夜：半夜。存：存在。㊱ 虚以待之：以虚静来对待万物。无为之先：不要先有作为。㊲ 庶类：众多的物类，万物。此德：指上文的“壹气之和德”。门：门径。以上两句说：万物的形成，都是由于这精纯元气的作用。㊳ 至贵：此处指至为珍贵的神秘之言。遂：于是，就。徂（cú）：往。忽：迅速。行：出行。㊴ 仍：因，就。羽人：神话中能飞升的仙人。丹丘：王逸云：“昼夜常明也。《九怀》曰：‘夕宿乎明光，明光即丹丘也。’”留：停留，留止。不死之旧乡：指神仙所居之地。㊵ 朝：早晨。濯（zhúo）：洗。汤（yáng）谷：神话中的地名，相传是太阳升起的地方。夕：傍晚。晞（xī）：晒干。九阳：指太阳。㊶ 吸：饮。飞泉：六气。洪兴祖注云：“六气日入为飞泉。”怀：服食。琬琰（wǎn yǎn）：美玉。华英：美玉之花的精华。㊷ 玉色：汪瑗注云：“谓色之温润如玉也。”頩（pīng）：颜色美好。脕（wàn）：光泽。脕颜：指脸上有光泽。精：精神、精力。醇：厚。粹：不杂。以上两句说：面容像美玉那样气色好而有光泽，精气醇厚纯正而开始壮盛。㊸ 质：指未成仙得道之前的形体。销铄：消溶。汋（zhúo）约：同“绰约”，体态柔弱而美好的样子。神：精神。要眇（miǎo）：精微的样子。一说指深远的样子。淫放：指精神充沛，旺盛。㊹ 嘉：赞美。南州：泛指南方。炎德：以四方分属五行，南方于五行属于火，本阴阳家旧说。丽：与上文“嘉”是对文，亦是赞美之义。桂树：亦称桂花，是一种常绿植物。荣：茂盛。桂树寒冬不凋，枝叶繁茂。详见《招隐士》。㊺ 萧条：冷落、寂寥。野：旷野。寂漠：空旷、冷清。㊻ 载：承载。营魄：指经过修炼的体魄。霞：同“遐”，远。登霞：即往远方。掩：遮蔽。掩浮云：指升到云层之上，被浮云遮蔽。上征：向上远征，指上升于天。㊼ 阍(hūn)：守门人。天阍：天庭的守门人。关：天门。排：推开。阊阖(chāng hé)：神话中的天门。予：我。㊽ 召：召唤，招来。丰隆：神话中的云神。先导：前导，开路。问：寻访。大微：太微，星名，在北斗之南，轸宿和翼宿之北。此指天庭。㊾ 集：积聚。造：至，到。旬始：星名。清都：《列子》：“清都紫微，钧天广乐，帝之所居。”㊿ 轫(rèn)：停车时抵住车轮的木块。洪兴祖注云：“轫，止车之木，将行则发之。”太仪：天帝之庭。临：到达。於微闾：与於无闾、醫巫闾为一声之变，是神话中的山名。51 屯：聚集。乘(shèng)：数量词，古以四匹马拉一车为一乘。万乘：形容车辆众多。纷：众多的样子。溶与：即“容与”，指车辆舒缓徐行。52 驾八龙：以八龙驾车。婉婉：蜿蜒貌。载：带着。云旗：以云为旗。逶蛇(wēi yí)：形容云旗飘卷而又伸展的样子。53 建：立，树立。雄虹：彩虹。旄(máo)：竿顶用旄牛尾装饰的旗。炫耀：光彩闪耀。54 服：古时以四马驾一车，中间夹辕的两匹马称为服。偃蹇(yǎn jiǎn)：矫健的样子。低昂：指马在驰骋时马首的俯仰低昂。骖：指在服马外侧拉套的马。连蜷：马蹄屈伸的样子。骄骜：放纵恣肆的样子。55 骑(jì)：车马。胶葛：车马交错杂乱的样子。斑：通“班”，分布。这里用作副词，指车马分列的样子。漫衍：形容车马分布多广。方行：并行。56 撰：持、拿。辔(pèi)：马缰绳。策：马鞭。句(gōu)芒：东方木官之神。57 历：经过。太皓：即“太昊”。传说中东方的古帝王。右转：游历东方之后向右转弯，而游西方。飞廉：神话中的风神(从王逸说)。启路：开路，先导。58 阳：太阳。杲杲(gǎo gǎo)：日出光辉明亮的样子。未光：指太阳尚未升起，还未放出光芒。凌：超越、越过。天地：指天地之间，即从东方到西方之间的天地空间。径：直。径度：径直越过。59 风伯：神话中的风神，即上文的飞廉。先驱：前导，开路。氛埃：浊气，尘埃。辟：消除。60 翼：翼然，翅膀张开的样子。旍：同“旗”。蓐(rù)收：西方之神。西皇：西方之帝，即少皞。61 擥(lǎn)：同“揽”，持。彗星：绕着太阳运行的一种星体，分彗核和彗尾两部分。旍(jīng)：同“旌”，古代的一种用旄牛尾或彩色鸟羽装饰于竿顶的旗子。斗柄：北斗七星之柄。麾(huī)：古时用以行军指挥的旗子。㉒ 判：纷。陆离：详见《离骚》注释。上下：形容旌旗忽高忽低，上下飘舞的样子。惊雾：指急速流动的浮云。惊雾之流波：指像汹涌的流水那样急速流动的浮云。㉓ 曖曃(ài dài)：昏暗不明的样子。曭(tǎng)莽：昏暗的样子。玄武：北方之神。传说其形象是龟与蛇的合体。奔属(zhǔ)：奔走相随。㉔ 文昌：星名，属紫微垣，由六颗星组成。掌行：谓掌管行路的事宜。毂(gǔ)：车轮中心安插车轴的部分，其作用相当于现在的轴承。此以部分代整体，指车。㉕ 曼曼：通"漫漫"，路途遥远的样子。修：长。徐：缓慢地。弭(mǐ)：停止。节：旌节。高厉：高迈，高远。㉖ 径侍：直接侍卫。㉗ 度世：超越尘世。忘归：忘记回归人间。恣睢(zì suī)：放纵任性，无拘无束的样子。担挢(jiē jiāo)：联绵词，也是意志纵放之意。㉘ 内：内心。欣欣：喜悦的样子。自美：自己感到很得意。聊：姑且。媮(yú)：乐。自乐：自得其乐。㉙ 涉：渡。涉青云：指踏入云端。汎滥：无边无际。临睨：居高临下地俯视。㉚ 边马：朱熹云："边，旁也。谓两骖也。"顾：回头看。㉛ "思旧故"二句：王逸注云："恋慕朋友，念兄弟也。喟然增叹，泣沾裳也。屈原谓修身念道，得遇仙人，讬与俱游，周历万方，升天乘云，役使百神，而非所乐，犹思楚国，念故旧，欲竭忠信，以宁国家，精诚之至，德义之厚也。"㉜ 氾：漂浮不定的样子。容与：逍遥，悠闲自得。遐：远。遐举：指登天远行。抑志：按捺自己的情志。自弭：自我遏制。㉝ 炎神：南方之神，即古代神话中的火神祝融。直驰：径直驰骋。南疑：指九嶷山，又名苍梧山。㉞ 方外：四方荒远之地。荒忽：形容边远之地广阔，无边无垠的样子。沛：流动的样子。罔象：同"罔瀁"，水盛的样子。自浮：自身浮动。㉟ 祝融：南方之神。戒：告诫。衡：车辕前的横木，代指车。还衡：指调转车的前进方向。腾：飞驰。鸾鸟：神话中凤凰一类的鸟。宓(fú)妃：神话中的洛水女神。㊱ 张：陈设。咸池、承云：古乐名。二女：指尧的两个女儿娥皇、女英。御：侍奉。九韶：乐曲名。㊲ 湘灵：湘水之神。瑟：一种弦乐器。鼓瑟：弹奏瑟。海若：神话中的海神名。冯夷：即河伯，神话中河神(从王逸说)。此指命令海若冯夷跳舞。㊳ 玄：黑色。螭(chī)：传说中的一种无角龙。象：罔象，传说中的水中神兽。形：形体，体态。蟉虬(liú qiú)：盘曲的样子。逶蛇：蜿蜒而动的样子。㊴ 蜺：同"霓"，副虹。主虹为虹，副虹为蜺。霓位于主虹外侧，色彩较为浅淡。便(pián)娟：体态轻盈美好的样子。挠：缠绕。轩翥(zhù)：高飞的样子。⑧⓪ 博衍：博大、漫衍。逝：往，去。⑧① 舒：纵，放缓。逴(chùo)：超越(从汪瑗说)。绝垠：天际。寒门：王逸注曰："北极之门。"⑧② 轶(yì)：泛指超越。迅风：疾风。清源：蒋骥云："清源，水源，谓北海也。"颛顼：北方之帝。增冰：指层层累积的冰山。⑧③ 历：经过。玄冥：北方之神。邪径：绕道。乘：升。间维：指天的区域划分。反顾：回头看。⑧④ 黔嬴：当作"黔赢"，天上造化之神。平路：铺平道路。⑧⑤ 经营：往来周旋。四荒：四面荒远的地方。周流：周游，遍游。六漠：六合，指上下与四方。⑧⑥ 䟗：同"缺"。列䟗：天上的缝隙。降望：俯视。大壑：大海。⑧⑦ 峥嵘：深远貌。无地：超越地之下。寥廓：辽阔、广远的样子。无天：超越天之上。⑧⑧ 倏忽：迅急的样子。指看起来模糊不清。惝怳(chǎng huǎng)：指听起来模糊不清。⑧⑨ 超：超越。无为：道家一哲学概念，指顺乎自然，无所作为。至清：至清明的境界。泰初：形成天地万物的元气之始初。与泰初为邻：指返归到元气始萌，万物初生的状态中，达到清静无为的境界。

【品 评】

此篇作者是否为屈原，存在争议。王逸《楚辞章句》云："《远游》者，屈原之所作也。"历代无异词，至清代胡濬源《楚辞新注求确》始提出怀疑，因此篇"说神仙事"而定为汉人所作。其后吴汝纶《古文辞类纂》评点中又指出："此篇殆后人仿《大人赋》托为之。"其遂影响于廖平、胡适、陆侃如、胡小石、郭沫若。然王夫之、王邦采、蒋骥、胡文英、梁启超、姜亮夫、陈子展、汤炳正等仍力持王逸说。从《远游》传授渊源、《楚辞》古本篇次、屈原思想之丰富多元、《楚辞》纂辑过程来看，《远游》当为屈原作。

此篇凡四部分：首述因"时俗之迫厄"而"轻举而远游"之由；次述羡慕往古仙人，自叹天时代序、功业无成；复述往见仙人王子乔，得其传授秘诀，因此养气炼质；末叙"远游"过程，从东到西，从南到北，后又经营四荒，周流六漠，最后见天地之无穷，而"与泰初而为邻"。明代张京元《删注楚辞》说："原既见放，蹙蹙靡骋，爰赋《远游》，托志冲举，已见《离骚》，复广而申之云尔。"王夫之《楚辞通释》云："此篇所赋，与《骚》经卒章之旨略同而畅言之。”元代祝尧又在艺术上予以评述：“其辞皆用庄周寓言同有，非复诗人托兴之义，大抵用赋体也。后来赋家为宏衍钜丽之词者，莫不祖此。”而《远游》又为后世游仙诗之祖，《文选》单列游仙类，其中所收郭璞游仙诗，方东树《昭昧詹言》指出：“本屈子《远游》之旨而拟其辞，遂成佳制。”可见其在文学史上的影响。

卜　居

屈原既放，三年不得复见①。竭知尽忠，而蔽鄣于谗②。心烦虑乱，不知所从③。乃往见太卜郑詹尹曰："余有所疑，愿因先生决之。④"

詹尹乃端策拂龟曰："君将何以教之⑤？"

屈原曰："吾宁悃悃款款，朴以忠乎⑥？将送往劳来，斯无穷乎⑦？宁诛锄草茅，以力耕乎⑧？将游大人，以成名乎⑨？宁正言不讳，以危身乎⑩？将从俗富贵，以媮生乎⑪？宁超然高举，以保真乎⑫？将哫訾栗斯，喔咿儒儿，以事妇人乎⑬？宁廉洁正直，以自清乎⑭？将突梯滑稽，如脂如韦，以洁楹乎⑮？宁昂昂若千里之驹乎⑯？将氾氾若水中之凫乎，与波上下，偷以全吾躯乎⑰？宁与骐骥亢轭乎⑱？将随驽马之迹乎⑲？宁与黄鹄比翼乎⑳？将兴鸡鹜争食乎㉑？此孰吉孰凶？何去何从？世溷浊而不清：蝉翼为重，千钧为轻；黄钟毁弃，瓦釜雷鸣；谗人高张，贤士无名㉒。吁嗟默默兮，谁知吾之廉贞㉓？"

詹尹乃释策而谢曰："夫尺有所短，寸有所长，物有所不足，智有所不明，数有所不逮，神有所不通，用君之心，行君之意㉔。龟策诚不能知事。㉕"

【注 释】

① 既放：已经被放逐。指楚怀王时，屈原忠而见疏、遭谗被谪。三年：此处有两种解释：其一，三为实指。古代大臣被疏远在郊外，需要留守三年才有被召回或赦免的机会，如君命不至，将不得往还。其二，三为虚指，指疏远之日久长。复：再。② 竭：用尽。知：即"智"，才智。鄣：阻隔。蔽障：阻挠。蔽鄣于谗：被谗人所遮蔽堵塞。③ 烦：苦闷。乱：困惑。不知所从：不知道该从何处着手为好。④ 太卜：掌管国家卜筮的官名。郑：卜者的姓，指来自郑国的卜者。詹尹：即"占尹"，当是楚国称卜人的习称（从王泗源说）。郑詹尹：太卜的姓名。决：指决断疑惑。⑤ 端：通"揣（zhuān）"，数。策：蓍草。拂：擦去。龟：卜用龟（龟甲），所谓"灼龟观

兆”。拂龟：先将龟甲拂拭干净，以示虔敬。古人在进行大事之前都要占卜，先用蓍草后用龟壳占卜以预吉凶。曰：指卜者言。教：占问。之：指詹尹自己。⑥ 宁：宁可。悃悃(kǔn)：真心诚意。款款：诚恳忠诚。悃悃款款：忠诚勤恳貌。朴以忠：质朴而又忠心。将：还是，以下皆用“宁……，将……”作为正反态度的对照，此句式表示选择关系。⑦ 劳(lào)：慰劳。送往劳来：迎送款待往来的客人。此指四处周旋，八面玲珑善于逢迎的人。无穷：无休止下去。⑧ 诛：借为“芟”，刈草，铲除，除去。锄：同“钼(chú)”，持着锄头锄草松土。茅：茅草。力耕：认真种地，努力耕作。此指退隐的生活。⑨ 游：结交，交游。大人：指贵人，王侯将相等。游大人：与达官贵人交结游玩。成名：此指博取虚名。⑩ 正言：忠正劝谏之言。讳：避讳。正言不讳：直言谏君，不加隐讳。危身：危及自身，使自己处于危险的境地。⑪ 从俗：顺应俗世。从俗富贵：指随从世俗，食重禄享富贵。媮(tōu)：同“偷”，指苟且偷生。⑫ 超然高举：超然物外，隐逸自放，离尘脱俗的样子。真：本真，本性。⑬ 哫訾(zú zī)：是双声联绵词，金开诚通过整合俞樾及朱季海的考证注云：“指阿谀奉承、忸怩作态以求媚于人的样子。”一说即是《山海经》“足訾”，“见人则呼”的一种兽。栗斯(lì sī)：小心谨敬、献媚的样子。一说即竦斯，《山海经》云其为“见人则跃”的一种鸟。喔咿、儒儿：皆为联绵词，指强颜欢笑的样子。一说喔咿即《山海经》“幽鸮”，“善笑，见人则卧”的一种兽。儒儿：即《山海经》“挥儿”，“见人则笑”的一种兽。四个联绵形容词皆从名词转化而来，前二言指奉承颜色，阿谀奉迎，后二言指谄谀献媚，强作笑噱。事：侍奉。妇人：指楚怀王的宠妃郑袖。⑭ 自清：自我本性的高洁。⑮ 突梯：叠韵联绵词，委曲婉转、油滑应付之貌。滑稽(gǔ jī)：语言辩捷多智，圆滑善媚的样子，此指花言巧语。脂：油脂。韦：熟牛皮。如脂：像油脂那样滑。如韦：像熟牛皮那样软。如脂如韦：言油滑世故，没有骨气。此处用油脂光滑和牛皮的柔软比喻小人的圆滑和娇柔作态。洁：一本作“絜(xié)”，用绳度量圆的周长。楹(yíng)：堂屋前部的圆形柱子。量圆曰絜，屋柱曰楹。絜楹指絜量其柱，欲削方为圆，比喻圆滑之人逢迎随人的随顺世俗，以邀宠求荣。此外，姜亮夫认为，絜楹为持盈，即保全富贵的意思。⑯ 昂昂：出群的样子，此指志气高昂，超群特立貌。驹：少壮的骏马。千里驹：即千里马，比喻施展才力。⑰ 氾氾：同“泛泛”，浮游，漂浮不定的样子。凫(fú)：水鸟，常常群游湖泊中，俗称“野鸭”。与波上下：指与世随波逐流。偷：苟且。躯：身体。⑱ 骐骥：骏马。亢：同“抗”，举。一说，亢即“伉”，并。皆可参考。轭(è)：驾车时套在牛马脖子上的横木。亢轭：并驾齐驱。⑲ 驽马：劣马。迹：脚印、后尘。黄鹄：颜师古云：“大鸟，一举千里。”比翼：齐翼而飞。⑳ 鹜(wù)：鸭子。㉑ 食：糟糠。兴鸡鹜争食：此指与谗人一起争夺俸禄。㉒ 溷(hùn)：肮脏，污浊。溷浊：同“混浊”。钧：古代三十斤是一钧，为重量单位。黄钟：乐律十二律中的第一律，声音最为洪亮，此指乐器。釜：古代炊事用具，即“锅”。瓦釜：陶制的锅，本无声之物。雷鸣：指敲击瓦锅声如雷响。高张：指处在高位而嚣张跋扈。㉓ 吁嗟：慨叹的声音。默默：缄口无言。廉贞：廉洁忠贞。㉔ 谢：辞谢。尺有所短、寸有所长：尺量长物必短，寸量短物而显长。智有所不明：聪慧的人也有糊涂的时候。㉕ 数：龟策的卦数。逮：推及。知事：推知事情的结果。

【品 评】

《卜居》之“居”，即《离骚》结尾“吾将从彭咸之所居”之“居”。居，处，这里指“自处之方”，即如何清醒而正确地对待社会现实与自己的志行。关于《卜居》的写作年代，熊任望以为作于《惜诵》之后，《离骚》之前，此说完全可信。屈原与楚怀王有一种特殊的知遇之感，虽然出身于没落贵族家庭，却由于“博闻强志，明于治乱，娴于辞令”(《本传》)，而一度受到怀王信任，出任左徒。尽管他“竭智尽忠”，却受到毫无思想准备的沉重打击，忠而见疏，遭谗被谪。当时他被放任外所，来到汉北，因以忠获罪，无可告诉，故托问卜以号之。一则有《惜诵》假托厉神占梦，二则有《卜居》虚拟詹尹占卜，三则有《离骚》幻设灵氛占卜，巫咸降神。这里要说明的是，屈原之占卜，并非如王逸所云，“心迷意惑，不知所为”，而是如朱熹所云，“屈原哀悯当世之人，习安邪佞，违背正直；故阳为不知二者之是非可否，而将假蓍龟以决之，遂为此词”。洪兴祖说得更清楚，“此篇上句皆原所从，下句皆原所去。时之人去其所当从，从其所当去。其所谓吉，乃原所谓凶也”。概言之，原之占卜，其意有四，一则以警世俗，二则以砭现实，三则发抒愤慨，四则彰己独志。他并无待决之疑，他对“何去何从”是坚定、分明、执着、自信的。

屈原采用了庙堂与民间的卜筮贞问方式，带有强烈的巫术宗教气息，他所发问的内容，则完全是南方哲人那种理性批判精神与清醒执着的价值取向、人生抉择。

屈原请詹尹“决之”的是八个方面，正反对比，蝉联成文。均用“宁……将……”句式以表选择。宁，宁肯、宁愿、宁可。将，还是。从内容上看，“宁……”与“将……”，组成一对问句，先褒后贬，前后相反，因而是非取舍，昭然若揭，作者是因愤而问，问中有答。先看一、三、五句，正面是诚诚恳恳，质朴尽忠；正言直谏，不避忌讳，甘冒危险；廉洁正直，保持清白。反面是送往迎来，随处周旋，委蛇无穷；顺从世俗，获得富贵，苟且偷生；油滑柔软，谄媚善辩，浊世得志。这是肯定自己忠于君国，正道直行，而鄙夷随波逐流，从俗富贵。

其次是第二问。正面是隐退自全，躬耕南亩，反面是游说诸侯，出仕他国，一举成名。这是说宁愿失意隐退，也不愿出仕他国。这种执着的爱国情感在《惜诵》中已露端倪，他否定了“高飞而远集”，不愿离楚他适；这在《离骚》中表现得更是淋漓尽致，国无人而莫吾知兮，又莫足与为美政，而出仕他国则可能得到知音，两美必合，矩矱所同；自然可以推行美政，实现理想。但他宁愿放弃立取卿相、前景灿烂的选择，也不愿离开故国、故乡。他在《惜诵》与《卜居》中，肯定了隐居避祸，“矫兹媚以私处兮，愿曾思而远身”（《惜诵》），但到了《离骚》，则又作了否定，他“退将复修吾初服”，意志更坚，决心效法前修，斗争到底，以身殉志。屈原的伟大，正在于不断调节，不断完善，至于臻美、伟岸。

再次是第四问。正面是超然世外，远走高飞，归真返朴，任性逍遥，反面是像“见人则呼”的足訾（呢訾）、“见人则跃”的竦斯（栗斯）、“善笑，见人则卧”的幽鴳（喔咿）、“善投，见人则笑”的挥儿（儒儿）那样奉颜承色、谄谀献媚。妇人，朱熹指为郑袖，五臣注为“君之所宠者”，据《淮南子·主术训》“顷襄好色，不使风议，而民多昏乱”，但此诗作于怀王时，因为第二、四问是正面肯定的，至《离骚》均作了明确、果断的否定，思想升华到新的境界。怀王时郑袖得宠，参与乱政，史有明载。则屈原所遇，既有小人谗佞，又有妇人干政，可见现实之黑暗，保全美质懿行之艰难。

最后是六、七、八问。正面是若千里马，志行昂昂，与骐骥并驾齐驱，与黄鹄比翼高飞。反面是像水中野鸭浮浮泛泛，随波逐流，苟且图安以保全躯壳，乃至于步驽马之迹，拖拖沓沓，与野鸭争食，恬不为怪。屈原此处正喻自己立志高远，独行其是，不屑随从流俗，与世沉浮，浑浑噩噩，沦落末流。虽与一、三、五问批判、否定的相近，但是立足点不同，前者侧重于为政之德，后者侧重于立志之远，前后辉映，回环往复。

以上为请卜之词，抑扬之气，激愤之情，喷薄而出，一气贯注。但结束问卜内容的不是一般问卜者殷切期待决疑的心理表现，而是就请卜之词大发感慨，矛头直指当世社会，针砭现实，词锋犀利。从全诗来看，这是由设问、喻托转入本题，说明愤之根源、问之由来；就局部而言，诗人又用了两个比兴来突出"谗人高张，贤士无名"，高张则高官尊显，自多压人；无名则默默无闻，老死沟壑，无人问津。蝉翼、千钧，这相反方向的夸张构成极其鲜明的对比，令人触目惊心。黄钟、瓦釜，雅俗之别，可拟天壤；现在竟至颠倒如此，社会还有什么公理、天理存在？又有谁能知道屈原的廉洁忠贞？与其说请詹尹占卜决疑，倒不如说诗人虚设卜问，借此抒愤，这是对那个黑暗丑恶社会的血泪控诉，是伟人孤独感的外在表现。

《卜居》末段，既然屈原是无疑而问，那么，詹尹也就无卜可占。詹尹的回答，用当时流行谚语出之，"尺有所短，寸有所长"，尺寸是长短的标志，可是名义上是一尺，实际可能要短一点；名义上是一寸，实际上可能要长一点。太卜以尺寸不一定完全准确，比喻卜筮是替人决疑的，但并不是所有的疑都能决。而从屈原的虚设答辞来看，仍是生不逢时，有志不获骋的悲慨。《新序》卷五曾有一段阐述："夫尺有所短，寸有所长。骅骝騄骥，天下之骏马也，使之与狸鼬试于釜灶之间，其疾未必能过狸鼬也。黄鹄白鹤，一举千里，使之与燕服翼试之堂庑之下，庐室之间，其便未必能过燕服翼也。"可以视为与《卜居》骏马黄鹄之喻比较贴切的诠释。"物有所不足"句，亦为当时熟语，颇有辩证味道，《吕氏春秋·别类》"目固有不见也，知固有不知也，数固有不及也"，其意与此相近。实际上是屈原站在更高层次上看待社会、人生的深刻理智的认识与自我宽解的途径。"用君之心，行君之意"，它是屈原遇挫反思后的宣言，突然而来的巨大打击曾经使他心烦意乱，不知所从，甚至对原来的所作所为产生怀疑，试图作其他选择，试图压抑自己的固有个性,但经过痛苦的反思后则变得更加理智,颇有一往直前、九死未悔的气概。因而全诗的最后一句竟是借太卜之口,宣布神灵对屈原的“何去何从”无能为力,既不能决疑,又不能指点迷津,揭示征兆。这对卜筮方式、魔力、神奇的理智否定,是对全诗叙述的一个“反驳”。提示我们,必须在无神论的基础上认真审视这篇披着宗教外衣的作品,它不过借助了原始宗教降神占卜的贞问句式与对答体,实际上表明了屈原之志坚韧不拔,困苦茕独不悔,灵巫神明难移,直与“天地同寿”、“日月齐光”!

屈原的个性特点是敏感多愁、富于激情、充满忧郁。所以他那理智、冷静、哲理、抽象的内在视觉,总是借助于奇峰突起式的、爆发式的抒情载体。而连绵不绝排山倒海喷涌而出的“诘问”,则是他尤其擅长的手法,也最能使我们受到心灵震撼。《卜居》最精彩之处就在于明知故问,借问明志而泄愤。八问之中,一、二问还多少带有两者可供选择的性质,从第三问开始,其反面已分明为正人所不齿,根本无所谓选择,而愈往下感情愈激越,到六、七、八三问,直以动物为比,清醒之中带有狂态,已由不平、郁邑,至于愤激、悲怆,终于成为呼号、啸鸣,随着感情潮水的奔腾冲刷,我们似乎看到了屈原苦苦追求、冥思索解的痛苦憔悴之容,亦仿佛听到了屈原呼天抢地、声泪俱下的“天问”!

渔　父

屈原既放[1]，游於江潭[2]，行吟泽畔[3]，颜色憔悴[4]，形容枯槁[5]。

渔父见而问之曰[6]："子非三闾大夫与[7]？何故至於斯[8]！"

屈原曰："举世皆浊我独清，众人皆醉我独醒，是以见放[9]！"

渔父曰："圣人不凝滞於物，而能与世推移[10]。世人皆浊，何不淈其泥而扬其波[11]？众人皆醉，何不铺其糟而歠其酾[12]？何故深思高举，自令放为？[13]"

屈原曰："吾闻之，新沐者必弹冠，新浴者必振衣[14]；安能以身之察察，受物之汶汶者乎[15]！宁赴湘流，葬於江鱼之腹中。安能以皓皓之白，而蒙世俗之尘埃乎[16]！"

渔父莞尔而笑[17]，鼓枻而去[18]，乃歌曰："沧浪之水清兮，可以濯吾缨[19]。沧浪之水浊兮，可以濯吾足。"遂去，不复与言[20]。

【注 释】

① 既放：已被驱逐。盖指"上官大夫短屈原于顷襄王，顷襄王怒而迁之"一事。② 江：沅江，也可指沅湘之间。与下文"宁赴湘流，葬於江鱼之腹中"相互对应。潭（xún）：同"浔"，水边深处。③ 行吟：边走边吟咏。泽：水集聚的地方。畔：岸边。④ 颜：两眉之间，指印堂。色：面部表情。憔悴：瘦弱萎靡的样子。⑤ 形容：仪态容貌。枯槁（gǎo）：羸瘦。⑥ 渔父：渔翁，指捕鱼的老人。此"父"是对从事某行业人的美称，多指年老的。⑦ 子：指屈原。非……与：否定疑问句的固定格式，译为"难道不是……吗？"三闾大夫：楚国的官名，主管昭、屈、景三姓王族的事宜。王逸《楚辞章句·离骚经序》云："屈原与楚同姓，仕于怀王，为三闾大夫。三闾之职，掌王族三姓，曰昭、屈、景。屈原序其谱属，率其贤良，以厉国士。入则与王图议政事，决定嫌疑出则监察群下，应对诸侯。谋行职修，王甚珍之。"经考证，战国三大姓昭、屈、景均源于楚王族，与楚王同姓。昭氏源于楚昭王，屈氏源于楚武王，景氏源于楚平王。⑧ 斯：这里。⑨ 举世：整个世

界。醉、醒：此处针对世人评断是非而言。见：被。⑩ 不凝滞於物：指圣人不被外物所拘泥牵绊。与世推移：能随事态时俗一同变化。⑪ 淈(gǔ)：搅浑。扬波：指推波助澜，与其同流合污。铺(bū)：傍晚时吃，此处泛指吃。糟：滤去酒后剩下的渣滓。歠(chuò)：饮。醨：一本作"醨(lí)"，薄酒。⑫ 深思：此指忧国忧民，因而独醒。高举：此指与世俗背离，因此独清。⑬ 令：使得。⑭ 沐：洗头。弹冠：轻轻弹掉帽上的灰尘。浴：洗身体。振衣：拂去衣服上的尘土。⑮ 察察：高洁、清白的样子。汶汶(mén)：昏暗不明的样子，也可译为污垢。⑯ 赴：奔向。皓皓：洁白的样子，此指贞洁。蒙世俗之尘埃：指蒙受世俗的污垢。⑰ 莞(wǎn)尔：微笑的样子。⑱ 枻(yì)：船桨。鼓枻：即"荡枻"，摇荡船桨(从何剑熏说)。⑲ 沧浪：水名。蒋骥注云："在今常德府龙阳县，本沧、浪二山发源，合流为沧浪之水。"沧浪歌早在春秋时期已经传唱，《孟子·离娄上》记载孔子曾听到此歌："有孺子歌曰：'沧浪之水清兮，可以濯我缨；沧浪之水浊兮，可以濯我足。'孔子曰：'小子听之！清斯濯缨，浊斯濯足矣，自取之也'。"濯(zhuó)：洗。缨：系在脖子上的帽带。⑳ 不复与言：指不再与屈原说话。此处表示两人道不同不相为谋，于是各行其志。

【品评】

王逸《楚辞章句》云："《渔父》者，屈原之所作也。屈原放逐，在江湘之间，忧愁叹吟，仪容变易。而渔父避世隐身，钓鱼江滨，欣然自乐。时遇屈原川泽之域，怪而问之，遂相应答。楚人思念屈原，因叙其辞以相传焉。"多数注疏家对此话中"楚人思念屈原，因叙其辞以相传焉"表示怀疑，认为王逸的注释前后矛盾。此句中既说是屈原所作，又言楚人为记叙渔父与屈原曾有之事来表示对屈原的怀念而作。所以，此处关键是对"辞"的理解，汤漳平认为"辞"正是指《渔父》这篇诗文，非渔父之事被楚人广泛传颂，王逸所说并无矛盾之处。此外，一些学者认为司马迁在《史记·屈原列传》未直接提《渔父》，仅收录了关于《渔父》篇的部分段落，并只将此篇所述作为史实载入。所以他们认为司马迁的作为似乎透露出《渔父》非屈原所写，只是在《史记》中作为资料补正而已。后世或云非屈原作，推测是和屈原同时期的人所作。更有甚者，从渔父所代表的道家思想出发，认为此篇是楚国有道家思想倾向的人所写。本注解当宜从王逸所说，朱熹、王夫之、蒋骥皆持此说，均认为此篇是屈原晚年的创作。

对于屈原在《渔父》中所写的内容是否真实，亦颇受质疑。洪兴祖《楚辞补注》云："《卜居》、《渔父》，皆假设问答以寄意耳。"陈弟亦从此说言："此原设为问答之辞，以见己之不能和光同尘也。"皆持此篇是屈原虚拟渔父而作的含寓言性的诗文。而一些学者根据《论语》中楚狂接舆、长沮等推断，渔父实有其人。如王夫之云："《渔父》者，屈原所遇而赋之。江汉之间，古多高蹈之士，隐于耕钓，若接舆、庄周之流，皆以全身远害为道，渔父盖此类也，闵原之忠贞将及于祸，而欲以其道易之。"此观点与汪瑗的见解相同。但从文中看出，屈原在《渔父》篇中独特地直称其名，并与渔父展开对话。可知渔父应当是屈原虚拟的人物，非现实中人，渔父身上汇集并体现了屈原那个时代盛行的道家思想。

本文可分为三部分进行理解。第一部分是屈原被放逐至江南，游吟到江潭时的状态和心理描写。开头写"屈原既放，游於江潭，行吟泽畔，颜色憔悴，形容枯槁"。后代画家据此绘出"屈子行吟图"。第二部分以渔父与屈原的问答形式为主，在两人话语之间表现了儒家积极入世与道家出世的不同观念。但言语中并没有体现出两种思想对立或是一方终将说服另一方的行为。屈原说："举世皆浊我独清，众人皆醉我独醒。"言其处境与操守。渔父劝云："圣人不凝滞於物，而能与世推移。"而屈原表示："宁赴湘流，葬於江鱼之腹中，安能以皓皓之白，而蒙世俗之尘埃乎?"表明其信念、节操、决心。第三部分以渔父的莞尔一笑，歌沧浪而摇桨远去，以两人各行其志不复与言收场。文中引到《沧浪歌》，王国维《人间词话》曾评说："《沧浪》、《凤兮》二歌，已开楚辞体格，然楚辞最工者，推屈原、宋玉。"

《渔父》语言优美，富于哲理。刘勰《文心雕龙·辨骚》称："《渔父》寄独往之才。"并且多用排比句式，比喻形象而又准确，以"新沐者必弹冠，新浴者必振衣"为例，精准地表现出屈原不愿与世同污的志向。《渔父》被当代学者称为记事小品、散文诗，具有富有散文化倾向，是介于《楚辞》与汉赋之间的过渡形态，为《楚辞》向汉赋的发展提供了范本。后世戏曲家、辞赋家、画家均以此题材重新创新，影响颇为深远。

九　辩

悲哉秋之为气也！萧瑟兮草木摇落而变衰。①
憭栗兮若在远行，登山临水兮送将归。②
泬寥兮天高而气清，寂寥兮收潦而水清，
憯悽增欷兮，薄寒之中人。③
怆怳圹悢兮，去故而就新；
坎廪兮贫士失职而志不平；④
廓落兮羁旅而无友生，惆怅兮而私自怜。⑤
燕翩翩其辞归兮，蝉寂漠而无声。⑥
雁廱廱而南游兮，鹍鸡啁哳而悲鸣。⑦
独申旦而不寐兮，哀蟋蟀之宵征。⑧
时亹亹而过中兮，蹇淹留而无成。⑨

【注释】

① 萧瑟：秋风扫净落叶后清冷悲凉的气氛。以上两句说：悲哀啊！秋天的气息。萧条啊！草木皆衰残而凋零。② 憭栗（liáo lì）：凄凉悲怆。若：或，泛指有的人。也许是指宋玉自己，或许是别人，也可是想象之词（从胡念贻说）。将归：将要归去的人。③ 泬（xuè）寥：空虚旷荡。气清：空气中无污垢。寂寥：川水虚静的样子。潦（lǎo）：因雨水大而产生的积水。收潦而水清：雨水消退后水面虚静而又澄清。憯悽（cǎn qī）：悲痛凄惨的样子。欷（xī）：抽噎。增欷：屡次抽噎叹息。薄寒：秋气微寒（从屈复说）。中：伤人，袭人。④ 怳：同"恍"，惝恍之义。怆怳懭悢（chuàng huǎng kuàng làng）：悲伤失意的样子。故：旧的。就：走向。坎廪（lǎn）：一本作"坎壈"，困顿，不得志。职：职位。贫士失职：周拱辰云："贫士失职句最惨。贵人有贵人之职，贫士有贫士之职。昌荣鲜好，乘时建功，贵人之职也；履道坦坦，安闲自得，贫士之职也。士贫矣，而重以尤谗畏讥，其为失职也愈矣。"志：心意。⑤ 廓落：空阔寂静的样子。此指秋天给人空

寂的感觉。羁:本义是马笼头,后引申为被事所牵绊而寄居停留在外的人。旅:客。友生:朋友。⑥ 翩翩:飞舞的样子。辞归:此指深秋时节燕子辞北而南归。⑦ 雝雝:一本作"嗈嗈",形容鸟叫声。鹍(kūn)鸡:似鹤的鸟,黄白色。啁哳(zhōu zhā):繁杂细碎的声音。王夫之云:"秋声之形于虫鸟者如此,或寂或鸣,皆增悲切。"⑧ 申旦:到天亮。此指通宵达旦。征:行。宵征:夜间跳动啼鸣。⑨ 时:年纪。亹亹(wěi):向前推行而不止。过中:已过壮年。蹇:发语词。淹留:久留。无成:无所成就。

悲忧穷戚兮独处廓,有美一人兮心不绎⑩
去乡离家兮徕远客,超逍遥兮今焉薄!⑪
专思君兮不可化,君不知兮可奈何!⑫
蓄怨兮积思,心烦憺兮忘食事。⑬
愿一见兮道余意,君之心兮与余异。⑭
车既驾兮朅而归,不得见兮心伤悲。⑮
倚结軨兮长太息,涕潺湲兮下沾轼。⑯
忼慨绝兮不得,中瞀乱兮迷惑。⑰
私自怜兮何极,心怦怦兮谅直。⑱

【注 释】

⑩ 戚:一本作"蹙",紧迫。穷戚:处境窘迫不堪。廓:寂廓空虚。有美一人:宋玉自称。绎:通"怿",欢愉。⑪ 徕:一本作"来",指来做远客。超逍遥:路途遥远而无所着落的样子。薄:迫近,靠近。焉薄:在哪里停留。⑫ 专:一心一意。君:指楚顷襄王。以上两句说:一心顾念君主不可改变,君不知我又可怎么办! ⑬ 蓄怨:此指因小人谗言所积蓄的怨恨。积思:此指思君念主。烦憺(dàn):烦忧,烦乱。⑭ 道:陈述。以上两句说:愿面见君主诉我忠信之义,君主断是非之心与我不同。⑮ 朅(qiè):去,指驾车去见君主。归:此指因不得见而复归。⑯ 軨(líng):即车厢的木栏。因古代车厢前、左、右三面的木栏是用木条交结而成,所以此称"结軨"。潺湲:眼泪缓缓流淌的样子。轼:古代车厢前面用作扶手的横木。⑰ 忼慨:一本作"慷慨",因内心不平而情绪激昂。瞀(mào):迷乱。以上

两句说：激愤不平而决断却难做到，心中迷乱又惶惑。⑱ 极：终止。怦怦：心跳的声音，此指满腔热情。谅直：忠诚与正直。

皇天平分四时兮，窃独悲此廪秋。[19]
白露既下百草兮，奄离披此梧楸。[20]
去白日之昭昭兮，袭长夜之悠悠。[21]
离芳蔼之方壮兮，余萎约而悲愁。[22]
秋既先戒以白露兮，冬又申之以严霜。[23]
收恢台之孟夏兮，然欿傺而沈臧。[24]
叶菸邑而无色兮，枝烦挐而交横。[25]
颜淫溢而将罢兮，柯彷佛而萎黄。[26]
萷櫹椮之可哀兮，形销铄而瘀伤。[27]
惟其纷糅而将落兮，恨其失时而无当。[28]
擥騑辔而下节兮，聊逍遥以相羊。[29]
岁忽忽而遒尽兮，恐余寿之弗将。[30]
悼余生之不时兮，逢此世之俇攘。[31]
澹容与而独倚兮，蟋蟀鸣此西堂。[32]
心怵惕而震盪兮，何所忧之多方！[33]
卬明月而太息兮，步列星而极明。[34]

【注 释】

⑲ 皇天：上天。四时：指春、夏、秋、冬四季。窃：私下里。廪（lǐn）：一本作“凛”，寒冷。⑳ 奄：快速。离披：分散的样子，指百草萎谢。梧楸：通“芜萧”（从朱季海说），指前句的百草。㉑ 去白日：指远离白天而常处黑暗之中。昭昭：光明的样子。袭：因袭，此指进入。悠悠：长远、遥远。㉒ 蔼（ǎi）：草木繁茂。芳蔼之方壮：指宋玉自己芳美而繁盛的壮年。萎：草木枯死。约：困穷。萎约：借草木枯萎来隐喻身体的疾病。㉓ 戒：警戒。申：重复。㉔ 恢台：即“恢祏”之转语，指孟夏之时万物丰茂。恢，大。祏，推广（从于省吾说）。然：乃。欿（kǎn）：一本作“坎”，陷入。傺（chì）：停止。王逸云：“楚人谓住曰傺。”沉藏：指秋收冬藏。㉕ 菸（yū）邑：草木

凋零。烦拏(rú):纷乱的样子。㉖ 颜:容貌。淫:过多,过甚。溢:过多。罢(pí):通"疲",衰弱。柯(kē):树木的枝条。彷佛:模糊。此指枝条枯萎而暗淡无光。萎黄:病。王逸注云:"形貌羸瘦,无润泽也。肌肉空虚,皮乾腊也。"㉗ 萷:通"梢",树梢。此处形容树梢的花叶落尽只剩枝干。櫹椮(xiāo sēn):树木空秃高耸的样子。形:指身体。销铄:本指金属融化,此指因久病而枯瘦。瘀(yū)伤:气血郁积成病。㉘ 惟:思。其:此指之前所描写的树木,也暗指宋玉自己。纷糅:草木下落时众多而杂乱的样子。失时:失去了壮盛的时机。当:对等。无当:此指生不逢时,遇贤明之主。㉙ 掔(lǎn):同"揽",收拢,聚拢。騑:古代指车前驾在辕马两旁的马。驾在中间的辕马也称服马,騑马亦称骖马。辔(pèi):缰绳。下节:按节,指安步徐行。聊:姑且。相佯:通"徜徉",徘徊而安闲自在地步行。㉚ 忽忽:匆匆运行。遒(qiú):迫近。将:长。以上两句说:一年匆匆将尽,唯恐我寿命难长。㉛ 悼:悲伤。俇攘(kuāng rǎng):动乱(从王念孙说)。此指楚国动乱而惶惶不可终日。以上两句说:伤我生不逢时,遇今世之动乱。㉜ 澹(dàn):安静。容与:语义同"逍遥"与"徜徉",指安闲徐行的样子。独倚:茕茕独立,无所凭依。蟋蟀鸣此西堂:《诗经·豳风·七月》写蟋蟀"八月在宇,九月在户"。《礼记·月令》写到:"九月蟋蟀入我床下。"因此此处指秋天的时节。㉝ 怵惕(chù tì):恐惧警惕。震盪:一本作"震荡",形容心不安定。多方:多端,此指百忧齐聚。㉞ 卬:一本作"仰",望。步列星:行观星宿。以上两句说:仰望明月长叹息,行观星宿不能卧寐而至天明。

窃悲夫蕙华之曾敷兮,纷旖旎乎都房。㉟
何曾华之无实兮,从风雨而飞扬?㊱
以为君独服此蕙兮,羌无以异于众芳。㊲
闵奇思之不通兮,将去君而高翔。㊳
心闵怜之惨凄兮,愿一见而有明。㊴
重无怨而生离兮,中结轸而增伤。㊵
岂不郁陶而思君兮?君之门以九重。㊶
猛犬狺狺而迎吠兮,关梁闭而不通。㊷

皇天淫溢而秋霖兮，后土何时而得漧！[43]
块独守此无泽兮，仰浮云而永叹。[44]

【注 释】

㉟ 华：同“花”。曾：通“层”。缚(fù)：布陈。此指蕙花的层层绽放。纷：众多貌。旖旎(yǐ nǐ)：繁盛而柔和美好的样子。都房：此指宫馆苑囿之处(从胡念贻说)。㊱ 曾华：指层层花朵。以上两句说：为何层层蕙花繁盛却无果实，任凭被风雨吹打而到处飞扬。㊲ 服：用，此指佩戴。以上两句说：本以为君主仅仅佩此蕙花，谁知与众芳一并看待。㊳ 闵：同“悯”，感伤。奇思：此指献忠之策。去：离开。王逸注：“伤己忠策，无由入也。适彼乐土，之他域也。”㊴ 以上两句说：内心哀念而忧伤，愿见君主表述衷肠。㊵ 重：深念(从朱熹说)。无怨：无所取怨于君主之道，此指无罪。中：心中。结：郁结。轸(zhěn)：悲痛。㊶ 郁陶：忧思。以上两句说：怎能不忧思君主？只是君之九重而难进。㊷ 猛猛(yín)：狗叫的声音。迎吠：迎面犬吠。此指因犬吠于路而终不得进。关梁闭：关隘桥梁闭塞不通以阻贤路。㊸ 皇天：上天。淫溢：过甚。霖：雨下数天而不停。后土：指土地。漧：一本作“乾”，干。㊹ 块：块然孤独的样子。无：通“芜”，乱草丛生的地方，此当形容词“荒芜”之义。泽：聚水的地方。以上两句说：孤独地停守在荒芜的水泽，仰望浮云而长叹息。

何时俗之工巧兮，背绳墨而改错！[45]
却骐骥而不乘兮，策驽骀而取路。[46]
当世岂无骐骥兮？诚莫之能善御。[47]
见执辔者非其人兮，故驹跳而远去。[48]
凫雁皆唼夫粱藻兮，凤愈飘翔而高举。[49]
圜凿而方枘兮，吾固知其钼铻而难入。[50]
众鸟皆有所登栖兮，凤独遑遑而无所集。[51]
愿衔枚而无言兮，尝被君之渥洽，[52]
太公九十乃显荣兮，诚未遇其匹合。[53]
谓骐骥兮安归？谓凤凰兮安栖？[54]

变古易俗兮世衰，今之相者兮举肥。[55]
骐骥伏匿而不见兮，凤凰高飞而不下；[56]
鸟兽犹知怀德兮，云何贤士之不处？[57]
骥不骤进而求服兮，凤亦不贪餧而妄食。[58]
君弃远而不察兮，虽愿忠其焉得？[59]
欲寂漠而绝端兮，窃不敢忘初之厚德。[60]
独悲愁其伤人兮，冯郁郁其何极？[61]

【注 释】

㊺ 工巧：善于投机取巧。绳墨：此处比喻法度。错：通“措”，指合乎仁义的措施。㊻ 却：斥逐。骐骥：青黑色的骏马。以良马来比喻贤才。策：本义指竹制的马鞭，此处引申为驾驭。骀（tái）：劣马。驽骀：指不贤之人。取路：上路。㊼ 诚：的确。莫：没有谁。善御：善于驾马的人。㊽ 跼跳（jú tiào）：跳跃。此处暗指君王如非圣明之主，贤才皆避而远去。㊾ 凫（fú）：野鸭。唼（shà）：鱼、鸟等吃食。粱藻：米与水草类的食物。王逸注：“群小在位，食重禄也。贤者遁世，窜山谷也。”为此句暗指的内涵。以上两句说：野鸭与大雁越是贪食粱米与水草，而凤凰越是飘举而高翔。㊿ 凿（záo）：榫（sǔn）眼。枘（ruì）：榫头。圆凿方枘：方枘装不进圆凿。比喻格格不入，不能相合。鉏铻（jǔ yǔ）：同“龃龉”，不相投合，抵触。51 遑遑：匆忙而恐惧不安。集：指所栖息之地。52 衔枚：古代秘密行军时，让士兵口中横衔着像筷子的枚，防止说话，免被敌人发觉。此指缄口不言。被：同“披”。渥（wò）：厚重。洽（qià）：恩泽。53 太公：吕尚。匹合：投合。54 安：在哪里。55 相者：相马的人。举肥：谚语曰：“相马失之瘦，相士失之贫。”指人看见马外形太瘦就误以为它不是一匹千里马，看见人一时贫困就认为他没有本领。“举肥”盖指此意。以上两句说：变更古俗啊世道日衰，今日的相马人只看重肥实的马匹。56 伏匿：隐藏。此两句喻贤者皆隐匿而不现。57 鸟：指凤凰。兽：指骐骥。怀德：思念恩德。以上两句说：凤凰与骐骥尚且感恩怀德，怎能说贤士不留于有德的朝廷呢？58 骤：马快跑。此指急进。服：驾车。餧（wèi）：同“喂”，喂养。妄食：乱吃。59 以上两句说：君主不加考察而疏远贤臣，即使愿意献忠又在

哪里可得呢？⑥⑩ 端：思绪，心绪。以上两句说：本想寂寞而断绝对君的眷恋，私下里又难忘君主当初的恩德。⑥① 冯(píng)：同“凭”，盛，满。此指内心的愤懑之情。郁郁：心里苦闷。极：终止。

霜露惨凄而交下兮，心尚幸其弗济。[62]
霰雪雰糅其增加兮，乃知遭命之将至。[63]
愿徼幸而有待兮，泊莽莽与野草同死。[64]
愿自往而径游兮，路壅绝而不通。[65]
欲循道而平驱兮，又未知其所从。[66]
然中路而迷惑兮，自压桉而学诵。[67]
性愚陋以褊浅兮，信未达乎从容。[68]
窃美申包胥之气晟兮，恐时世之不固。[69]
何时俗之工巧兮？灭规矩而改凿！[70]
独耿介而不随兮，愿慕先圣之遗教。[71]
处浊世而显荣兮，非余心之所乐。[72]
与其无义而有名兮，宁穷处而守高。[73]
食不媮而为饱兮，衣不苟而为温。[74]
窃慕诗人之遗风兮，愿托志乎素餐。[75]
蹇充倔而无端兮，泊莽莽而无垠。[76]
无衣裘以御冬兮，恐溘死不得见乎阳春。[77]
靓杪秋之遥夜兮，心缭悷而有哀。[78]
春秋逴逴而日高兮，然惆怅而自悲。[79]
四时递来而卒岁兮，阴阳不可与俪偕。[80]
白日晼晚其将入兮，明月销铄而减毁。[81]
岁忽忽而遒尽兮，老冉冉而愈弛。[82]
心摇悦而日幸兮，然怊怅而无冀。[83]
中憯恻之凄怆兮，长太息而增欷。[84]
年洋洋以日往兮，老嵺廓而无处。[85]
事亹亹而觊进兮，蹇淹留而踌躇。[86]

【注释】

⑫ 惨悽：即“惨凄”。交下：齐下，俱下。幸：希望。弗济：不成功。⑬ 霰(xiàn)：雪珠。雰糅(fēn róu)：雪盛貌。遭命：遭遇厄运。⑭ 徼(jiǎo)：同“侥”，求。有待：有所等待。泊：通“薄”，草木交错的样子（从胡念贻说）。莽莽：草木茂盛的样子。⑮ 径：径直，直接。游：当为“逝”之误。犹言愿自往而直去（从闻一多说）。壅绝：障隔阻断。⑯ 循道：因循正道。平驱：平稳行进。⑰ 压桉：一本作“厌塞”，安定之义（从朱季海说）。诵：诗歌的别称。⑱ 陋：学问浅薄。褊(biǎn)：本指衣服狭小，此处译为狭隘。从容：举动。以上两句说：天性鄙陋狭隘，确实不知该有怎样的举动。⑲ 申包胥：春秋时楚国大夫。楚君蚡冒之后，原与伍子胥友善。楚平王七年，伍子胥因父亲冤案逃离楚国，途遇申包胥道：“我必覆楚。”申包胥答曰：“子能覆之，我必能兴之。”楚昭王十年，吴王用伍子胥计破楚入郢。申包胥随即自请赴秦，七日七夜不食，哭于秦廷请求救援。哀公感动，并与楚军收复郢都。气晟(shèng)：气势旺盛。不固：不为人所信。⑳ 凿：通“措”，指合乎仁义的措施。㉑ 耿介：刚毅正直。不随：不同流合污。以上两句说：独守刚正不同流啊，愿敬仰先贤的法则。㉒ 以上两句说：身处乱世而求富贵，并非我心之所愿。㉓ 以上两句说：与其不合道义而求取显荣，我宁愿穷困来保持高洁。㉔ 媮(tōu)：同“偷”，苟且。朱熹注云：“言衣食固非不欲其温饱，但不可以非义而苟以得之耳。”㉕ 诗人：《诗经·魏风·伐檀》的歌者。遗风：遗留下来的风范。讬(tuō)：同“托”。素餐：语出《诗经·魏风·伐檀》：“彼君子兮，不素餐兮。”指简朴的饮食。㉖ 蹇：发语词。充倔：同“裗褔(chōng jié)”，《方言》四曰：“以衣而无缘，蔽而紩之，谓之褴褛，自关而西，谓之裗褔。”指无边饰的样子，此与“无端”同义。㉗ 裘：皮衣。溘死：突然死去。阳春：指春天。㉘ 靓(jìng)：通“靖”，思量。《方言》一曰：“靖，思也。”犹言思量末秋将至，昼渐短而夜渐长（从闻一多说）。杪(miǎo)：树枝的细梢。引申为年月或四季的末尾。杪秋：暮秋时节。缭：缠绕。悷(lì)：悲伤。㉙ 春秋：指年龄。逴(chuō)：远。逴逴：越走越远，此指年岁日老。㉚ 递：更迭。卒岁：一年将尽。阴阳：春夏为阳，秋冬为阴（从王夫之说）。俪(lì)：相并，对偶。俪偕：偕同，同在一起。㉛ 晼(wǎn)：太阳将落山的样子。销铄：减损。此指月缺。㉜ 弛：放

松，松弛。以上两句说：年岁匆匆将尽，衰老将至越发松懈。⑧③ 揺悦：即“胱(tiǎo)说”，美好。此指喜悦。怊(chāo)怅：悲伤失意的样子。冀：希望。⑧④ 憯(cǎn)：同“惨”，万分悲怜，凄惨。恻(cè)：悲痛。悽怆：凄惨悲伤。⑧⑤ 洋洋：盛大众多的样子。此指年岁日长。嵺：一本作“廖”，寥廓。无处：没有托身的处所。⑧⑥ 亹亹(wěi)：不断行进的样子。觊(jì)：希望得到。蹇：行走困难。淹留：停留。踌躇：徘徊不前。

何氾滥之浮云兮？猋廱蔽此明月。[87]
忠昭昭而愿见兮，然露曀而莫达。[88]
愿皓日之显行兮，云蒙蒙而蔽之。[89]
窃不自聊而愿忠，或黕点而汙之。[90]
尧舜之抗行兮，瞭冥冥而薄天。[91]
何险巇之嫉妒兮？被以不慈之伪名。[92]
彼日月之照明兮，尚黯黮而有瑕。[93]
何况一国之事兮，亦多端而胶加。[94]

【注 释】

⑧⑦ 氾：同“泛”，泛滥，指浮云密布。猋(biāo)：迅速。廱蔽：堵塞、遮蔽。明月：比喻君王。⑧⑧ 昭昭：明亮，指忠心耿耿。露(yīn)：古同“黔”，即“阴”，指云遮日。曀(yì)：阴沉而有风，也指黑暗。⑧⑨ 皓日：明亮的太阳。此比喻君主。显行：在空中光彩照耀地运行，此喻君王明察秋毫。蒙蒙：弥漫，笼罩。⑨⓪ 聊：一本作“料”，量。不自聊：指自不量力。黕(dǎn)：污垢。汙(wū)：同“污”。或：有的人。此指谗人。⑨① 抗：通“亢”，高。抗行：高尚的行为。瞭：一本作“杳”，深广。冥冥：深远的样子。薄天：接近苍天。以上两句说：尧舜高尚的行为啊，幽远得可与苍天同高。⑨② 巇(xī)：险恶，险峻。此指险恶的小人。被：同“披”，加上。不慈：指不贤不孝。伪名：虚假的罪名。⑨③ 照明：光亮普照。黮(dàn)：云黑色。黯黮：昏暗不明。瑕：本指玉石上的斑点，此指黑斑。⑨④ 多端：多种头绪。胶加：与“胶葛”意义相同，指缠绕无绪、交错纷乱的样子。

被荷裯之晏晏兮，然潢洋而不可带。[95]
既骄美而伐武兮，负左右之耿介。[96]
憎愠惀之修美兮，好夫人之慷慨。[97]
众踥蹀而日进兮，美超远而逾迈。[98]
农夫辍耕而容与兮，恐田野之芜秽。[99]
事绵绵而多私兮，窃悼後之危败。[100]
世雷同而炫曜兮，何毁誉之昧昧！[101]
今修饰而窥镜兮，後尚可以窜藏。[102]
愿寄言夫流星兮，羌儵忽而难当。[103]
卒壅蔽此浮云，下暗漠而无光。[104]
尧舜皆有所举任兮，故高枕而自适。[105]
谅无怨於天下兮，心焉取此怵惕？[106]
乘骐骥之浏浏兮，驭安用夫强策？[107]
谅城郭之不足恃兮，虽重介之何益？[108]
邅翼翼而无终兮，忳惛惛而愁约。[109]
生天地之若过兮，功不成而无效。[110]
愿沉滞而不见兮，尚欲布名乎天下。[111]
然潢洋而不遇兮，直怐愗而自苦。[112]
莽洋洋而无极兮，忽翱翔之焉薄？[113]
国有骥而不知乘兮，焉皇皇而更索？[114]
甯戚讴於车下兮，桓公闻而知之。[115]
无伯乐之相善兮，今谁使乎誉之？[116]
罔流涕以聊虑兮，惟著意而得之。[117]
纷纯纯之愿忠兮，妒被离而鄣之。[118]

【注释】

⑮ 裯(dāo)：短衣。晏晏：盛美的样子。潢(huáng)：本义是积水池，此引申为水深广大的样子。潢洋：宽松难以穿戴。⑯ 骄、伐：夸耀。负：辜负。左右：指侍臣。耿介：指大臣的忠心。以上两句说：君王夸耀自己的懿德和勇武，辜负了贤臣的忠心。⑰ 愠(yùn)：恼怒。惀(lún)：愤懑。

愠惀：心有所蕴积却不善于表达。夫人：指小人。慷慨：巧言令色、大言不惭的人。⑱ 踥蹀(qiè dié)：小步行走的样子。美：贤能之人。超远：遥远。逾迈：更加远离。⑲ 辍(chuò)：中止，停止。辍耕：停止耕作。容与：闲暇自适的样子。芜秽：杂草丛生。⑩ 事：政务。绵绵：连续不断。多私：多营私舞弊。悼：悲伤。后：君王。危败：危亡。⑩ 炫曜(yào)：炫耀，显示。毁誉：诋毁和称赞。昧昧：昏乱，模糊不清。此指不分是非。以上两句说：世人附和而互相夸耀啊，为何是非不分！⑩ 修饰、窥镜：朱熹注："谓修德行政，而听人言、考往事以自鉴也。"窜：逃匿。此指尚可以潜伏而不至于灭亡。⑩ 寄言：寄托忠策。流星：指古代尊贵的使臣。《后汉书·天文志》："流星为贵使，星大者使大，星小者使小。"儵(shū)忽：迅疾的样子。难当：难以遇到。⑩ 暗漠：昏暗。以上两句说：最终被浮云所遮蔽啊，下界昏暗而无光。⑩ 举任：推举而任用贤人。以上两句说：尧舜都举贤任能，因此可以舒适地高枕无忧。⑩ 谅：确实。怵(chù)惕：警惕戒惧。以上两句说：确实没有结怨于天下，心里哪用得着恐慌警惕。⑩ 浏浏：形容水流顺行无阻的样子。驭：驾驭的人。策：马鞭。强策：强有力的马鞭。⑩ 谅：推想。城郭：城墙。城指内城的墙，郭指外城的墙。恃：依赖。介：铠甲。重介：双重铠甲。何益：有何用处。⑩ 邅(zhān)：难行不进，犹言小心谨慎。翼翼：恭敬谨慎的样子。忳(tún)：忧郁烦闷。惛惛(hūn)：精神昏暗，郁闷。愁约：悲愁穷困。⑪ 若过：人生所经历如过客一样匆匆流逝。效：成绩。⑪ 沉滞：埋没。见：即"现"。布名：流名。⑫ 潢洋：因广大宽阔而无所依附的样子。怐愗(kòu mào)：愚昧无知。以上两句说：无所依附啊圣君难逢，真是愚昧不改反倒苦了自己。⑬ 莽洋洋：原野宽广。王逸注云："周行旷野，将何之也。浮游四海，无所极也。"⑭ 皇皇：即"遑遑"，匆忙的样子。更索：到别处寻求。⑮ 甯(níng)戚：同"宁戚"，春秋卫人。宁戚获知齐桓公重人才便到临淄，通过击牛角高歌自我推荐。后被重用为齐国大司田，是齐桓公的主要辅佐者之一。讴：歌唱。⑯ 伯乐：相传为秦穆公时人，善相马。訾：一本作"訾"，估量，衡量。以上两句说：没有伯乐这位善于相马的人，今又有谁衡量骐骥的真正价值。⑰ 罔：同"惘"，失意。聊虑：即"料虑"，指惆怅失意，流泪思虑(从汤炳正说)。著意：明白心志，此指闭心自修。⑱ 纯纯：一本作"忳忳"，诚挚专一的样子。被离：同“披离”，分散。鄣(zhāng)：同“障”，阻碍，遮蔽。

愿赐不肖之躯而别离兮，放游志乎云中。⑪⑨
乘精气之抟抟兮，骛诸神之湛湛。⑫⓪
骖白霓之习习兮，历群灵之丰丰。⑫①
左朱雀之茷茷兮，右苍龙之躣躣。⑫②
属雷师之阗阗兮，通飞廉之衙衙。⑫③
前轻辌之锵锵兮，後辎乘之从从。⑫④
载云旗之委蛇兮，扈屯骑之容容。⑫⑤
计专专之不可化兮，愿遂推而为臧。⑫⑥
赖皇天之厚德兮，还及君之无恙。⑫⑦

【注释】

⑪⑨ 赐：君主的恩赐。不肖：不贤，谦词。⑫⓪ 精气：日月的光耀。抟抟(tuán)：同“圆圆”，汇集成团的样子。楚人名圆曰抟。骛(wù)：追求。湛湛：厚重的样子。此指追求诸神厚重的遗风。⑫① 白霓：素虹。习习：飞动的样子。历：经过。群灵：指众多星神。丰丰：众多的样子。⑫② 朱雀、白虎：传说中的神鸟与神龙，二十八星宿中南方七宿是朱雀，东方七宿是苍龙。《礼记·曲礼上》所载：“行前朱雀而后玄武，左青龙而右白虎，招摇(北斗星)在上，急缮其怒。”茷茷(pèi)：飞翔的样子。躣躣(qú)：蜿蜒而行貌。⑫③ 属(zhǔ)：接连。雷师：雷神。阗阗(tián)：雷声洪大。通：引导。飞廉：风神。衙衙(yú)：行走的样子。⑫④ 辌(liáng)：古代的一种车，为卧车，常与辒(wēn)车并提，前指凉车，后指温车。锵锵、从从(cōng)：车上的銮铃声。辎乘(zī shèng)：辎重之车，外出的人用此携带包裹行李。⑫⑤ 委蛇(wēi yí)：盘曲飞动的样子。扈(hù)：随从，护卫。屯骑(tún qí)：众多的随从骑兵。容容：马行进的样子。⑫⑥ 计：内心的志向。专专：专一。化：更改。遂推：最终推及。臧(zāng)：善的，好的。⑫⑦ 赖：仰仗。还：还于君所，指归来。及：趁着。恙：病。以上两句说：仰仗着上天的恩德，希望君主无疾病。

【品 评】

《九辩》是战国后期楚国宋玉所作。文载于王逸《楚辞章句》。《九辩》,本为古代乐调之名,见于《离骚》、《天问》、《山海经》。王夫之《楚辞通释》云:“九者,乐章之数。凡乐之数,至九而盈。”“辩,犹遍也,一阕谓一便。”关于主旨,王逸以为宋玉“悯其师忠而放逐,故作《九辩》以哀其志”,后人则以此篇为宋玉自己抒发“贫士失职而志不平”之感慨的,通过古乐旧题来抒写悲秋、感遇、思君三项内容。

《九辩》乃长篇抒情诗,长达250余句,是屈原作品之外公认的成功之作,其作意、段落、诗句均受到《离骚》影响,并与《离骚》一样属“自传性政治抒情诗”。其中关于生平、年龄、去职、归隐等,大致可补宋玉生平研究之阙,然又不可拘泥考实,实指为生平事迹。《九辩》通行的分段以朱熹《楚辞集注》本最为流行,共分为九章。《九辩》具有借景抒情、情景相生之特色,物我两忘,物我同一;句法参差错落,用韵灵活谐美,大量运用双声、叠韵、叠字,婉丽清新,缠绵悱恻。刘勰《文心雕龙·辨骚》将其与屈原《九歌》并立,称为“绮靡以伤情”,又云“自《九怀》以下遽蹑其迹,而屈宋逸步,莫之能追”。而“宋玉悲秋”成为中国文学史上的著名典故,如杜甫《咏怀古迹》之三云:“摇落深知宋玉悲,风流儒雅亦吾师。”对《九辩》开头一段的“悲秋”文字,王夫之《楚辞通释》卷八评云:“因时而发叹也。人之有秋心,天之有秋气,物之有秋容,三合而怀人之情凄怆不容矣。”鲁迅《汉文学史纲要》第四篇《屈原及宋玉》亦评云:“《九辩》本古辞,玉取其名,创为新制,虽驰神逞想,不知《离骚》,而凄怨之情,实为独绝。”

招　魂

朕幼清以廉洁兮，身服义而未沬。[1]
主此盛德兮，牵於俗而芜秽。[2]
上无所考此盛德兮，长离殃而愁苦。[3]
帝告巫阳曰："有人在下，我欲辅之。[4]
魂魄离散，汝筮予之。"[5]
巫阳对曰："掌梦。上帝其难从。[6]
若必筮予之，恐后之谢，不能复用巫阳焉。"[7]
乃下招曰：魂兮归来！[8]
去君之恒干，何为乎四方些？[9]
舍君之乐处，而离彼不祥些。[10]
魂兮归来！东方不可以讬些。[11]
长人千仞，惟魂是索些。[12]
十日代出，流金铄石些。[13]
彼皆习之，魂往必释些。[14]
归来归来！不可以讬些。[15]
魂兮归来！南方不可以止些。[16]
雕题黑齿，得人肉以祀，以其骨为醢些。[17]
蝮蛇蓁蓁，封狐千里些。[18]
雄虺九首，往来倏忽，吞人以益其心些。[19]
归来归来！不可以久淫些。[20]
魂兮归来！西方之害，流沙千里些。[21]
旋入雷渊，爢散而不可止些。[22]
幸而得脱，其外旷宇些。[23]
赤螘若象，玄蠭若壶些。[24]
五谷不生，藂菅是食些。[25]
其土烂人，求水无所得些。[26]

彷徉无所倚，广大无所极些。[27]
归来归来！恐自遗贼些。[28]
魂兮归来！北方不可以止些。[29]
增冰峨峨，飞雪千里些。[30]
归来归来！不可以久些。[31]
魂兮归来！君无上天些。[32]
虎豹九关，啄害下人些。[33]
一夫九首，拔木九千些。[34]
豺狼从目，往来侁侁些。[35]
悬人以娭，投之深渊些。[36]
致命於帝，然后得瞑些。[37]
归来归来！往恐危身些。[38]
魂兮归来！君无下此幽都些。[39]
土伯九约，其角觺觺些。[40]
敦脄血拇，逐人駓駓些。[41]
参目虎首，其身若牛些。[42]
此皆甘人，归来归来！恐自遗灾些。[43]
魂兮归来！入修门些。[44]
工祝招君，背行先些。[45]
秦篝齐缕，郑绵络些。[46]
招具该备，永啸呼些。[47]
魂兮归来！反故居些。[48]
天地四方，多贼奸些。[49]
像设君室，静闲安些。[50]
高堂邃宇，槛层轩些。[51]
层台累榭，临高山些。[52]
网户朱缀，刻方连些。[53]
冬有突厦，夏室寒些。[54]
川谷径复，流潺湲些。[55]
光风转蕙，氾崇兰些。[56]

经堂入奥，朱尘筵些。[57]
砥室翠翘，挂曲琼些。[58]
翡翠珠被，烂齐光些。[59]
蒻阿拂壁，罗帱张些。[60]
纂组绮缟，结琦璜些。[61]
室中之观，多珍怪些。[62]
兰膏明烛，华容备些。[63]
二八侍宿，射递代些。[64]
九侯淑女，多迅众些。[65]
盛鬋不同制，实满宫些。[66]
容态好比，顺弥代些。[67]
弱颜固植，謇其有意些。[68]
姱容脩态，絙洞房些。[69]
蛾眉曼睩，目腾光些。[70]
靡颜腻理，遗视矊些。[71]
离榭脩幕，侍君之闲些。[72]
翡帷翠帐，饰高堂些。[73]
红壁沙版，玄玉之梁些。[74]
仰观刻桷，画龙蛇些。[75]
坐堂伏槛，临曲池些。[76]
芙蓉始发，杂芰荷些。[77]
紫茎屏风，文缘波些。[78]
文异豹饰，侍陂陁些。[79]
轩辌既低，步骑罗些。[80]
兰薄户树，琼木篱些。[81]
魂兮归来！何远为些？[82]
室家遂宗，食多方些。[83]
稻粢穱麦，挐黄粱些。[84]
大苦咸酸，辛甘行些。[85]
肥牛之腱，臑若芳些。[86]

和酸若苦，陈吴羹些。[87]
胹鳖炮羔，有柘浆些。[88]
鹄酸臇凫，煎鸿鸧些。[89]
露鸡臛蠵，厉而不爽些。[90]
粔籹蜜饵，有餦餭些。[91]
瑶浆蜜勺，实羽觞些。[92]
挫糟冻饮，酎清凉些。[93]
华酌既陈，有琼浆些。[94]
归反故室，敬而无妨些。[95]
肴羞未通，女乐罗些。[96]
陈钟按鼓，造新歌些。[97]
《涉江》、《采菱》，发《扬荷》些。[98]
美人既醉，朱颜酡些。[99]
娭光眇视，目曾波些。[100]
被文服纤，丽而不奇些。[101]
长发曼鬋，艳陆离些。[102]
二八齐容，起郑舞些。[103]
衽若交竿，抚案下些。[104]
竽瑟狂会，搷鸣鼓些。[105]
宫庭震惊，发《激楚》些。[106]
吴歈蔡讴，奏大吕些。[107]
士女杂坐，乱而不分些。[108]
放陈组缨，班其相纷些。[109]
郑、卫妖玩，来杂陈些。[110]
《激楚》之结，独秀先些。[111]
菎蔽象棋，有六簙些。[112]
分曹并进，遒相迫些。[113]
成枭而牟，呼五白些。[114]
晋制犀比，费白日些。[115]
铿钟摇虡，揳梓瑟些。[116]

娱酒不废，沉日夜些。[117]
兰膏明烛，华镫错些。[118]
结撰至思，兰芳假些。[119]
人有所极，同心赋些。[120]
酎饮尽欢，乐先故些。[121]
魂兮归来！反故居些。[122]
乱曰：献岁发春兮，汩吾南征。[123]
菉蘋齐叶兮，白芷生。[124]
路贯庐江兮，左长薄。[125]
倚沼畦瀛兮，遥望博。[126]
青骊结驷兮，齐千乘，悬火延起兮，玄颜烝。[127]
步及骤处兮，诱骋先，抑骛若通兮，引车右还。[128]
与王趋梦兮，课后先。[129]
君王亲发兮，惮青兕。[130]
朱明承夜兮，时不可淹。[131]
皋兰被径兮，斯路渐。[132]
湛湛江水兮，上有枫，目极千里兮伤春心。[133]
魂兮归来，哀江南。[134]

【注 释】

①朕：我。清：不求。廉：不受。洁：不污。服：行。沫（mèi）：通"昧"，昏暗，迷惑。王逸注云："沫，已也。言我少小修清洁之行，身服仁义，未曾有懈已之时也。"②主：坚守。牵：引也。牵於俗：即"於俗牵"，受世俗牵累。芜秽：荒芜、变质。以上两句说：我坚守如此好的品德，反被世俗牵累遭遇凄凉。③上：君主。考：考察。离：一本作"罹"，遭受。殃：灾祸。④帝：天帝。巫阳：女曰巫，阳其名也，神话传说中的大巫师。辅：辅助。⑤筮（shì）：用蓍草占卜。予：一本作"与"，给。⑥掌梦：掌梦之官，迷信传说中的人物，似乎介于天帝与巫阳之间。从：服从。其难从：恐怕难以做到。⑦恐：恐怕。后：落后。谢：萎谢。之谢：一本作"谢之"，一无"之"字。后之谢：即"后于之谢"。复：再。黄灵庚引王念孙《读书杂志·

余论下》云："以'不能复用'为句，而'巫阳焉'三字属下。"今本多从王说。关于巫阳回答天帝的言辞，蒋骥《山带阁注楚辞》有云："巫阳以为帝命有不可从者，盖必待筮而後予，则恐身先萎谢，巫阳虽予之魂，而不能复生，此其所以不用筮而用招也。"⑧ 乃：一本作"因"，于是。⑨ 去：离开。恒：常。干：躯体。乎：一本作"兮"。些(suò)：楚人巫术中用于禁咒语气的助词。以上两句说：为何离开您的身体，流浪漂泊去四方？⑩ 舍：丢弃。乐处：快乐的地方。离：一本作"罹"，遭遇。不祥：灾祸。⑪ 讬：寄托，居住。王逸云："言东方之俗，其人无义，不可托命而寄食也。"⑫ 长人：巨人。仞：一仞七尺或八尺。一尺约合二十三厘米。惟：只，引申为专门。索：求也。王逸云："言东方有长人之国，其高千仞，主求人魂而食之也。"⑬ 代：更替。洪兴祖注云："代出，言一日至，一日出，交会相代也。"流金：使金属溶化成液体。铄(shuò)：销溶。⑭ 彼：谓其处居人也。习：习惯。释：消散，熔解。以上两句说：当地人都已习惯了，你的魂到那里一定会消散干净。⑮ 归来归来：一本作"归来兮"，以下皆同。⑯ 止：居留。王逸云："言南方之俗，其人甚无信，不可久留也。"⑰ 雕：刺花纹。题：额头。黑：一本作"墨"。黑齿：涂黑牙齿。得：用。祀：祭祀。醢(hǎi)：肉酱。以上三句说：那里的人额头刺着花纹，牙齿涂得漆黑，用人肉来祭祀，用人的骨头做肉酱。⑱ 蝮(fù)：一种大毒蛇。蓁蓁(zhēn)：积聚之貌。封狐：大狐。千里：原注为"大狐，健走，千里求食"。此处引申为"遍地乱跑"。⑲ 雄虺(huǐ)：大蛇，巨蟒。首：头。儵(shū)忽：疾急貌也。益：补。心：身心。⑳ 淫：游历。五臣注："淫，淹也。"㉑ 害：危险。流沙：传说中的西部大沙漠，因沙动如水，故称流沙。王逸云："言西方之地，厥土不毛，流沙滑滑，昼夜流行，从广千里，又无舟航也。"㉒ 旋：转，沙尘随风旋转。旋入：卷进。渊：唐代因避讳，以渊为泉。雷渊：神话中水名。靡(mí)：碎，一本作"糜"。以上两句说：被旋风卷入雷渊，粉身碎骨也不得休息。㉓ 得：能够。脱：逃脱，脱身。旷：大。宇：野。王逸云："言从雷渊虽得免脱，其外复有旷远之野，无人之土也。"㉔ 螘：一本作"蚁"。赤螘若象：红蚂蚁大得像大象。玄：黑色。蠭：一本作"蜂"。壶：干瓠(hù)，即葫芦。㉕ 藂：即"丛"字，聚。菅(jiān)：一种茅草，高者至丈余，可以食牛。㉖ 烂：焦烂。此指西方之地让人皮焦肉烂，想找水却一点也找不到。㉗ 彷徉

(páng yáng):即彷徨。倚:依靠。极:尽头。以上两句说:彷徨不定没有依靠,广阔得没有边际。㉘ 遗(wèi):给予,引申为遭遇,带来。贼:灾害。言魂魄欲往者,自予贼害也。㉙ 止:久留。㉚ 增:通“层”。增冰:洪兴祖注曰:“《神异经》:北方有曾冰,万里,厚百丈。《尸子》曰:朔方之寒,地冻厚六尺。北极左右,有不释之冰。”峨峨:高貌。以上两句说:北方之地寒冰重累,峨峨如山,大雪纷飞千里。㉛ 不可以久些:一本作“不可以久止”。言其寒杀人,不可以久留也。㉜ 无:通“毋”,不要。㉝ 九关:九重天门。啄:咬。下人:下界之人,即凡人。㉞ 木:树。九千:极言其多。以上两句说:有一个人长着九个头,从早到晚能拔掉九千棵大树。㉟ 从:竖。侁侁(shēn):王逸《楚辞章句》:“侁侁,往来声也。”五臣注云:“侁侁,众貌。”此两种观点仅供参考。㊱ 悬人:把人倒拎起来。娭:一本作“嬉”,一本作“娱”,嬉戏。朱熹《楚辞集注》云:“豺狼得人,先悬其头,用之嬉戏,已乃擿于深渊而弃之也。”㊲ 致命:复命。瞑:一本作“眠”,卧、睡觉。以上两句说:要等向天帝复命之后,才能闭眼睡大觉。㊳ 往:指上天。危:危害。身:自己。㊴ 幽都:地府。王逸云:“幽都,地下后土所治也。地下幽冥,故称幽都。一无‘此’字。”㊵ 土伯:幽都的神怪。九约:九条尾巴。九,言其多也,不必定为确数。觺觺(yí):头角锐利的样子。㊶ 敦:厚。脢(méi):背部的肉。血拇(mǔ):染血的指爪。逐:追赶。駓駓(pī):奔跑的样子。㊷ 参:一本作“三”。㊸ 甘:美。甘人:以吃人为美。㊹ 修门:郢都的一个城门。㊺ 工:巧。祝:男巫师。背行:倒退着走。先:先行引导。以上两句说:名工巧辩的巫师招引着你,面向你倒退着走作你的向导。㊻ 篝(gōu):竹笼。缕:丝线。绵络:王逸云:“绵,缠也。络:缚也。言为君魂作衣,乃使秦人织其篝络,齐人作彩缕,郑国之工缠而缚之,坚而且好也。”㊼ 招具:招魂的用具。该:具备。永:长。永啸呼:长号以招之。㊽ 反:同“返”,返回。㊾ 贼:杀害。奸:恶。即上面所言虎豹之类也。㊿ 像设:朱熹云:“像,盖楚俗,人死则设其形貌于室而祠之也。”王夫之云:“像设者,以意想像而设言之。自此至末‘反故居些’,皆像设之辞,拟所以待其归者如此。”这两种说法可供参考。静:无声。闲:空宽。安:安乐。以上两句说:想象为您准备居室,清静宽舒又安乐。51 邃(suì):深。宇:屋。槛(jiàn):栏杆。轩:楼板。52 层、累:重重。台:观四方而高者。

榭：建在台上的屋子。以上两句说：一层层的高台屋榭，临靠着高山。㊸ 网户：雕有网状花格之门。朱：红色。缀：连接。刻：雕刻。方：方格图案。以上两句说：镂空花纹涂成红色，雕刻成四方连缀成一片片。㊹ 突（yào）：幽深。厦：大屋。突厦：带套间的大屋子，指其能御寒。以上两句说：冬天有深深的暖屋，夏天屋内很清凉。㊺ 川、谷：流源为川，注溪为谷，即指大小河流。径：过。复：反。径复：曲折萦绕。潺湲：水流声。㊻ 光：日光。光风：谓雨已日出而风，草木有光也。转：摇动。蕙：香草名。氾：同"泛"，波动。崇：丛生。㊼ 经：一本作"径"，经过。堂：厅堂。奥：内室。尘：承尘，即屋之顶棚。筵：竹席。以上两句说：穿过厅堂进入内室，上面是朱红色的顶棚，下面铺着竹席。㊽ 砥：石名，即磨平的石头。砥室：用磨平的石头砌成的屋子。翠：鸟名。翘（qiáo）：鸟毛。曲琼：玉钩。㊾ 翡翠：鸟名。烂：光彩灿烂。齐：同。㊿ 蒻（ruò）：柔细。阿：细绢。拂：薄也，即迫近、附着之意。帱（chóu）：帐子。张：挂。以上两句说：细软的丝棉作墙帏，丝绸帐子挂起来。(61) 纂（zuǎn）：红色的丝带。组：五彩的丝带。绮：有花纹的丝织品。缟（gǎo）：白色的丝带。结：系结。琦：玉名。璜：半圆形玉璧。以上两句说：五彩的丝带，悬垂着精美的玉璜。(62) 观：看到的一切。珍怪：珍贵奇特的东西。(63) 兰膏：即香油。华容：美貌。此处指美女。(64) 二八：八对，即十六名美女。侍宿：侍候过夜。射（yì）：厌也。一本作"夕"，暮也。递代：不断轮换。王逸云："言使好女十六人，侍君宴宿，意有厌倦，则使更相代也。"(65) 九侯淑女：出身高贵的美女。多：才多。迅：敏捷。多迅众：敏捷多才且超出众人。(66) 盛：多。鬋（jiǎn）：下垂的鬓发。制：发式。实：充实。以上两句说：浓密的鬓发梳成不同的样式，充满了后宫。(67) 容：容貌。态：姿态。好：美好。比：相当。顺：柔顺。弥代：盖世。以上两句说：她们的仪态容貌一样美好，又柔顺绝代。(68) 弱颜：姣弱的容貌。固：坚贞。植：品质。謇：正直的样子。有意：有情意。以上两句说：容貌姣弱，品质坚贞，为人正直又多情。(69) 姱（kuā）：美好。脩：长。絙（gèng）：同"亘"，连贯。洞房：幽深的房间。以上两句说：美丽的容貌，修长的体态，来往于卧室之中。(70) 蛾眉：指美女的眉毛又细又弯。曼：光泽。睩（lù）：眼珠动。腾光：炯炯有光。以上两句说：修长的眉毛下有一对秀丽的眼睛，发射出夺人心魄的闪光。(71) 靡：

细致。颜:容貌。腻:细滑。理:皮肤的纹理。遗视:投送目光。矊(mián):含情脉脉的目光。⑫ 离榭:别馆之榭。修幕:大帐篷。闲:闲暇。王逸云:"言愿令美女于离宫别观帐幕之中,侍君闲静而宴游也。"⑬ 翡帷翠帐:指用翡翠之羽装饰各种帐幕。⑭ 玄玉之梁:一本作无"之"字。红:赤白色。壁:墙壁。沙:丹砂。沙版:丹砂涂饰的窗台版、栏杆版。玄:黑色。玄玉之梁:黑漆如玉的屋梁。⑮ 仰观:抬头看。刻桷(jué):刻有花纹的方椽。画:刻画。以上两句说:抬头看见雕花的方椽,上面画着龙蛇的图案。⑯ 槛:栏杆。曲:迂曲。王逸云:"言坐于堂上,前伏槛楯,下临曲水清水,可渔钓也。"⑰ 芙蓉:莲花。芰(jì)荷:荷叶。⑱ 屏风:水葵,即"荇菜",生于水中,茎呈紫色。文:即"水纹"。一云"水葵茎上之纹"。缘:随。以上两句说:紫茎的荇菜,随着水面的波纹微微荡漾。⑲ 文异:斑纹奇异。豹饰:豹皮的装饰。侍:侍卫。陂陁(pō tuó):高低不平的山坡。以上两句说:穿着斑纹奇特的豹皮衣饰的武士,侍卫在高高低低的山坡。⑳ 轩:有蓬之车。辌(liáng):可卧之车。低:通"抵",到达。步骑:徒行为步,乘马为骑。罗:罗列。㉑ 兰:兰花。薄:丛生。树:种。琼木:玉树,指名贵的树。篱:围篱。王逸云:"言所造舍种树兰蕙,附于门户,外以玉木为其篱落,守御坚重,又芬香也。"㉒ 何远为:此指为何要远去。㉓ 室家:家庭,家族。宗:众。一云"尊也",一云"富也"。方:方法。王逸云:"言君九族室家,遂以众盛,人人晓味,故饮食之和,多方道也。"㉔ 粢(zī):小米。穱麦:新麦。挐(rú):掺杂。黄粱:黄米。㉕ 大苦:极苦。辛:辣。甘:甜。行:用。㉖ 腱(jiàn):筋。胹(ér):熟烂。若:及也。以上两句说:肥牛的蹄筋,煮得熟烂又喷香。㉗ 和:调和。若:与。陈:摆放。吴羹:吴国人作的羹汤。㉘ 胹(ér):煮。鳖:甲鱼。炮:一种烧烤的方法。羔:羊羔。柘(zhè):通"蔗"。柘浆:即糖浆,糖汁。㉙ 鹄(hú):天鹅。酸:用酸烹。臇(juàn):一种烹调方法。凫(fú):野鸭。鸿:大雁。鸧(cāng):一种水鸟。㉚ 露鸡:卤鸡。臛(huò):肉羹。蠵(xī):一种大龟。厉:烈,指味道浓烈。爽:败,指味道不好。㉛ 粔籹(jù nǚ):一种蜜糖和米面油煎出来的饼子。蜜饵:以蜜和粉制成的糕饼。餦餭(zhāng huáng):即麦芽糖。㉜ 瑶浆:美酒。勺:通"酌"。蜜勺:酒中加蜜。实:斟满。羽觞(shāng):古代的一种酒杯。㉝ 挫:捉。糟:犹今甜酒酿中之糟。挫糟:谓捉掉酒糟逼取酒浆。冻饮:冷饮。酎(zhòu):指醇酒。㉔ 酌:酒杯。华酌:华美的酒具。琼浆:美酒。⑮ 归反故室:一本作“归来反故室”。妨:害。⑯ 肴:鱼肉。羞:进也,引申为精美的食品。通:全部。以上两句说:美味佳肴还没有上完,舞女和声乐就排列在眼前。⑰ 陈钟:敲响陈列的钟。按鼓:有节奏地敲击鼓。造:制作,指演奏。⑱《涉江》、《采菱》、《扬荷》:均为楚人歌曲名。发:发声,唱歌。⑲ 朱:红色。酡(tuó):酒色著面。⑩ 娭(xī):一本作“嬉”,一本作“娱”。娭光:挑逗的目光。目曾波:目光如水,犹如水波不断荡漾。⑩ 被:同“披”。文:绣着花纹的衣服。服:穿。纤:细,指绫罗一类的丝织品。以上两句说:她们绫罗的衣服上绣着好看的花色,美丽但并不奇怪。⑩ 曼:光泽,指头发细长有光泽。鬋(jiǎn):下垂鬓发。艳:美好貌。陆离:光彩斑斓。⑩ 齐:齐一。容:仪容。起:跳起。郑舞:郑国的歌舞。⑩ 衽(rèn):衣袖。交:交叉。竿:竹竿。抚:抑,指双手重重压下。案:同“按”,随着音乐节奏。下:退场。⑩ 竽:古代一种管乐器。瑟:古代一种弦乐器。狂:并也,指一起发作。会:合奏。搷(tián):击。⑩《激楚》:楚国一种急骤高亢的歌舞曲名。以上两句说:整个宫廷似乎都在随着乐声震动,楚国的歌舞,分外高亢。⑩ 吴、蔡:当时两个地名。歈(yú)、讴:均为歌之别称。大吕:正统雅乐。以上两句说:既唱吴蔡地方歌,又奏雅乐大吕曲。⑩ 士:男子。杂坐:指随便坐。⑩ 放:解下。陈:展开。组:衣带。缨:帽带。班:通“斑驳”,斑杂。纷:纷乱。⑪ 郑、卫:国名。妖玩:妖冶的女子,或解释为妖好可玩之物。杂:间杂,穿插。陈:陈列,指表现。⑪ 结:结尾。秀:出众。先:先奏之乐曲。以上两句说:末尾《激楚》的演奏,比先前的乐曲要精彩和激动人心。⑪ 菎(kūn):一本作“琨”,美玉。蔽:下棋用的筹码。象:象牙。棋:棋子。六簙:古代的一种棋类游戏。⑪ 曹:伴侣,对手。分曹:分成对手。进:进子,即弈棋时运棋进攻。遒(qiú):紧急。迫:进逼。以上两句说:比赛分组两两各相进子,相互紧逼。⑪ 成枭(xiāo):得了头彩。牟(móu):加倍的胜利。呼:喊。五白:五个骰子都成一色。⑪ 晋:国名。制:作。犀比:一种黄金制成的带钩。费:光貌,指带钩金光闪闪。⑪ 铿(kēng):撞击。虡(jù):钟架。揳(jiá):演奏。梓瑟:用梓木制成的瑟。⑪ 娱酒:饮酒作乐。废:止。沉:沉溺。⑪ 华镫:华丽的烛台。错:错落。⑪ 结撰:构思撰写。至思:尽力思考。兰芳：形容文辞优美。假：借。以上两句说：构思撰作的人尽力思考着写词，将兰花似的芬美糅入文章的藻思。⑳ 极：尽，指人人尽其情思。赋：王萌云："赋，赋诗。谓不歌而诵其所撰之词。《左转》'赵武过郑，七子赋诗'是也。然作诗亦谓之赋。"同心赋：同样用心赋作。㉑ 酎(zhòu)：重酿的醇酒。先故：祖先故旧。㉒ 此二句王逸云："言魂神宜急来归，还反楚国，居旧故之处，安乐无忧也。"㉓ 乱：古代乐歌中的尾声，一般是大合唱。献：进。献岁：进入新年。发春：春气发动。汩(yù)：迅速的样子。南征：向南走去。王逸云："言岁始来进，春气奋扬，万物皆感气而生，自伤放逐，独南行也。"㉔ 菉：通"绿"。蘋：水草名。白芷：香草名。㉕ 贯：穿过。庐江：地名。长薄：树木丛生的地方。㉖ 倚：倚靠。沼：池沼。畦(qí)：水田。瀛(yíng)：浩渺的大水。遥：遥远。博：广阔。㉗ 青骊：黑色的马。结：连。驷：四马为驷。结驷：四匹黑马同拉一车。齐千乘：千乘齐发。悬火：悬灯。延起：指火光冲天。玄颜：指天空黑里透红的颜色。烝：火焰升腾。㉘ 步：步行。骤：放马奔跑。诱：向导。骋先：跑在前头。抑：控制。骛：奔跑。若：顺。通：通畅。以上四句说：步行的、骑马的散布遍野，向导一马当先。控制住奔马又放开任其奔驰，动作无比顺畅，引着车子向右转去。㉙ 王：君王。趋：前往。梦：云梦泽，楚国一大泽名。课：考校。以上两句说：和君王一同奔向云梦泽，比赛谁先谁后，孰优孰劣。㉚ 发：射箭。惮：通"殫"，射杀。青兕(sì)：一种青色野牛。㉛ 朱明：太阳。承：连接。淹：留。㉜ 皋：水边高地。被：覆盖。径：路。渐：淹没。㉝ 湛湛：江水清澈幽深的样子。枫：枫树。伤春心：一本作"伤心悲"。㉞ 此二句王逸云："言魂魄当急来归，江南土地僻远，山林险阻，诚可哀伤，不足处也。"洪兴祖以为庾信《哀江南赋》即以此取名。

【品 评】

《史记·屈原贾生列传》中司马迁云："余读《离骚》、《天问》、《招魂》、《哀郢》，悲其志。"以《招魂》为屈原作。然王逸《楚辞章句》云："《招魂》者，宋玉之所作也。"又以《招魂》为宋玉作，招屈原的魂。后人多从司马迁说，认为此诗"外陈四方之恶，内崇楚国之美"，言"宫室居处之美，饮食服御之奢，乐舞之盛"，是屈原招怀王之亡魂。胡念贻则认为："《招魂》为宋玉所

作，招楚国某个国王之魂。”（见其著《先秦文学论集》）

该诗长达270余句，首尾之“序”和“乱”用骚体，中间正文部分主要有四言句式，隔句句尾用“些”字，与《楚辞》各篇对“兮”字用法不同。全文可分为三部分，从“朕幼清以廉洁兮”至“长离殃而愁苦”为第一部分，为作者自叙，叙说招魂缘由。从“帝告巫阳曰”至“反故乡些”为第二部分，是招魂词的主要内容。招魂词可分为两层，第一层从“乃招下曰”至“恐自遗灾些”，主要是“外陈四方之恶”，分别从四方上下着笔，渲染其险恶，以警告亡魂不要迷失方向，不要滞留在外，而要从速归来。第二层从“魂兮归来”至“反故居些”是招魂词第二层，主要是“内崇楚国之美”，从居室、环境、女色、侍从，写到饮食、乐舞、游戏、宴饮，极尽铺陈夸张之能事，渲染出一个能满足人的种种欲望的人间乐土，招诱亡魂归来。巫阳招魂之词，至此为止。“乱词”以下是第三部分。本篇主要内容系借巫阳口气，言四方上下如何可怕，而故乡可爱，劝所招魂魄归来安享。刘勰《文心雕龙·辨骚》既指出其中“异忽经典”之处，又称其“耀艳而深华”。梁启超《要集解题及其读法》说《招魂》“对于厌世主义与现实快乐主义两皆极力描写，而皆拨弃，实全部《楚辞》中最酣恣最深刻之作”。全诗“铺采理摛，体物写志”，对饮食、居处、游戏、女乐、陈设等，极尽铺张之能事，开汉赋之先河，对枚乘《七发》、庾信《哀江南赋》等有直接影响。

大　招

青春受谢，白日昭只。[1]
春气奋发，万物遽只。[2]
冥凌浃行，魂无逃只。[3]
魂魄归徕！无远遥只。[4]
魂乎归徕！无东无西，无南无北只。[5]
东有大海，溺水浟浟只。[6]
螭龙并流，上下悠悠只。[7]
雾雨淫淫，白皓胶只。[8]
魂乎无东！汤谷寂寥只。[9]
魂乎无南！南有炎火千里，蝮蛇蜒只。[10]
山林险隘，虎豹蜿只。[11]
鰅鳙短狐，王虺骞只。[12]
魂乎无南！蜮伤躬只。[13]
魂乎无西！西方流沙，漭洋洋只。[14]
豕首纵目，被发鬤只。[15]
长爪踞牙，诶笑狂只。[16]
魂乎无西！多害伤只。[17]
魂乎无北！北有寒山，逴龙赩只。[18]
代水不可涉，深不可测只。[19]
天白颢颢，寒凝凝只。[20]
魂乎无往！盈北极只。[21]
魂魄归徕！闲以静只。[22]
自恣荆楚，安以定只。[23]
逞志究欲，心意安只。[24]
穷身永乐，年寿延只。[25]
魂乎归徕！乐不可言只。[26]

五谷六仞，设菰粱只。[27]
鼎臑盈望，和致芳只。[28]
内鸧鸽鹄，味豺羹只。[29]
魂乎归徕！恣所尝只。[30]
鲜蠵甘鸡，和楚酪只。[31]
醢豚苦狗，脍苴蓴只。[32]
吴酸蒿蒌，不沾薄只。[33]
魂兮归徕！恣所择只。[34]
炙鸹烝凫，煔鹑陈只。[35]
煎鰿膗雀，遽爽存只。[36]
魂乎归徕！丽以先只。[37]
四酎并孰，不涩嗌只。[38]
清馨冻饮，不歠役只。[39]
吴醴白糵，和楚沥只。[40]
魂乎归徕！不遽惕只。[41]
代秦郑卫，鸣竽张只。[42]
伏戏驾辩，楚劳商只。[43]
讴和扬阿，赵箫倡只。[44]
魂乎归徕！定空桑只。[45]
二八接舞，投诗赋只。[46]
叩钟调磬，娱人乱只。[47]
四上竞气，极声变只。[48]
魂乎归徕！听歌譔只。[49]
朱唇皓齿，嫭以姱只。[50]
比德好闲，习以都只。[51]
丰肉微骨，调以娱只。[52]
魂乎归徕！安以舒只。[53]
嫮目宜笑，娥眉曼只。[54]
容则秀雅，穉朱颜只。[55]
魂乎归徕！静以安只。[56]

姱修滂浩，丽以佳只。[57]
曾颊倚耳，曲眉规只。[58]
滂心绰态，姣丽施只。[59]
小腰秀颈，若鲜卑只。[60]
魂乎归徕！思怨移只。[61]
易中利心，以动作只。[62]
粉白黛黑，施芳泽只。[63]
长袂拂面，善留客只。[64]
魂乎归徕！以娱昔只。[65]
青色直眉，美目媔只。[66]
靥辅奇牙，宜笑嘕只。[67]
丰肉微骨，体便娟只。[68]
魂乎归徕！恣所便只。[69]
夏屋广大，沙堂秀只。[70]
南房小坛，观绝霤只。[71]
曲屋步壛，宜扰畜只。[72]
腾驾步游，猎春囿只。[73]
琼毂错衡，英华假只。[74]
茝兰桂树，郁弥路只。[75]
魂乎归徕！恣志虑只。[76]
孔雀盈园，畜鸾皇只。[77]
鹍鸿群晨，杂鹙鸧只。[78]
鸿鹄代游，曼鹔鷞只。[79]
魂乎归徕！凤皇翔只。[80]
曼泽怡面，血气盛只。[81]
永宜厥身，保寿命只。[82]
室家盈廷，爵禄盛只。[83]
魂乎归徕！居室定只。[84]
接径千里，出若云只。[85]
三圭重侯，听类神只。[86]

察笃夭隐，孤寡存只。[87]
魂乎归徕！正始昆只。[88]
田邑千畛，人阜昌只。[89]
美冒众流，德泽章只。[90]
先威后文，善美明只。[91]
魂乎归徕！赏罚当只。[92]
名声若日，照四海只。[93]
德誉配天，万民理只。[94]
北至幽陵，南交阯只。[95]
西薄羊肠，东穷海只。[96]
魂乎归徕！尚贤士只。[97]
发政献行，禁苛暴只。[98]
举杰压陛，诛讥罢只。[99]
直赢在位，近禹麾只。[100]
豪杰执政，流泽施只。[101]
魂乎归徕，国家为只。[102]
雄雄赫赫，天德明只。[103]
三公穆穆，登降堂只。[104]
诸侯毕极，立九卿只。[105]
昭质既设，大侯张只。[106]
执弓挟矢，揖辞让只。[107]
魂乎徕归！尚三王只。[108]

【注 释】

① 青：古人认为东方为春天的位置，其色为青，所以用“青春”表示春天。受：承受。谢：时序。昭：明亮。只：句末语气词。以上两句说：春天到来，草木萌生。太阳普照，万丈光芒。② 遽（jù）：急速竞发。③ 冥：昏暗。凌（líng）：冰冻。浃（jiā）：周遍。④ 魂：阳气。魄：阴神，古人认为它可以离开形体而独立存在。《左传》：“人生始化曰魄，既生魄，阳曰魂。”魂魄：指附于人体内可以脱离人体存在的精神。人体含阴阳之气，依附于体

则生，离于体则死。⑤ 徕：同“来”。遥：飘摇远去。此指东南西北四方多害，下文便分四方陈述，招魂归来。⑥ 溺水：此指水性容易使人溺死。浟浟(yōu)：水流迅疾的样子。⑦ 螭龙：传说中无角曰螭，有角曰龙。流：通“游”(从闻一多说)。悠悠：游行的样子。⑧ 雾雨：海面上的蒸气，像雾也像雨。淫淫：流动不止的样子。白：蒸气浓重，白茫茫一片。皓胶：叠韵连绵词，水汽凝冻的样子。⑨ 汤谷：太阳所升起的地方，其地无人，空旷沉寂，无所见闻。⑩ 炎：火盛的样子。蝮(fù)：南方毒蛇。蜒：蜿蜒，指蛇曲折爬行的样子。⑪ 蜿：盘曲蹲踞。⑫ 鰅鳙(yú yōng)：即“鳙鳙”，一音之转(从汤炳正说)。是传说中的怪鱼，状如犁牛，音如彘鸣。短狐：即“蜮(yù)”，似鳖，三足，又名射影。传说蜮在水中能含沙投人影而射、使人得病的怪物。王虺(huǐ)：大的毒蛇。骞：仰头的样子。⑬ 蜮：短狐。躬：身体。⑭ 漭(mǎng)：广阔无际。漭洋洋：广阔无际的样子。⑮ 豕：猪。首：头。纵目：直竖着眼睛。被发：即“披发”。鬤(ráng)：头发散乱的样子。⑯ 踞：通“锯”，指牙如锯齿。诶(xī)：强笑。诶笑狂：此指川西的怪物狒狒，似人，豕首，喜得人而食，则狂喜而笑。⑰ 多害伤：指狒狒之属多伤害人。⑱ 逴(chuō)龙：山名。王逸注云：“言北方有常寒之山，阴不见日，名曰逴龙，其土赤色，不生草木，不可过之，必冻杀人也。”赩(xì)：此处指赤色的土壤上光秃无草木的样子。⑲ 代水：古水名，今无从考证。涉：步行过水。⑳ 颢颢(hào)：洁白有光的样子。此指常年的积雪使得天地皆白，雪光闪耀。凝凝：冰冻的样子。㉑ 盈：满。盈北极：北极的冰雪遍地皆是。㉒ 以：而。闲以静：安闲又清静。㉓ 恣(zī)：放纵，无拘束。荆楚：即楚国，荆是楚国的别称。㉔ 逞：意愿实现。究欲：穷尽所欲。心意安：使心情平静。以上两句说：楚国让你随心所欲啊，心情安定。㉕ 穷身：终身。延：久长。㉖ 以上两句说：魂啊归来吧，楚国的快乐说也说不完啊。㉗ 五谷：稻、稷、麦、豆、麻。此处泛指粮食。仞：一仞七尺或八尺。一尺约合二十三厘米。六仞：此指仓廪中谷物堆积的高度。设：摆置。菰(gū)：多年生草本植物，生在浅水里，嫩茎称“茭白”、“蒋”，可做蔬菜。果实称“菰米”、“雕胡米”，可煮饭极香，所以此处称“菰粱”。㉘ 鼎：古代烹煮用的器物，一般为三足两耳。臑(ér)：通“胹”，煮熟。此指煮熟的羹汤。盈望：满眼望去。此处形容远望羹肴满眼皆是，极其丰盛。和致芳：调和椒、桂、姜等佐料使之芳香。㉙ 内：一本作“肭”(nà)，肥美。或通“纳”，放入。鸧(cāng)：即“鸧鸹”，灰鹤。鹄(hú)：天鹅。味豺羹：以豹肉入羹调和味道。㉚ 恣：任意。㉛ 蠵(xī)：大海龟。甘鸡：甜美的肥鸡。酪：乳浆。㉜ 醢：肉酱。豚(tún)：小猪。醢豚：用肉酱来蒸猪。苦：苦荼，即苦菜。苦狗：用苦菜包狗肉蒸之。脍(kuài)：本义是细切的肉，此用为动词，即“切成薄片”。苴蒪(jū pò)：蘘(rǎng)荷，叶子形似初生的甘蔗，跟似姜芽，可当蔬菜。㉝ 吴酸：吴人所调咸酸之味。蒿(hāo)：白蒿或青蒿，香嫩可食。蒌(lóu)：白蒿，多生于水滨。沾：古“添”字，浓(从王夫之说)。此指吴人取蒿与酸咸调和，使得汤汁不浓不淡。㉞ 择：选取。㉟ 炙：烤。鸹(guā)：即“鸧鸹”，灰鹤。凫：野鸭。煔(qián)：煮肉。鹑：鹌鹑。陈：陈设。㊱ 鲼(jì)：同“鲫”，鲫鱼。臛(huò)：同“臛”，肉羹。遽(jù)：急速。爽：快。存：王逸注：“存：前也”，又“参差众味，持之而前也。”㊲ 丽：美味的菜肴。先：先进。以上两句说：魂啊归来吧，美味的菜肴先进献给你。㊳ 酎(zhòu)：经过两次以至多次重酿的醇酒。四酎：重酿四次而成的醇酒。孰：同“熟”，指酒味醇厚。涩：不光滑。嗌(yì)：咽喉。以上两句说：四次重酿的醇酒醇厚而又甘美，味滑而且不苦涩喉咙。㊴ 馨：散布很远的香气。冻：寒。歠(chuò)：通“辍”，中止(从汤炳正说)。役：使用。以上两句说：淡淡的酒香和清凉的冷饮，四季常有而不缺。㊵ 醴(lǐ)：甜酒。蘖(niè)：酿酒的曲。沥(lì)：过滤。此指清酒。㊶ 遽：惊惧。惕：戒惧。㊷ 代秦郑卫：指四国的音乐。竽：古代的吹奏乐器，像笙，有三十六簧。张：展开。此指演奏。㊸ 伏戏：即“伏羲”，东方天帝。古代传说伏羲是制八卦及医学上的始祖。《驾辩》、《劳商》：为古代曲乐。王逸注为：“言伏羲作瑟，造《驾辩》之曲，楚人因人，作《劳商》之歌，皆要妙之音，可乐听也。或曰：《伏戏》、《驾辩》，皆要妙歌曲也。劳，绞也。以楚声绞商音，为之清激也。”此两种解释仅供读者参阅。㊹ 讴：无伴奏而齐声歌唱。和(hè)：相互应和。扬阿：即《阳阿》，《招魂》篇已见。箫：管乐器。倡：同“唱”，先歌为唱。此指用赵国的箫先领奏，后齐声相互唱和。㊺ 定：此指调音定乐。空桑：古琴瑟的名称。㊻ 二八：八人一列，排两行，共十六人。接舞：连续舞动。投：投合。诗赋：指雅乐。王逸注云：“古者以琴瑟歌诗，赋为雅乐，《关雎》、《鹿鸣》是也。”㊼ 叩：敲打。钟：金属制成的响器。磬

(qìng):古代打击乐器,用玉、石制成,可悬挂,形像曲尺。娱人:使人欢乐。乱:乐曲的结尾。此指乐曲从首章到末章都使人快乐。㊽ 四上:主要有三种解释:其一,王逸注为:"谓上四国,代、秦、郑、卫也。"其二,洪兴祖补注为:"谓声之上者有四,谓代秦郑卫之鸣竽也,伏戏之《驾辩》也,楚之《劳商》也,赵之箫也。"其三,汤炳正认为:"或谓古乐演奏有四个环节,即初升歌,二笙入,三简歌,四合歌。"(详见《仪礼·乡饮酒礼》)四个环节依次而进,故曰"四上"。极:穷尽。声变:乐声的变换。㊾ 听歌:观舞听乐。课(zhuàn):具备。㊿ 皓:白。嫭(hù):美丽。姱(kuā):美好。以上两句说:美人白齿红唇,漂亮动人。51 比德:同心同德。好(hào)闲:喜爱娴静。习:指深知礼节并不断学习。都(dū):美好。52 丰肉:丰腴的体态。微骨:纤细的骨骼。调(tiáo):和。此指和蔼。娱:善于娱乐众人。53 以上两句说:魂啊归来吧,此地安心又舒适。54 嫮(hù):同"嫭",美丽。宜笑:笑得很美。娥:女子姿容美好。娥眉:秀眉。曼:细长。55 则:法则。容则:此指仪容举止。秀雅:清秀典雅。稺(zhì):同"稚",稚嫩。朱颜:秀眉的容颜。56 此二句王逸注为:"言美好之女,可以静居安精神也。"57 修:长,指身体修长。滂浩:广大。此指见识深广。佳:善良,美好。58 曾:重叠。颊:脸的两侧(从眼处到下颌的部分)。重颊:指面容圆满。倚耳:耳贴后。规:圆形。此指弯曲的眉毛如半圆形。59 滂心:情感丰富。绰态:舒缓柔美的姿态。姣:美好。施:展示。60 小腰:细腰。楚国风俗以细腰为美。秀颈:修长的颈项。鲜卑:又作"师比"、"犀比"、"犀毗",仅指胡服的衣带或带钩。鲜卑本指神兽,古代鲜卑人因崇拜它而把鲜卑作为部落的名称。少数民族的女子大概多以此瑞兽作为装饰衣带的图案来束腰见细。61 移:离去。此指美人为伴可以使人忘忧。62 易:平易,和悦。易中:心中和悦。利:敏捷。利心:心思灵敏。以:用。动作:此指美人通过动作表现出内心的和悦与心思的灵敏。63 粉白:用脂粉来将脸擦得雪白。黛:青黑色的颜料。黛黑:用黛来画眉。芳泽:古代女子涂发用的香膏。64 袂(mèi):衣袖。拂:拭,轻轻擦过。此指美人舞动时长袖轻轻拂面而过。65 昔:同"夕",夜。此指夜夜娱乐。66 青色:指眉。娴(mián):眼睛美丽而含情。67 靥(yè):面颊上的微涡,指酒窝。辅:同"酺",面颊。奇牙:特别洁白的牙齿。嘕(xiān):笑的样子。68 便(piān)

娟：指体态轻盈美好的样子。⑲ 便（piān）：安适。⑳ 夏：通“厦”，本义指大屋子。沙堂：朱砂涂饰楹楣的厅堂。秀：秀丽典雅。㉑ 房：屋。古代正室两旁的房屋称房。坛：楚人称中庭为坛，与《涉江》“庭巢堂坛兮”的语义相同。观（guàn）：楼台。霤（liù）：屋檐下的流水。绝霤：檐有承霤绝水处。此处用“绝霤”表示布置招魂的房屋享用天子之制。㉒ 曲屋：屈曲的楼阁。步壛（yán）：檐下的走廊。扰：通“饶”，驯，温顺（从朱熹说）。扰畜：指温顺的马。以上两句说：屈曲的楼阁和走廊，适宜驾着温顺的马游行观赏。㉓ 腾驾：驾马奔驰。腾驾步游：指游猎随行的车队，或骑马或步行，浩浩荡荡。囿（yòu）：养动物的园林。猎春囿：春天在帝王的蓄养禽兽的园子里打猎。㉔ 毂（gǔ）：车轮中心有圆孔可以插轴并承接辐条的圆圈。琼毂：玉饰的车毂。错：镀金或镀银。衡：车辕前端的横木。英华：车饰的装扮如花。假：盛大。㉕ 茝：香草，即白芷。郁：葱郁茂盛。弥：满，遍布。㉖ 虑：一本作“处”。志虑：指随君的心意任意选择住所。㉗ 鸾皇：亦作“鸾凰”，鸾是凤凰的一种，传说为雄性的长生瑞鸟。㉘ 鹍（kūn）：鹍鸡，一种形似天鹅的大鸟。鸿：鸿鹤。群晨：群聚时而啼鸣。鹙（qiū）鸧：即“秃鹙”，一种头颈无毛而贪馋的水鸟。㉙ 鸿鹄（hú）：天鹅。代游：往来游戏。鹔鷞（sù shuǎng）：雁的一种，长颈绿色的羽毛。曼：延长。此指群鸟结伴飞行。㉚ 凤皇：即“凤凰”，祥鸟。此用凤凰的飞翔比喻贤者的归附，犹言楚国多贤士，呼唤魂快快归来。㉛ 曼泽：细腻光润。怡面：容色和悦。血气盛：指身体强壮，血气方刚。㉜ 宜厥身：使其身有利。保寿命：延年益寿。㉝ 室家：宗族。廷：朝廷。爵禄：爵位俸禄。盛：丰厚。㉞ 居室定：此指在家中居住最安定。㉟ 接径：楚语，贯穿（从朱季海说）。此指楚国道路旁通千里。出若云：此指人民众多，出行时如云一般熙熙攘攘。㊱ 圭：玉制的礼器。三圭：指公、侯、伯。《考工记·玉人》篇：“命圭九寸，谓之桓圭，公守之。命圭七寸，谓之信圭，侯守之。命圭七寸，谓之躬圭，伯守之。”重侯：指子、男。王逸注云：“子、男共一爵，故言重侯也。”听：治理，判断。类神：公、侯、伯、子、男能断是非，如同神明。㊲ 察：视察。笃：厚。夭：早死的人。此指死亡。隐：病痛。孤：幼年丧父。寡：老而无夫。存：体恤。㊳ 昆：后嗣。此处译为“后”。始昆：先后。正始昆：定仁政之先后。㊴ 田：田野。邑：都城。畛（zhěn）：田间的小路。阜：富有。昌:昌盛。⑩冒:覆盖。众流:各类人群。泽:恩惠。章:即"彰",明显。⑪以上两句说:先以威武齐民后用文德安抚百姓,民之美善自我彰显。⑫当:恰当公允。⑬四海:指四方极远之地。⑭以上两句说:自修之德与外在的声誉可与天相比,能治理百姓的恩怨。⑮幽陵:幽州。交阯:南蛮。⑯薄:迫近。羊肠:山名,在太原晋阳之北(从林云铭说)。⑰尚:推举。⑱以上两句说:施行仁政进献仁义,禁止苛政暴虐。⑲举杰:推举贤能。压:镇服。陛:本义指宫殿的台阶,此指宫殿。诛:声讨。讥:旁敲侧击地批评。罢:止息。⑳赢:正直。麾:古代供指挥用的旌旗。近禹麾:此指正直之称在位,国力会接近大禹所治的疆域。(101)以上两句说:英豪贤士执掌政权,可以施恩泽给百姓。(102)国家为:为国家作辅佐。(103)雄雄:威势盛大的样子。赫赫:显著的样子。天德明:上配天之德显明。(104)三公:指立太师、太傅、太保三公。穆穆:和美的样子。登降堂:出入于朝堂来议大政。(105)毕:完全。极:至。九卿:中央行政官员的合称。(106)昭质:指箭靶所画之地。侯:箭靶。张:陈设。(107)矢:箭。揖:拱手。辞让:推辞谦让。(108)尚:遵奉。三王:指夏禹、商汤、周文王。

【品评】

王逸《楚辞章句》云:"《大招》者,屈原之所作也,或曰景差,疑不能明也。"可见早在东汉时代,作者亦已不能明。景差事,《史记·屈原贾生列传》云:"屈原既死之后,楚有宋玉、唐勒、景差之徒者,皆好辞而以赋见称。然皆祖屈原之从容辞令,终莫敢直谏。"此外,相传宋玉所作的《大言赋》、《小言赋》亦提到景差,称为"大夫"。王逸于《大招》作者,虽两说并存,然其解说仍以屈原创作为对象,说屈原自招其魂。宋代晁补之《重编楚辞》,因其文义古奥,疑为屈原作,而洪兴祖则云"恐非屈原作",朱熹云"此篇决为差作无疑"。而黄文焕、林云铭、蒋骥、吴世尚、屈复、胡文英、陈本礼均以《大招》为屈原作。近人梁启超、郭沫若、游国恩、陆侃如等认为此篇为后人仿《招魂》之作,而陈子展、殷光熹力主《大招》为屈原所作。

《大招》在内容、形式上与《招魂》酷似,通篇四言,隔句句尾"只"字作语助。其内容也是竭力渲染四方之恶,分东南西北招魂;继则"内崇楚国之美",以饮食、音乐、女色、宫室之美以招亡魂来归;末写王化德政、国泰民安。一般认为,《招魂》作于怀王刚死之时,而《大招》作于怀王归葬举行仪式时。对此篇的艺术评价历来毁誉皆半,或云“词义高古”(朱熹语)、“绝世奇文”(林云铭语),或云“寒俭苦涩”、“语之不精,言之无味”(陆时雍语)。这一争论延至今日,仍无定评。

惜　誓

惜余年老而日衰兮，岁忽忽而不反。[①]
登苍天而高举兮，历众山而日远。[②]
观江河之纡曲兮，离四海之霑濡。[③]
攀北极而一息兮，吸沆瀣以充虚。[④]
费朱鸟使先驱兮，驾太一之象舆。[⑤]
苍龙蚴虬於左骖兮，白虎骋而为右骓。[⑥]
建日月以为盖兮，载玉女於后车。[⑦]
驰骛於杳冥之中兮，休息虖昆仑之墟。[⑧]
乐穷极而不厌兮，愿从容虖神明。[⑨]
涉丹水而驼骋兮，右大夏之遗风。[⑩]
黄鹄之一举兮，知山川之纡曲。[⑪]
再举兮，睹天地之圜方。[⑫]
临中国之众人兮，讬回飙乎尚羊。[⑬]
乃至少原之野兮，赤松、王乔皆在旁。[⑭]
二子拥瑟而调均兮，余因称乎清商。[⑮]
澹然而自乐兮，吸众气而翱翔。[⑯]
念我长生而久仙兮，不如反余之故乡。[⑰]
黄鹄后时而寄处兮，鸱枭群而制之。[⑱]
神龙失水而陆居兮，为蝼蚁之所裁。[⑲]
夫黄鹄神龙犹如此兮，况贤者之逢乱世哉。[⑳]
寿冉冉而日衰兮，固儃回而不息。[㉑]
俗流从而不止兮，众枉聚而矫直。[㉒]
或偷合而苟进兮，或隐居而深藏。[㉓]
苦称量之不审兮，同权槩而就衡。[㉔]
或推迻而苟容兮，或直言之谔谔。[㉕]
伤诚是之不察兮，并纫茅丝以为索。[㉖]

方世俗之幽昏兮，眩白黑之美恶。[27]
放山渊之龟玉兮，相与贵夫砾石。[28]
梅伯数谏而至醢兮，来革顺志而用国。[29]
悲仁人之尽节兮，反为小人之所贼。[30]
比干忠谏而剖心兮，箕子被发而详狂。[31]
水背流而源竭兮，木去根而不长。[32]
非重躯以虑难兮，惜伤身之无功。[33]
已矣哉！独不见夫鸾凤之高翔兮，乃集大皇之野。[34]
循四极而回周兮，见盛德而后下。[35]
彼圣人之神德兮，远浊世而自藏。[36]
使麒麟可得羁而係兮，又何以异虖犬羊？[37]

【注 释】

① 惜：痛惜。岁：年龄。忽忽：时间快速的样子。不反：即“不返”，此指时光易逝不可再来。② 苍天：深青色的天。《尔雅》云：“春为苍天。”高举：离尘脱俗的样子。历：经历。日远：此指一天天地远离故乡。③ 纡曲：迂回曲折。离：远过。霑濡：同“沾濡”，沾染浸湿。④ 北极：北极星，正对着地轴，天空北部的亮星。一：一本作“以”。息：暂歇，休息。沆瀣(hàng xiè)：夜间的清露。此指北方的清和之气。充虚：充实虚空的身体。⑤ 朱鸟：一名“朱雀”，为星宿名，是二十八宿中南方七宿（井、鬼、柳、星、张、翼、轸）的总称。因为此七宿连接在一起呈鸟形，并且朱色为火色，南方属火，故名为朱鸟。先驱：指在前方做先导。太一：天神。象舆：用象牙装饰的车。⑥ 苍龙：是二十八星宿中东方七宿（角、亢、氐、房、尾、箕）的总称。蚴虬(yòu qiú)：屈曲行动的样子。白虎：西方七宿（奎、娄、胃、昂、毕、觜、参）的总称。骋：驰骋。騑：驾在中间的服马。⑦ 玉女：星宿名，在北方七宿（斗，牛，女，虚，危，室，壁）之中，所以在车后（从黄寿祺说）。以上两句说：立日月的光华为车盖，在车后载着玉女星。⑧ 骛(wù)：纵横奔驰。杳冥：昏暗深广。此指天空深远的地方。虖：一本作“乎”，于，在。墟：大土山。昆仑墟：古代言“昆仑墟”即指昆仑山。⑨ 穷：达到极点。乐穷极：指快乐到达了顶点。厌：满足。从容：行动舒缓镇定

的样子。此用作动词,指逍遥自在地游行。神明:神灵。⑩ 涉:趟水过河。丹水:水名,在山西省境内。驼:一本作“驰”。右:在右边。大夏:地名,在山西省内,指太原晋阳。遗风:遗留下来的风俗。此处借用“大夏的遗风”来思念郢都。⑪ 黄鹄:即“鸿鹄”,天鹅。一举:振动翅膀一飞。纡曲:蜿蜒迂曲的样子。⑫ 再举:再次振翅远飞。睹:看见。圜(yuán):同“圆”。圜方:此指看到了天圆地方的景象。⑬ 临:俯视。中国:即“国中”,此指郢都。众人:世俗的群小。讬:同“托”,寄托。回飙:回旋的飙风,即旋风。尚羊:同“徜徉”,悠闲自在的样子。以上两句说:俯视郢都的庸人啊,因此寄托于旋风回旋而上去逍遥远游。⑭ 少原之野:仙人所居住的地方(从王逸说)。赤松、王乔:道家崇奉的神仙。⑮ 拥瑟:抱瑟。均:同“韵”,和谐的声音。调均:指调弦使得声音和谐。清商:商纣王的乐工师延所作,为亡国之音。⑯ 澹(dàn):安然的样子。翱翔:展翅回旋飞翔。⑰ 以上两句说:思考着我将长生且长久登天迁离郢都,却比不上我返回故乡的快乐。⑱ 黄鹄:天鹅。此指贤者。后时:晚去。寄处:寄居山林。鸱枭(chī xiāo):鸟名,亦作鸱鸮,俗称猫头鹰。常比喻贪恶之人,此指群小。群而制之:群起而制止。王逸云:“言贤者失时,后辈亦为谗佞所排逐之。”⑲ 神龙:此指神龙本当深居水中。蝼蚁:蝼蛄和蚂蚁。此比喻谗人。裁:节制,抑止。以上两句说:神龙失去了深水而在陆地居处,便会被蝼蚁所残害。⑳ 以上两句说:黄鹄和神龙尚且这样,更何况圣贤之人身逢小人当道的乱世却怎能不被毒害?㉑ 冉冉:渐渐行进。日衰:天天衰减。固:一本作“国”,国家。儃回:运转。不息:不停息。以上两句说:国家照旧运转,自己却因年纪一天天地衰老而无法遏制小人的行径。㉒ 俗流:俗辈之人。从:相互依从。不止:不止息。此指谗人蒙蔽君主并在其身边长久逢迎周旋。众:群小。枉:邪恶。聚:聚集。矫:正曲使直。此指把错误的当成是正确的。㉓ 或:有的人。偷合而苟进:苟且进取而求合。以上两句说:有的人苟合于世俗而为求取爵禄,有的人深居隐匿而自行修身但不被君主所了解。㉔ 苦:苦于。称:量轻重。量:测长短。审:考察。权:秤锤。槩(gài):同“概”,量米时刮平斗斛(hú)用的木板。衡:称量。㉕ 迻:同“移”。推迻:即“推移”,此指顺从君心可进可退。苟容:苟且取悦于君主。直言:直言进谏。谔谔(è):直言争辩的样子。

㉖ 诚:的确。不察:不考察分辨。并:合。纫:搓绳。索:大绳子。以上两句说:确实伤心君主不考察而任用苟合之人,犹如将丝线与茅草并在一起搓成绳索一样不辨是非。㉗ 方:正当。幽昏:昏暗不明。眩(xuàn):眼花而看不清楚。白黑之美恶:指不辨黑白,善恶不分。㉘ 放:放弃。山渊之龟玉:此指山中的玉石与深渊中的神龟。相与:相互之间。贵:以……为贵重,意动用法。砾石:小石,碎石。㉙ 梅伯:鄂侯。数谏:屡次进谏。醢:古代的酷刑,即把人剁成肉酱。来革:又称"恶来革",为商纣王时期的佞臣。顺志:顺应君主的心意。用国:执掌国政。㉚ 仁人:指像梅伯一类的贤臣。尽节:竭力保持忠心。为:被。小人:谗人。贼:杀害。㉛ 比干:商纣王的叔父。《韩诗外传》记载,纣王制定炮烙之刑,比干强力劝谏。纣王听说圣人的心有七窍便杀比干并剖开其心观看。箕子:商朝贵族,性耿直,屡谏纣而不听,于是披发装疯被纣囚禁。后来武王立周,箕子不愿作周民而隐。详:通"佯",假装。详狂:装疯。㉜ 背流:指水背离源泉而横流。竭:干涸。㉝ 重躯:此指重视自身安危。虑难:此指思考将受罹难。惜:叹惜。无功:指对百姓没有功德。㉞ 已矣哉:算了吧。鸾凤:凤凰。大皇之野:广大无人的地方。㉟ 循:沿着。四极:四方极远之地。回周:回旋飞翔。盛德:盛名贤德的君主。下:降落。㊱ 圣人之神德:此指圣人有着与鸾凤一样的神智之德。㊲ 麒麟:古代传说中的一种仁兽,象征祥瑞。头上有角,像鹿,全身有鳞甲,尾如牛尾。羁、係:系,捆绑。此指捆着麒麟圈养。虖:一本作"乎"。犬羊:此指一般的牲畜。

【品 评】

王逸《楚辞章句》云:"《惜誓》者,不知谁所作也,或曰贾谊,疑不能明也。"同时,《史记》和《汉书》也只记载了贾谊的《吊屈原赋》与《鹏鸟赋》,并没有收录此篇。因此,《惜誓》的作者问题一直处在争论之中。一些学者以文中出现"年老而日衰"便定此篇非贾谊所写,原因是贾谊 33 岁已死,至于贾谊自写"年老"更是无从说起。但应该不排除《惜誓》是贾谊代言屈原所写,所以提及"年老"实属必然。此外,《吊屈原赋》中言:"所贵圣之深德兮,远浊世而自臧。使麒麟可系而羁兮,岂云异夫犬羊?"与《惜誓》所言:"彼圣人之神德兮,远浊世而自藏。使麒麟可得羁而係兮,又何以异虖犬羊?”酷似。又两篇中都常引“鸾凤”和“鸱枭”等意象作比,所以此篇应当是贾谊所写。汤炳正认为:“从内容观之,本篇当是谪长沙时所作,在《吊屈原赋》与《鹏鸟赋》之前。”此说有待进一步考证,此处列出仅供参考。

史书记载贾谊为洛阳人,汉文帝时被召为博士,因绛灌之属的诋毁被天子疏远,贬谪为长沙太傅。因他的境遇与屈原相似,而写悼念屈原的文章来抒己怀。王逸云:“惜,哀也。誓,信也,约也。”但纵观全篇,《惜誓》的题解不应从王逸所说,因文中只字未提屈原与怀王有约定之事。“惜”是痛惜之义。“誓”,通“逝”,指在已逝的岁月对国家及百姓无所功绩。

此篇可分为三段,第一段从“惜余年老而日衰兮”到“吸众气而翱翔”,讲屈原年老而无所建树,所以登天而求仙,乘着太一的车驾着苍龙和白虎,使朱雀为其开路,携玉女于车后,在苍天安然自乐回旋飞翔。但“霑濡”、“遗风”等词中却显露出屈原在畅游天地时忧思楚国,心愁身苦。所以,第二段从“念我长生而久仙兮”到“惜伤身之无功”笔锋一转,描写屈原虽思念长久登天,却比不上返回故乡的快乐。但思念中的郢都正处乱世,致使黄钟毁弃瓦釜雷鸣。回到楚国不是担忧自身受到罹难,而是屈原的所作所为对苦难的百姓没有恩惠。因而,第三段“已矣哉”至句末,描述屈原以“鸾凤”、“圣人”以“麒麟”自喻,将高飞远集,远离浊世。

陈子展云:“《吊屈原赋》,作者用己意、作己语吊之;《惜誓》,作者用屈意、代屈语惜之;其语意同,而口吻则异。”由此观之,贾谊虽“吊之”、“惜之”,但都是在《吊屈原赋》与《惜誓》中借屈原之事来抒发自己怀才不遇的心情。

在叙述手法上,屈原遨游苍天的一系列描写表现出作者丰富的想象力和艺术表现力。汤炳正说:“本篇兼得屈赋之体用,学《离骚》而得其神髓,效《远游》而又翻出新意,抒其惜誓之情。虽为短制,实汉代骚体赋之翘楚。”

招隐士

桂树丛生兮山之幽，偃蹇连蜷兮枝相缭。①
山气巃嵸兮石嵯峨，溪谷崭岩兮水曾波。②
猿狖群啸兮虎豹嗥，攀援桂枝兮聊淹留。③
王孙游兮不归，春草生兮萋萋。④
岁暮兮不自聊，蟪蛄鸣兮啾啾。⑤
坱兮轧，山曲岪，心淹留兮恫慌忽。⑥
罔兮沕，憭兮栗，虎豹穴，丛薄深林兮人上慄。⑦
嵚岑碕礒兮，碅磳磈硊。⑧
树轮相纠兮，林木茷骫。⑨
青莎杂树兮，薠草靃靡。⑩
白鹿麏麚兮，或腾或倚。⑪
状貌崯崯兮峨峨，凄凄兮漇漇。⑫
猕猴兮熊罴，慕类兮以悲。⑬
攀援桂枝兮聊淹留。
虎豹斗兮熊罴咆，禽兽骇兮亡其曹。⑭
王孙兮归来，山中兮不可以久留。

【注释】

① 桂树：长于深山幽谷之中的南方树种，到秋季簇生香花，冬夏常青，丛生的桂树间不生杂树。因此用之来比喻贤者的德性。偃蹇：容貌美好的样子(从王逸说)。连蜷：当作“连卷”，弯曲缠绕的样子(从朱季海说)。缭(liáo)：纽结。② 巃嵸(lǒng zǒng)：云气聚合弥漫的样子。此写远山的景象。嵯峨：山石高耸入云的样子。溪谷：山间水道。崭：一说“崭”通“巉”，一说“崭”本应作“嶄”。“巉岩”与“嶄岩”皆解释为险峻的样子。曾：同“层”，说明水势踊跃充沛之貌。③ 狖(yòu)：黑色长尾猿。啸：长声呼叫。嗥(háo)：吼叫。聊：姑且。淹留：滞留、停留。④ 王孙：自秦

汉以来，隐士多是王侯的后裔，所以用“王孙”来泛指隐士。萋萋：草木茂盛的样子。⑤ 岁暮：年岁将老、已近暮年。不自聊：百无聊赖，精神空虚，无所寄托。蟪蛄：夏蝉，春生夏死，夏生秋死。啾啾：蝉鸣之声。此指为秋节将至，蝉因悲叹生命的短暂而鸣叫，此为招者之情。⑥ 坱轧（yǎng yà）：通“鞅轧”，指云气弥漫蒸腾的样子。岪（fó）：形容山弯曲盘旋的样子。恫：恐惧。慌忽：同“恍惚”，心神不安的样子。此句言山石纡曲而云郁结不散，隐者久居于此，恐惧而心神迷离。⑦ 罔：失志的样子。沕：潜藏的样子。憭栗：恐惧的样子。薄、林：草丛曰薄，树丛曰林（从王夫之说）。此言隐者游经虎豹之穴而恐惧失志，在登陵草木丛生之处而战栗不已。⑧ 嵚岑：山石险峻的样子。碕礒（qí yǐ）：山石错落不平的样子。硱磳：山高石险。磈硊（kǔi wěi）：山石高耸的样子。以上四组词语用来描述山高石危的气势。⑨ 轮：横着的枝条。茷（fá）：草叶丰茂的样子。骫（wěi）：通常“骫骳”连用，表示杈叶弯曲的样子。⑩ 莎（suō）：莎草，地下块根，又叫“香附子”。树：竖立。用“树”表示莎草在秋天而枝叶直立。靃靡（suǐ mǐ）：草木随风摇晃的样子。以上两句说：树间杂草丛生，草木随风披靡。⑪ 麏（jūn）：獐子，为鹿属。麚（jiā）：雄鹿。腾：跳跃。倚：直立。⑫ 崟崟（yín）、峨峨：高耸的样子，用此来形容鹿角。凄凄、漇漇：湿润、润泽的样子，用此来形容鹿的皮毛。⑬ 狝（mí）：猴子的一种。罴（pí）：熊的一种。慕类以悲：兽离群因思慕同类而悲鸣。⑭ 骇（hài）：惊惧。亡：失去。曹：同类。以上两句说：禽兽听到熊虎的怒吼，便离失群体而逃奔。隐者怎么敢久居于此地呢？

【品评】

关于《招隐士》的作者，王逸《楚辞章句》云：“《招隐士》者，淮南小山之所作也。昔淮南王安，博雅好古，招怀天下俊伟之士。自八公（左吴、李尚、苏菲、陈由、毛周、雷被、晋昌、伍被）之徒，咸慕其德而归其仁。各竭才智，著作篇章，分造辞赋，以类相从。故或称小山，或称大山，其义犹《诗》之有《小雅》、《大雅》也。”从以上记载可知，淮南小山不但是淮南王刘安所网罗的一群文人社团的称号，而且正如“故或称小山，或称大山，其义犹《诗》之有《小雅》、《大雅》也”所说，此社团已经发展成为自成体系的辞赋文章代言体。

此外，还有一篇题名为“淮南小山”所作的赋，收录在宋代郭茂倩所编的《乐府诗集》中，是汉代舞曲歌辞《淮南王歌》。其辞云：“我欲渡河河无梁，愿化黄鹄还故乡。还故乡，入故里，徘徊故乡身不已。繁舞寄声无不泰，徘徊桑梓游天外。”崔豹《古今注》说：“‘淮南王’，淮南小山之所作也。淮南王服食求仙，遍礼方士，遂与方士相携俱去，莫知所往。小山之徒，思恋不已，乃作《淮南王曲》焉。”无论此歌是否是淮南小山所写或是崔豹的假托之名，值得一提的是，歌辞的内容却与《招隐士》相关，即从内容上用淮南王的语气简要回答了王孙不归的原因，是因为河无梁而只能徘徊桑梓、游于天外。

对于所招的“隐士”是谁，历来有三种说法：第一，王逸认为，《招隐士》是小山之徒“闵伤屈原之作”，因此招的人是“屈原”。王逸云：“怪其文升天乘云，役使百神，似若仙者。虽身沉没，名德显闻，与隐处山泽无异，故作《招隐士》之赋以章其志。”但从屈原所写的各类篇章中不难看出，屈原虽上天入地驱使诸神，但无时无刻不表现出对楚国的眷恋不舍。综观《楚辞》全书，屈原所表露出的情感实与向往归隐无直接联系。可见，屈原不是隐士因而也不用去招。第二，王夫之《楚辞通释》云：“今按此篇，义尽于招隐，为淮南召致山谷潜伏之士。绝无闵屈子而章之之意。”此说仅供参考。第三，金秬香在《汉代词赋之发达》说：“小山《招隐》，何为而作也？详其词意，当是武帝猜忌骨肉，适淮南王安入朝，小山之徒，知谗衅已深，祸变将及，乃作此以劝王亟谋返国之作。”《史记》也记载：“淮南王安为人好读书鼓琴，不喜弋猎狗马驰骋，亦欲以行阴德拊循百姓，流誉天下。”概言之，此篇不论是小山之徒在当时出于政治的考虑还是纯粹的情感召唤，如今已被历史淹没，但《招隐士》只能是淮南小山之徒因思念而召唤淮南王刘安而制。

全诗可粗分为两部分。从“桂树丛生兮山之幽”至“蟪蛄鸣兮啾啾”为第一部分，主要描写山中地形险要、天气变幻无常和溪水湍急的景象。用这样恐怖的氛围来渲染山林中的险恶，以期用桂树自拟的隐士因此而知难而退。从“块兮轧”始至篇末为第二部分，以山石险峻、云雾郁结、林木丛生、熊虎怒吼，离兽悲鸣来警示山中的王孙并规劝王孙早日归来。

龚克昌云:“《招隐士》的思想性不高,但艺术性很强。”篇中极少直接的人物描写,致力于形象的刻画与氛围的烘托,曲折地传达深沉的思绪和情感,是一篇极有意境的抒情作品。篇中对幽静的景物描写与《山鬼》、《涉江》相似。曹旭《说〈楚辞〉:淮南小山〈隐士〉》言:“《招隐士》改变了《山鬼》中的抒情气氛和《涉江》环境描写中的愁苦色彩,亟写山中景象之险恶。《山鬼》的环境描写是为了表现山中女神‘怨公子兮怅忘归’的情愫,《涉江》的环境描写,是为了抒发屈原‘济乎江湘’的悲戚;而《招隐士》中的王孙,仅仅是一个被召唤的对象,并没有《山鬼》和《涉江》中主人公的哀怨抒发和内心独白。这种描写,只在篇末对王孙归来的呼唤声中才化成一种感情因素,成为一种缠绵、悲凉的情绪充塞读者心间而驱之不去。”诗中的句式多样,最少三字一句,最多八字一句,以此来表明节奏的变换和呼唤王孙归来的急切心情。此外,该篇还多用叠字,例如“啾啾”、“萋萋”、“峨峨”、“凄凄”、“漎漎”等,在文中随处可见。

在世代盛行的拟骚创作中,本篇不同于东方朔等人对屈原作品的简单模仿,在汉代辞作中较有特色,非“徒劳学步”,实可谓“绍《楚辞》之余韵”,“步余芳于别径”。